U0147180

張富玲 譯

つきとかに

月亮與螃蟹

道尾秀介

月亮與螃蟹／目錄

世上只有一個的「世界」

總導讀／佳多山大地

道尾秀介是目前現代日本推理小說界中最受矚目的優秀新進作家。本文將藉著介紹從二〇〇五年的出道作《背之眼》到第七部長篇作品《鼠男》，來追溯這位一九七五年出生的年輕作家在轉眼之間便被認同為足以支撐下一個新時代新希望的軌跡。此外，關於各部作品的內容，為避免扼殺諸位讀者的閱讀樂趣，筆者將在後半部的「作品列表」中，簡單地寫出故事開頭部分。

道尾的作家出道之路，絕對稱不上順利風光。出道作《背之眼》是僅六年歷史的新人獎「恐怖懸疑小說大獎」（幻冬舍、新潮社、朝日電視臺主辦）的第五屆投稿作品。本作在評選過程中，引起了三位評審委員當中，領導新本格風潮的綾辻行人注意，獲得了第二名的「特別獎」。《背之眼》在恐怖怪奇的氣氛和邏輯推演上取得了絕佳的平衡，但在決選討論會上，評審卻認為此作受到京極夏彥《姑獲鳥之夏》之「妖怪系列」的強烈影響，以至於與大獎擦身而過。然而，道尾隨即在第二部作品，證明了自己的能力並不只是京極的跟隨者。

毫無疑問地，道尾在第二作《向日葵不開的夏天》發揮了身為新生代作家的真正價值。在出道當年十一月所發表的得獎後第一作，是一部以死後「輪迴轉世」的超自然——或是可說是佛教式——的設定為基底，融合了特殊且縝密的本格推理元素，成為一部描述「恐怖孩子」（enfant terrible）的傑作。道尾以抒情的筆法描寫了孩子們特有的殘酷和悲哀，在最後瘦小的主人翁所背負的「沉重故事」，讓人內心不禁湧起一股難以壓抑的哀痛之情。

二〇〇六年一月，第六屆本格推理大獎的入圍作公布之際，《向日葵不開的夏天》初次成為日本推理界的話題。道尾以一介新人之姿，和島田莊司的《摩天樓的怪人》、東野圭吾的《嫌疑犯X的獻身》等老牌作家同場較量。所謂的本格推理小說大獎，是由本格推理小說的創作者和評論家為主，在二〇〇〇年十一月成立的「本格推理作家俱樂部」所主辦的獎項。雖然道尾此時與大獎錯身而過（第六屆的得獎作為《嫌疑犯X的獻身》），不過這位出色新人的名聲已廣為推理小說讀者熟知。

接下來的《骸之爪》是以初次在出道作《背之眼》登場的「真備靈異現象探求所」所長真備庄介擔任偵探的第二部系列作。在佛像雕刻師工房接二連三發生的怪異事件，與二十年前下落不明的天才佛像雕刻師產生了關聯，描繪出工房主人家族的悲劇。這部作品令人聯想到作者敬愛的推理小說大師——橫溝正史名作《獄門島》（一九四九年），描述了人把人當成棋盤上棋子「操弄」的故事，徹底將讀者玩弄於手掌心。

第四部的《影子》則是和成名作《向日葵不開的夏天》走相同路線，以認知科學／腦科學為主題的優秀作品，同時也是作者獲得第七屆本格推理小說大獎的初期代表作。在故事結尾，作者將巧妙的伏線一一收攏之際，母親均已身亡的少年少女，終於得以放下背負的「沉重故事」。相較於《向日葵不開的夏天》，本作強調了未來破碎的家庭將可獲得重生的希望。

在這裡，筆者想稍微談一下「認知科學推理小說」。雖然聽起來有些複雜，不過不必覺得太困難。台灣的推理小說讀者，想必也已經讀過所謂「敘述性詭計」的作品，但由於列舉具體作品名稱，違反了閱讀推理小說的禮貌，所以筆者省略這個部分。所謂的「敘述性詭計」作品是以第三人稱的敘述不說謊的最低程度限制下，巧妙地保留部分情報，在劇情架構上花費各種心思，好比以上述的書寫方式讓讀者誤認登場人物性別或年齡的作品群。作品中人物（嫌犯）的詭計並非用來欺騙調查方（偵探），而是作者用來欺騙讀者的，這種帶有後設小說趣味的部分則在「解謎篇」攤牌。讀者在作者巧妙的誤導下，腦中產生一個「自以為的世界」，而以這個「自以為的世界」一路往下讀。也因此看到結局時，了解真相之後，便會感受到宛如世界崩壞的衝擊。道尾在乍看之下是冷硬派作品的第五部長篇作品《獨眼猴》便正面挑戰了正統的敘述性詭計。這部作品的形式雖然是聽力、視力比常人發達的超人們所演出的偵探劇，讀者在腦中自行構築的世界，卻在結尾被作者換上了另一種鮮豔色彩，掩卷時勢必會對真相目瞪口呆。敘述性詭計在《獨眼猴》中和作品主題緊密結合，讓讀者不得不承認自己的確會對「異於常人」露出歧視的眼光。

另一方面，目前被視為「認知科學推理小說」的作品群，指的是登場人物腦中有某種「錯誤」，而以這號人物（不可信任的敘述者）所看到扭曲「世界」為背景的推理小說。會出現這類作品，起因於所謂的現實和幻想是否真為對立的兩端？人類所產生最大公約數的幻想是不是就是所謂的現實？也就是說，對於人類而言，腦中的情況，恐怕是最貼近自身又永遠無法解明的神祕領域。我們永遠無法知道別人究竟在想什麼，對方到底怎麼「解釋」這個世界，這不正是一種日常中的冒險嗎？舉個比較俗氣的例子，當你暗戀A時，以及你向A告白後被拒絕，這兩種狀況使你對這個世界的看法大為改觀；你無論如何都不肯接受被A拒絕的事實，所以編織出「屬於自己」的故事——其實對方得了不治之症，就算喜歡自己，也不肯接受自己的感情；或者A是外星人，不被允許和地球人談戀愛。當事者並不認為「故事」來自於扭曲的看法，因而建立起一套堅強的世界觀。在他人看來，會覺得此人在日常生活中想必非常孤立。

然而，敘述性詭計作品和之後從該類作品所衍生的認知科學推理小說，兩者並非對立。讓讀者產生扭曲想法的作品是敘述性詭計作品，而登場人物想法扭曲的作品則稱為認知科學推理小說，這種說法其實只是為了方便區分。雖然作者在《向日葵不開的夏天》和《影子》明顯地展現了對於認知科學的興趣，不過當然不是只有人類才會思考。寵物中最受歡迎的狗，腦中應該也都有各自獨特的「世界」。第六部長篇作品的《所羅門之犬》，一方面讓探索動物情報處理能力的動物生態學家擔任偵探，一方面也是一部清新的青春推理傑作。

二〇〇八年三月的長篇作品《鼠男》，毫無疑問會成為道尾的代表作之一。在作品的構造上，重疊了和男主角姬川亮有關的過去、現在兩起「殺人案」，兩個案子都有多次翻轉。在這部作品中，道尾將事件前後的「脈絡」隨著情報的取得而改變結果的心理現象，以及有時看來像老鼠、有時像人類的《鼠男》畫作搭配得天衣無縫。也可以說，《老鼠男》與認知科學推理小說以及歷來的敘述性詭計作品不同，不如說是以阿嘉莎・克莉斯蒂式「double meaning」（同樣的文章擁有多重意義）的手法，創作出來的優秀現代解謎小說。

對於備受期待的新進作家，實在無法在此時寫出有實際結論的作家論。不過，如果要說明道尾作品的特徵，應該是他對於「人類如何看待自己外側的世界」這個命題有強烈的興趣。也就是說，每個閱讀道尾作品的讀者自身所擁有的世界，與道尾作品中的世界產生碰撞，「謎團」便由此而生。所以，道尾才會經常以十歲左右的少年為主角，因為這個年紀即將進入青春期，開始意識到自己和家族以外的「社會」。如何理解現實世界，是會隨著人類成長而改變的。並不是相信聖誕老人實際存在的孩童「世界」很幼稚，而送給情人高價禮物的大人世界便是現實。不如說是慣於說謊的大人，不知不覺在「應該不是這樣」、充滿不安要素的世界中生存下來，不斷接受對於自己腦中「故事／世界」強度的批判，以及自我內心是否誠實的測試。在閱讀當代最出色的說故事高手所編織的謎團時，希望這世界上僅有的「你的世界」，能夠朝著更美好的方向改變。

作者簡介／佳多山大地

一九七二年出生於大阪，畢業於學習院大學文學部。文藝評論家，花園大學文學部兼任講師。一九九四年以〈明智小五郎的黃昏〉入圍第一屆創元推理評論獎佳作，開始在各媒體發表推理小說評論。第五十一屆日本推理作家協會獎「評論及其他部門」得獎作《本格推理小說的現在》執筆者之一。著作有《推理小說評論革命》（鷹城宏合著）等，並在競作短篇集發表首部短篇小說〈河邊有屍體的風景〉。

(!)

第一章

（一）

「螃蟹（KANI）可吃，但GANI不可吃。以前人都這麼說。」

「什麼啦？」

慎一反問爺爺昭三，一面用筷子夾起竹莢魚做的舔盤子（註），覆在白飯上。舔盤子像這樣配著白飯吃是最美味的。教慎一這種吃法的人是昭三，但他本人吃飯時卻只喝酒，不碰米飯。昭三習慣用筷子前端蹭著盤子，從舔盤子的邊緣一點一點揀著吃，然後花很長時間在口中細細品味後，啜著茶碗裡的清酒喝。

「吃螃蟹可以，但GANI可不能吃。」

「什麼跟什麼啦！GANI是什麼？」

聽出慎一口中的不耐煩，餐桌對面的昭三蹙起已經灰白大半的眉毛。

「怎麼，你在反抗期嗎？」

「誰叫爺爺都不把話說清楚，一樣的話說了兩遍。」

「吃螃蟹可以，但GANI不可吃。第三遍了。」

昭三瘦得就像襯衫直接掛在衣架上，只見他搖晃著瘦削的肩頭笑了，喜孜孜地等待孫兒的反應。慎一感覺自鼻腔深處湧上一股熱氣。

「為什麼爺爺老是把人家當傻瓜啦！」

慎一原打算壓下情緒，但說到最後語氣還是衝了。昭三眼神頓時變了，像在打量一個陌生的小孩。

昭三調侃孫兒尋開心，慎一笑著回嘴，這本是家中尋常的晚餐光景。慎一和昭三都很喜歡這段時間。儘管覺得對爺爺過意不去，但慎一今天實在笑不出來，他沒有這種心情。

「阿慎，你怎麼啦？」

媽媽純江拿著長筷子從廚房走進起居室。

還不是妳害的，這句話反射性地就要從慎一喉頭迸出來，幸好他硬是吞下來，咂舌一聲。

「……沒有啊。」

「怎麼可以對爺爺這麼大聲說話？」

「純江，沒關係啦。慎一也有心情不爽的時候啊。」

註：日本千葉縣南部房總半島沿岸的漁民料理。將魚內切碎，加味噌、大蔥、生薑、綠紫蘇，用菜刀拍出黏性。

純江聽了半似點頭半不似點頭，動作曖昧地回廚房去了。再度不時傳來平底鍋翻動的聲響。

「GANI（蟹腮）啊，就是這個黑黑的地方。你看，就是螃蟹肚子上像香蕉一樣的東西。這裡有毒。」

「算了啦，不必解釋了。」

慎一頭也不抬地說。昭三夾帶著笑聲嘆了一口氣，把手上的蟹殼扔進放空殼用的碗。螃蟹的獨眼就像直直豎起的潮濕火柴棒，惡狠狠地瞪著慎一。純江經常把螃蟹敲碎成兩半煮味噌汁，是餐桌上的常客。家附近的港口漁民撈到螃蟹時，會把只有巴掌大的小螃蟹便宜批發給超市，純江常買回家。

「你不高興和那個傷有關係嗎？」

昭三抬起下巴指了指慎一脖子右側的擦傷。

要說有——確實是有關係。不過情況恐怕和昭三心裡想的不一樣。慎一沒辦法回答，只能悶不吭聲。一直沒關過的電視這時開始播放晚間六點的新聞，畫面上是美空雲雀昨天在東京巨蛋舉行的復出演唱會。

「你住東京的時候去過那裡嗎？」

昭三比劃著筷子前端，指向電視畫面。

「我去過後樂園球場。」

「和政直一起去的？」

昭三說出在一年前過世的慎一父親的名字時，沒有一絲遲疑。他的口氣總是這麼若無其事，慎一還做不到。每次提起爸爸，他都需要一股撕裂感情薄膜的決心。

「對。」

「去看棒球嗎？」

「對。」

「哪一隊的比賽？」

「巨人隊。」

「你這不是廢話，畢竟在後樂園球場嘛。」

「其他球隊也會在後樂園比賽啊。」

「怎麼會？」

「本來就會。」

哼，昭三鼻子噴氣點了點頭。他啜著茶碗裡的酒，咀嚼嘴裡的食物，耳朵下方鼓起來動個不停。

慎一搬到這個鎌倉市的海邊小鎮生活是兩年前的事，是在他小學三年級的夏天。由於父親政直任職的東京公司倒閉，結果他們不只收入頓失，還得搬出公司宿舍。當時政直因為厭倦了都市的髒空氣、客滿電車和冷漠的人際關係，索性決定離開東京，搬到這個小鎮來。之所以會搬回老家，理由之一也是因為政直一直很擔心腿不方便的昭三一個人生活。

慎一眺望著白波瀲灩的大海，依照前一天家人告訴他的路線去上學，儘管他走得氣喘吁吁，但是心情很雀躍，只不過海邊的新同學對待他的態度並不熱絡。除了因為慎一個性害羞，最關鍵的理由在於一個月前開始販售的一套遊戲軟體。班上男同學開口閉口淨是在聊那套電玩。不管是下課時間，還是放學後，都模仿遊戲角色玩鬧；就算偶爾玩其他的遊戲，也一定會有人喊出「咒文」、「怪獸」之類的術語，結果大家自然而然又聊起電玩。慎一不知道那套電玩，他甚至連遊戲機都沒有。

其實他爸媽說好要在他五月的生日買給他，但是就在他的生日前夕，政直的公司倒閉，結果爸媽似乎都把生日禮物的事給忘了，慎一只好也裝作忘記此事。

那之後兩年過去，慎一依然沒有遊戲機，和同班同學仍舊無法聊得來。原本計畫要在老家附近蓋棟新家的事，在政直死後就沒有下文。慎一和純江、昭三一起，三個人生活在三戶相連的租屋的最裡間。

「純江，妳也別忙了，坐下來吃。」

昭三伸長喉結凸出的脖子，朝廚房裡喊道。純江回了一句，「等我忙完這個。」之類的話，繼續搖著平底鍋。她的回話昭三應該也沒聽明白，但爺爺沒有再問，只是把筷子伸向舔盤子。

「純江白天工作這麼辛苦，應該也累了吧。」

純江在附近的漁會擔任事務員。政直死後她就出去工作，從星期一做到星期六。雖然只是打工待遇，薪水不高，但靠著純江的收入和昭三的老人年金，以及十年前船公司撥下來的保險金，他們的生活勉強過得下去。

「搞不好不只是忙工作呢。」

話語逕自迸了出來。慎一說完自己都嚇一跳，他抬起頭，和昭三對上視線。

「你這話什麼意思？」

「沒有啊。」

慎一慌張低下頭去。幸好昭三似乎不甚在意，他低聲笑著又把注意力轉回電視節目。

「這問題也好，那問題也好，你的答案都是『沒有啊』。」

在低垂的目光，眼球的底部——

白天的光景再度浮現在慎一眼前。

慎一在海邊遇然撞見的光景此時此刻依然像隻塵沙滿布的手，以不舒服的粗糙觸感來回撫摩著他的心。

放學回家的路上，慎一和同班的春也兩人一起去確認他們之前設置在岩岸區陰暗處的黑洞。黑洞是慎一設計的陷阱，用小刀切斷一點五公升的可樂瓶，把上半部倒著嵌進切口後，就成了自製的魚簍。放進增加重量的小石子和小魚乾，沉入曬不到太陽的位置，等上一段時間再去檢查，會發現有小魚、小蝦或小螃蟹上鈎，運氣好的時候還捉得到鯷魚。鯷魚是集體活動，所以一旦捉到收穫絕不只一隻，少至五隻，多的時候甚至有十三隻，一群魚擠滿在狹小的陷阱中。他們捉魚並不是打算拿來吃或養，玩弄一番之後就會放魚兒回海裡，但是在學校一面上課一面想像今天能抓到什麼獵物，實在是樂事一件；而且寶特瓶在世面流通還沒多久，自己就能想到其他用途，慎一暗自為此感到驕傲。

「又是寄居蟹啦。」

春也把牛仔褲的褲管捲到膝蓋上方，拿高黑洞由下往上窺看。春也來自關西的一個海邊小鎮，也就是說，他和慎一同樣是搬家組的。

「現在鯷魚在洄游，過些時候就抓得到啦。」

慎一不算高個兒，但比小個子的春也要高。抬著頭的春也剛好把黑洞舉到慎一的視線高度，他看到四隻寄居蟹緊貼著泡軟的小魚乾。

「這塊小魚乾應該還能撐一陣子。」

春也把寄居蟹抓出來後，又把黑洞放回原處。

兩人小心翼翼地走在滑溜溜的石頭上，回到岸邊。上岸後他們穿上襪子和運動鞋，四月初的風吹在潮濕的手腳上還很冷。

「把寄居蟹烤出來吧。」

「有打火機嗎？」

春也從牛仔褲口袋取出紅色的廉價打火機。他點了火，但在明亮的陽光下，火焰的顏色很淡，看不清楚。打火機上方空氣垂直扭曲，左右搖曳。

和春也交情變好後，春也教了慎一把寄居蟹烤出來的方法。只要用火烤熱貝殼，受驚的寄居蟹就會從殼中跑出來。第一次看春也示範時，慎一覺得很噁心。寄居蟹咚地掉落地面後，以超乎想像的快速爬開，姿態令人聯想到蜘蛛，那左右不對稱的身軀尤其令人發毛。寄居蟹拖著腫脹、彎曲的腹部，迅速爬上堤防的水泥塊，春也以手掌擋住去路後，牠立刻九十度轉向，飛快逃亡。在寄居蟹竄逃的方向，春也擺了一個不知在哪撿來的提神飲料瓶蓋，只見牠以八隻腳迅速探查一番，背過身去試圖住進瓶蓋，卻無法如願，只能繼續以令人發毛的動作繞著瓶蓋團團轉。最後牠死了心，再次爬開，結果被春也一把捉住，隨手丟進了海裡。

「去角角後面玩吧。」

角角是馬路對面的一間廢棄小酒館。之前他們在岩岸區玩打火機的時候，被路過的一個老爺爺給教訓一頓，此後每次他們要做什麼不方便被大人看到的事，就會去角角的後門。

春也率先起身，爬上由石塊組成的緩坡。斜坡上石塊逐漸減少，取而代之的是沙地面積增加，最後地面完全變成沙灘，被一堵水泥牆給阻斷。牆上方就是護欄和馬路。

「春也，書包呢？」

「你背來。」

慎一背起兩個運動包包，追上朋友的背影。慎一轉學前的小學，在六年級之前都得背小學生專用的雙肩帶硬皮書包，但是新小學從四年級開始就可以自由選擇書包。因為沒人告訴他們，四年級的始業典禮當天就只有慎一和春也背著硬皮書包去學校。隔天，春也立刻提了款式新穎的運動包包來上學。慎一則是一直等到開學三個月後的暑假前，才換成現在使用的阿迪達運動包包。替他買書包的是代表純江來參加教學觀摩的昭三。

「角角以後會不會開新的店啊？」

慎一跟在春也屁股後面，爬上兩人很久以前用四方形鐵罐和舊輪胎搭起來的樓梯。他磨著褲子跨襠爬過護欄，來到馬路上。

「誰知道，我老爸說希望能再開一間酒館。」

春也的父親是登門販售化妝品的推銷員，業績好的月份和業績不好的月份薪水差很多，聽說每次碰到業績好時的發薪日，他總要摸到天亮才回家。玄關大門打開的聲響、冰箱打開又關上的聲響、玻璃杯粗魯地擱置在流理台的聲響、媽媽的聲音、嗓門較大的父親聲音；然後又是媽媽的聲音，以及父親試圖用怒吼蓋過媽媽的聲音，接下來還會傳來摔東西的聲響。春也說自己被吵醒的時間點雖然每次都不同，但拉門另一側傳來的聲音或動靜總是按照相同的順序進行。

「開什麼酒館，才不需要呢。」

慎一一邊走向角角一邊如此說道，但是春也並沒有接話。

兩人環視左右，確認四下無人後，鑽進店門前的寬敞停車場。入口處雖然用木樁和鐵絲擋住，車子進不去，但人可以輕易鑽過去。停車場的柏油路有多處被漫生的雜草衝破，路面好似波浪地起伏不平。慎一和春也像掠過海岸一般通過停車場，鑽進店旁的小路走向後門。

那塊陰暗狹長的空間便是他們的祕密基地。

這裡從馬路上看不見，後面又是小丘。以圍牆隔起的隔壁建地是棟破敗的平房，住了一對老得嚇人的夫妻和一隻毛都掉光的瘦狗，他們一直留意不弄出太大的動靜，那戶人家搞不好根本沒發現兩人在這裡玩的事。那戶人家和角角都是依著山腳而建，因此祕密基地總是很暗，地面積了一堆落葉，散發出苦味。

酒館的後門上了鎖，門前是兩段的階梯，兩人總是肩並肩坐在那裡。旁邊則是滿覆了沙塵、堆成小山的黃色啤酒籃。

「不知道會不會開家電玩中心呢。」

春也說著把寄居蟹扔在兩人的屁股之間，這次輪到慎一不吭氣了。

「賣零食的雜貨店也好，只要他們能在店門前擺台遊戲機。聽說在我和你搬來以前有這種店噢，就開在區公所那邊。」

春也不可能沒察覺慎一家經濟不寬裕的事，但是春也並不會因此刻意避開錢的話題，這正是他的優點。

「我猜這隻最大，剛才我看到牠的螯了。」

四隻寄居蟹貝殼差不多大，但春也挑了頂著白粉色貝殼的那一隻，他把打火機從口袋掏出來。慎一也把手探進口袋，拿出家裡的鑰匙。昭三家大門是舊式拉門，鑰匙比東京家的家小很多，為了避免燙傷，慎一撿起附近的兩片落葉，纏在鑰匙較細的長柄。他捏住長柄，湊向前。春也把寄居蟹倒過來，將貝殼的尖端塞進鑰匙圓頭上的四方形小孔。

打火機咻一聲打響。火焰的顏色比在陽光下看到時深很多。隔著由慎一捏住的鑰匙，春也從下方炙烤著寄居蟹的貝殼。十秒左右，從朝上的貝殼開口猛地出現一對白螯。他們不移動火焰的位置，結果寄居蟹奇形怪狀的身體一口氣全露出來，但立刻又縮回貝殼裡。視野下方，其他的寄居蟹蠢蠢欲動地爬動起來，但慎一和春也都沒有理會他們。

嗚，春也低聲哼唧一聲。因為寄居蟹赤裸裸地飛跳在他們眼前。牠掉落在兩人之間，飛也似地爬走。牠逃往了慎一的方向。水泥地傳來微弱的堅硬聲響，多隻腳就像快速彈出旋律的鋼琴家手指，叭啦叭啦地一齊動作，牠猛然接近慎一。慎一瞬間產生錯覺，以為那隻寄居蟹就要使出劇毒做垂死反擊，嚇得猛往後跳，結果運動鞋鞋跟絆到了階梯，他後仰著一腳踩空，後背傳來一陣衝擊，下一秒鐘好幾只啤酒籃從天而降。

無法出聲。

慎一回過神來時，整個人呈現像在泡澡的姿勢，被埋在黃色的啤酒籃之中。

灰塵沙沙地掠過臉頰落下。春也要站不站地嘴角緊閉，但兩雙眼睛都瞪得老大看向他。慎一的表情八成和他差不多。兩人對上視線，彼此都沒有說話。

幾秒以後，兩人都笑到肚子疼。

「會聽到，會被聽到啦！」

春也笑得喘不過氣，指向圍牆的另一側。慎一用雙手摀住自己的嘴巴，但笑聲眼看就要從指縫迸出來，他胸口顫抖，加重雙手的力道，結果右手的食指竟插進了自己的鼻孔。這下兩人再也無法忍受，春也屈著身子抓住慎一的襯衫，把他拉向停車場。大海頓時出現在他們眼前，兩人跌在一起，同時捧腹大笑，幾乎都聽不見馬路上不時駛過的汽車引擎聲。

「書包……書包還留在那裡啦。」

春也想到這件事，一面以襯衫的袖口使勁擦拭笑出眼淚的眼睛，一面走回後門。慎一也打算一起去，但春也喘著大氣揮著一隻手說：

「不用了啦，我去拿就好。」

慎一調整呼吸，抬起臉來。山色的綠意已出現春意盎然的濃淡，接近山頂的地方可見花椰菜形狀的樹木。天空出現薄薄的彩霞，在更深遠的地方，橫飛而過的鳥兒動作就像打水漂兒的石子。慎一腹部底層有種發疼般的興奮，但胸口和肩頭仍沉浸在歡笑的餘韻之中，感覺懶洋洋的。風吹拂過，潮水的味道從後方包覆他的臉龐。慎一被海水的氣味給吸引，轉頭望向海邊。

視線一角，出現某個光景。

在馬路左方二十公尺處的地方有個按鍵式的行人號誌燈。斑馬線上，一個老奶奶和一隻狗腳步緩慢地從靠海那側走過來，那就是住在角角隔壁的老奶奶。但慎一的目光並不是停留在她身上，而是停在斑馬線前的一輛小型客貨車。那是一台車頂安裝了貨架的灰色客貨車。打過蠟的車身閃閃發亮，左方後照鏡的外殼白晃晃地反射陽光。馬路略朝右彎，因此車屁股剛好正對慎一。隔著偏黑的後窗玻璃，看得見駕駛座和副駕駛座。駕駛座上頭的是個短髮男人，坐在副駕駛座的則是——

那是媽媽嗎？

慎一在停車場站得直直的，眺望那個長髮的身影。

他看見駕駛座上的男人說了什麼，探身靠近副駕駛座。就像皮影戲，他嘴唇的動作和輪廓明顯的鼻子形狀十分清楚。那是誰呢？看起來有點眼熟，但慎一想不起來。副駕駛座上的女人把臉轉向男人，看來果然是媽媽。兩張側臉之間，老奶奶瞪著地面一般移動著，當她的身影消失在擋風玻璃的左方後，駕駛座上的男人迫不及待似地動了動嘴唇，但他面對的副駕駛座女人輕輕搖了頭。這動作看起來既像在否定什麼問題，也像是在拒絕，只見男人突然大動作傾身向前地湊近女方，但女人說了什麼把身體轉向前方，男人的臉很快地也轉到同樣的方向。

後來小型客貨車發動引擎開走了。

因為交通號誌的綠燈亮了。

看在對一切事物都「略」懂的十歲男孩眼裡，方才目睹的光景深深地刻印在慎一的心裡，像是有根堅硬的木棒抵在胸口，令他呼吸困難。

「……怎麼了？」

慎一目送著小型客貨車孤零零地行駛在路上，春也站到他身旁，伸長了脖子。車身此時只有小指指甲的大小。

「沒有啊，沒事啦。」

沒錯，沒事的。

「那隻寄居蟹呢？」

慎一接過運動包包時問，春也稍微鬆開握住的右手。裸身的寄居蟹在他的手指間呈現警戒的狀態。

「怎麼辦？要帶牠回海邊？」春也問。

慎一滿腦子都是剛才開走的客貨車。

「喂，要帶牠回海邊嗎？」

春也又問一遍，慎一這才把臉轉向他。

「不用啦，丟在這裡就行了啦。」

春也的臉部肌肉抽動一下。

最後春也一個人走過馬路，在護欄處把寄居蟹扔向了沙灘。慎一看得見春也手臂的動作，但看不見寄居蟹。

「如果覺得口味太淡，就自己加點醬油噢。」

純江把鮪魚炒高麗菜放在餐桌上。然後她又回到廚房，把自己的白飯和味噌湯端來，在慎一身旁坐下。

「媽，妳的工作啊——」

慎一盡可能不帶感情地問，但是並沒有成功。只見純江挑著眉、眼帶疑問地看著他，他轉過頭，在自己的杯子裡加滿麥茶。

「是一直坐在辦公室裡面嗎？」

「偶爾也會被派去跑腿啊，像是去郵局或銀行。」

「走路去嗎？」

「對啊，媽媽又沒有駕照。」

純江覺得奇怪，半是好笑地回答。

「如果趕時間，我會騎事務局的腳踏車。問這個幹嘛？」

「沒有啊。」

慎一又以這句不知說了多少遍的老話回應。

「雲雀還真是有毅力呢。」

昭三喃喃地說，視線沒有離開過電視。他穿著布料磨損洗薄的家居服，咯吱咯吱地搔著左腿的膝蓋。昭三的左腿就只到膝蓋。膝蓋以下的是義肢，只見略髒的泛黑塑膠腳跟反射著天花板的日光燈。

（二）

這天夜裡，慎一偷偷溜出家門。他趁純江在廚房洗碗，輕拉開玄關的拉門，悄悄踏進陰暗的小巷。

他隔著一道牆經過起居室，準備走去海邊。

「純江，螃蟹啊，」家中傳出喝酒以後嗓門變大的昭三的聲音，「螃蟹真好啊，斷了一隻腳，還有九隻腳，還是可以工作。」

昭三在十年前的冬天失去左腿的下肢。在一個濃霧瀰漫的早晨，昭三的漁船在捕撈鮈仔魚時被一台渡輪給硬生生撞上，他和同船的人都被甩到海裡，結果他的左腿被漁船的螺旋槳給切斷了。

捕魩仔魚是採用雙拖網漁法，由兩艘漁船包圍魚群，合作拖拉一個巨大的漁網，因此當時和昭三的漁船搭擋作業的漁船也在場。受了重傷的昭三和其他年輕漁夫都被另一艘船搭救，撿回一命。但當天除了昭三和年輕的漁夫，還有一名女性也在船上，大家在翻覆的漁船底下發現已經失去意識的她。她是縣內一間大學的研究者，為了做魩仔魚的體色變化之類的研究，那天早上搭上了昭三的漁船。她雖然立即被送往醫院，但終究沒有恢復意識，最後不幸過世。

保險金由經營渡輪的船公司支付，意外過失被判定為雙方各占一半，但由於保險金是以各人薪資計算，昭三本來就賺不多，因此拿到的保險金也沒有多少。據說那位女性乘客拿到的保險金就比昭三高上許多。

奶奶在七、八年前因病過世，在慎一一家搬進去前，裝上義肢的爺爺是一個人住在這個家。政直和純江每週末會去照顧他——按昭三的說法只是去聊天，慎一大概兩次有一次會同行。

一起生活後，慎一對爺爺的印象驚人地一點也沒有改變。他依然喜歡日本酒和時令魚，喜歡調侃孫兒；月亮出來的夜晚，一定會對著月亮雙手合十。慎一問過爺爺這麼做的理由，但昭三只是苦笑著回答，「我自己決定好的。」解釋得不明不白；但搞不好這真的只是昭三的習慣。因為昭三有許多怪癖，像是吃早餐時會拔一把眉毛，數清拔下的眉毛有幾根；看到電視裡的新聞主播行禮，他也一定會點頭回禮。

慎一走在寒傖的路燈照明底下，舉步前往海邊。這條路途中會經過一條小溪。這條小溪的河水混合了淡水與海水，慎一向昭三借過釣竿，在這裡釣過竹莢魚和鯰魚。慎一的胸口抵在欄干探身向前，聽著小溪呢喃般的水聲，看著一片細長的葉子一圈一圈打轉著流過水面。

「……是利根同學嗎？」

有人突然喊自己的名字。偷溜出來的慎一吃驚地轉過頭去，對方似乎被他的反應給嚇著了，停下走近他的腳步，站定身子。

「你幹嘛瞪我。」

是同班的葉山鳴海。

「……妳嚇了我一跳。」

「你在夜遊嗎？」

「散步。妳呢？」

「我要去腳踏車店。我的腳踏車送修了，店家打電話說修好了，叫我去領車。」

兩年前慎一轉學過來時，班上第一個和他說話的就是鳴海。她問慎一住在哪裡，搬家之前又住在哪裡，笑著跟他說，「岩槻老師很少發脾氣，很不賴吧。」在東京的小學裡男生和女生之間很少說話，因此當時慎一嚇了一跳。那天下午他發現班上男生都直呼她

「鳴海」後，更加吃驚了。不過這只是因為她的姓氏在這一帶很普遍，光是班上三十九個學生，姓「葉山」的就有三個人。

「就是那台瘦瘦的車？」

「什麼？」

「妳的腳踏車啦。」

「啊。」鳴海笑著點頭，「對，就是那台瘦瘦的腳踏車，叫公路車（Road bike）啦，之前不是告訴過你了嗎？」

在放學後或星期天，他撞見過幾次鳴海在海邊騎著一台線條纖細、輪胎很大的腳踏車。鳴海說這是她從去年開始的興趣，是因為受到父親影響。她騎的是孩童用車，她父親的車機能更多，速度可以飆更快。從同班同學口中聽到「興趣」這個字眼，起初慎一覺得很彆扭，但他後來發現那只是因為自己沒有稱得上興趣的消遣罷了。不知道和春也一起設置黑洞算得上是興趣嗎？

一陣海風吹來，吹起鳴海及肩的長髮。混和了潮水的味道，一股衣物剛洗好的香味拂過慎一的鼻尖。

「這麼晚了妳還要去拿車。」

「腳踏車不在家裡，總覺得靜不下心。」

「妳爸爸不會生氣嗎？」

「沒關係，他還沒下班。」

鳴海邁步走開，慎一不自覺地跟上她的腳步。並肩走在一起後，他突然害臊起來，但這時要回頭太不自然了。他瞥了鳴海一眼，只見她白皙的側臉朦朧地浮現在黑暗中。

「看妳常騎腳踏車，不會曬黑嗎？」

「我塗了防曬油啊。」

慎一不知道防曬油是什麼，一開始他以為是水泥或石膏之類的東西，但怎麼想都不可能。

「曬太黑就慘了。」

「為什麼？」

鳴海沉默數秒後，回答：

「因為不好看嘛。」

她的回答聽起來像在敷衍。他們走過一台自動販賣機，燈光下他看不清楚鳴海的表情。一隻被燈光引誘的飛蟲掠過了慎一的鼻尖，飛向鳴海，她發出細聲的驚叫。

最後，慎一陪著鳴海一路走到腳踏車店。

「啊，是變速器出問題嗎？」

頭上間雜幾許白髮的店長用了幾個慎一不大理解的單字說明修理過程，鳴海也以慎一不認識的單字回問對方。

「沒錯，妳看這裡。」

因為這個什麼位置的油這個那個了。噢，所以那個什麼才會滑動啊？沒錯，所以鳴海以後要做那個什麼動作的時候，一定要放開這個什麼。咦？原來要用這個什麼的時機這麼難啊……

慎一愈聽愈不自在，於是走出店外。

鳴海推腳踏車出來時，時間已經超過十分鐘。她看到慎一露出吃驚的表情。

「原來你在等我啊。我以為你回去了。」

我不可能不說一聲就回去吧。

「腳踏車修好了嗎？」

慎一問。鳴海從唇間吐出輕輕的嘆息，開心點頭。

兩人再次並肩踏上夜晚的道路。這時慎一忽然想到，鳴海該不會原本打算直接騎腳踏車回家吧。自己難不成給她添麻煩了？但是鳴海的表情比來時的路上更開心，話也比較多。

「下次，我要和爸爸去江之島騎腳踏車。」

「江之島可以騎腳踏車去嗎？」

「是開車去啦。先把腳踏車放在車頂。我家的車裝了車頂貨架，可以載腳踏車。偶爾，我會和我爸去江之島或材木座海岸騎車，不然老是在這附近騎太無趣了。」

感覺不像是和同班同學的對話。

班上同學都知道鳴海家是有錢人。她穿的衣服經常不一樣，現在推的那台公路車光看就知道非常貴，和慎一從東京帶過來的腳踏車實在不像是同種類的交通工具。但鳴海不會擺出大小姐架子，也不會刻意去掩飾自身家境的富裕，做出引人注目的事。這或許就是她在班上那麼受歡迎的原因。不管男生還是女生，班上沒人會說鳴海的壞話。

「爸爸和我一起騎車時，因為得放慢速度騎，他總是一臉很無聊的表情。」

她的笑聲很輕，但可能是夜晚的緣故，聽來格外響亮。路旁有一排黃色的窗子，看起來就像剪成矩形的皮影戲，每扇窗後頭都傳來鍋子交疊的聲響。

鳴海很難得會跟慎一提起家人的事。鳴海總是那麼開朗，算是愛說話的個性，但她向來不提家裡的事。或許她和其他同學在一起時會提，但和慎一在一起並不會。

這是有理由的。

至少慎一這麼認為。

因為十年前那位搭上昭三駕駛的漁船、溺死在冬天大海裡的女性便是鳴海的媽媽。轉學到這間學校後，昭三在慎一上學的前一天告訴他這件事。據說是知情的班導岩槻事先聯絡昭三，告訴他在那起事故身亡的女性的女兒就在慎一即將編入的班上。慎一事後從昭三口中聽說，岩槻通知時的口氣並不特別沉重，語氣比較像在閒話家常。岩槻似乎是認為就算兩人同班也不用大驚小怪，但他們事先知情，總必完全不了解情況好。

慎一向鳴海確認過，她第一次在教室向他搭話時是否知道他是昭三的孫兒，而她回答自己知情。

——所以我才會找你說話。不然你很難跟我開口吧。

即便是現在，慎一想到這件事依然覺得很佩服，他認為鳴海的行為非常了不起，換成是他一定辦不到。

全班都知道那起意外的事。他們之所以和慎一保持距離，不和他有必要以上的來往，或許是因為同學都喜歡鳴海，而慎一是害死鳴海媽媽的漁夫的家屬。在意外中失去媽媽的鳴海本人對自己很友善，其他同學卻不願對他卸下心防，慎一經常為此感到焦急。雖然是他自己乾焦急，但是害他焦急的對方也太不講理了，慎一的心情無處發洩，以致心結更加根深柢固。

「我被啤酒籃給砸傷了。」

街燈下，鳴海問他脖子上的傷，慎一如此回答她。

「你怎麼會被那種東西砸到？」

「我一面發呆一面走路，結果撞上堆得很高的啤酒籃。」

才聽她說完公路車的事，要講寄居蟹的事顯得太孩子氣，慎一實在說不出口。

「我還以為你和富永同學打架了。我今天看到你們一起走出學校。」

「我才沒和春也打架呢。」

「你們兩個每天都一起回家呢。」

這句話令慎一感到有些羞恥。

「……才沒有每天呢。」

「那個人不會很可怕嗎？」

「誰？春也？」

他哪裡可怕了。

「因為他說關西腔？」

「不是這個原因啦……我也說不上來。」

慎一在橋前和鳴海分手。腳踏車很快就騎遠了，車燈在路面投下一個孤零零的白色光影，不久光影轉了彎，看不見了。

慎一離開家門時，純江的鞋子整齊地朝門擺放，此時卻散落在玄關的水泥地上。其中一只鞋底朝上，就像死魚翻肚。

「純江，不良少年回來了噢。」

慎一靜靜地脫下球鞋，聽見昭三的聲音從起居室傳來。腳步聲從緊鄰的廚房接近這裡，走廊上的布簾一把被掀開來。

「都這時間了，你還突然跑出去。我剛才去找你了。」

純江走近慎一，她的臉上除了怒氣，還浮現其他的情緒。她站到慎一面前，身體擋住了起居室的燈光。

「你去哪裡了？」

「沒有啊。去散步。」

「為什麼？」

「沒為什麼啊，只是想出去走一走。」

說完，慎一走進了右手邊那間母子共用的房間。他躺在歪斜的榻榻米上，一會兒之後純江安靜地走進來。

「阿慎，你……和爺爺說了什麼嗎？」

純江跪坐在榻榻米上，在房間裡待了一會兒。但看出慎一沒有回答的意思後，她又像進門時那般無聲無息地走出去。從走廊的另一端，嘁嘁喳喳地傳來她和昭三模糊的對話聲。

（三）

「ね」、「ね」、「ね」、「ね」、「ね」、「ね」、「ね」、「ね」、「ね」、「ね」、「ね」……春也在筆記本重複寫著同一個平假名。沙，沙沙——沙。沙，沙沙——沙。自動鉛筆的筆尖以固定的節奏移動著，慎一站在旁邊一直看著，不久終於提出那個理所當然的問題。

「你在做什麼？」

春也頭也不抬地回答：

「『ね』這個字啊，看起來很像用繩子把逃走的人套住對吧。你看啦，直豎這筆就像一個人，有人從脖子的地方一圈一圈地纏住他，然後猛地抽緊。」

沙，沙沙——沙。沙，沙沙——沙。春也繼續寫著。

慎一心想：原來如此。

「可是，為什麼要寫這麼多遍？」

「為什麼咧。這只是塗鴉嘛，沒什麼意思。下課時間很閒啊。」

這節下課就快結束了。第三節課是自然科學，負責擔任小老師的兩個同學用磁鐵把教學海報固定在黑板上。左邊那幅是顆巨大的種子，右側則是寫明五個「發芽條件」。他們從這學年開始的新班導吉川上課常使用海報。吉川是個身材瘦削的女老師，但講話聲音像男人，她總是把頭髮緊緊地綁在腦後，使眼尾看起來吊得老高。

「春也喜歡塗鴉嘛。」

慎一快速翻了春也放在桌上的社會科課本。在一張圖說標明「梯田」的照片中，有個身體前屈正在務農的男性，他身後被畫上了誇張的光圈，額頭也被加上極粗的血管。慎一看了其他幾頁，照片中的人物不是被加上猛烈噴發的鼻血，就是眼睛瞪大發出金光，腋下被畫上茂密的腋毛。空白處則到處都寫著「ね」、「ね」、「ね」、「ね」、「ね」。

「你到底來幹嘛啊？」

春也停下手上的動作，抬起臉來。

「咦？」

「平常你下課時間都不會來找我啊。」

的確，慎一在校內很少和春也在一起。

扣掉鳴海不算，在班上就只有春也肯和慎一玩。他們同是轉學生，而且身為轉學生的春也並不在乎那起意外。這件事全班同學都很清楚，因此慎一不喜歡在教室讓別人看到自己和春也感情很好的樣子。他不想讓人覺得自己只有春也這個朋友——就算這是事實，慎一還是不樂意。

「下星期你要去鎌倉祭典嗎？」

「星期日的？」

「對。我要和爺爺一起去八幡宮，如果你有空，要不要一起來？」

春也幾乎毫不猶豫便回答「好啊。」然後他的注意力又轉回筆記本，繼續寫著「ね」字；但他似乎也寫膩了，只見他丟下自動鉛筆，扭動脖子，把關節轉得咯咯響。

「我沒去過鎌倉祭典哩。」

「我也是。」

去年這時間，政直的病情惡化到最嚴重的狀態，根本不是去看祭典的時候。

「八幡宮很遠嗎？」

「搭江之電一下就到了。」

慎一嚇了一跳，心想春也又不是剛搬來，怎麼連這種事都不知道。休假日春也應該不曾出去玩吧。這麼說來，慎一的確沒聽春也提過假日曾去哪裡玩。

慎一會邀請春也，是因為今早收到的那封信。

慎一到校時那封信已經被偷偷放進他的抽屜，信是以粗魯撕下的筆記本內頁紙寫的，折成四分之一大小。字跡像是男生的字，內容在調侃鳴海和慎一的「夜間約會」。

第一節課，第二節課，慎一一面強忍著憤怒和羞恥，一面聽課。究竟是誰寄了這種信給他？全班同學今天看起來比平日更像敵人。就連鳴海，慎一也覺得看了礙眼，因為都是她害他碰上這種事。

慎一之所以去找春也說話，之所以邀他去鎌倉祭典，全都是因為那封信。

（四）

「你連『創立美好國家的鎌倉幕府』（註）都不知道嗎？」

「六年級才會上歷史課啦。」

「我說你啊，就算學校沒教，你可不能連鎌倉幕府的創立年號都不知道。畢竟我們就住在附近。」

星期日是個大晴天。三人在鎌倉車站下了江之電，走在通往鶴岡八幡宮的若宮大路上，很快地他們的額頭都汗水淋漓。

「難不成你也不知道建長寺？」

「是寺院吧？」

「是寺院沒錯。」

唉。昭三張著嘴，低頭看春也。他拄著拐杖，每走一步，拐杖就重重踱一下，瘦削的身子也隨之左右搖晃。

昭三和春也儘管是第一次見面，但很快就相處融洽。雖不知春也是否卸下心防，但至少昭三是以和對待慎一相同的方式，與春也說話，調侃他。

「那寺院可大了。是日本的第一間禪寺。」

「誰知道禪寺是什麼。」

「爺爺，你本來住在建長寺附近對不對？」

慎一覺得自己被忽略在一旁，忍不住插嘴說道。

「啥？噢，到我爺爺這一帶，我們一直住在山內。就在從這裡越過八幡宮，越過建長寺，再往山裡走進去一點的地方。我那時年紀比你們現在還小，每天傍晚都聽得到建長寺的鐘聲，那可嚇人了。」

「鐘聲可怕？」

「對，很可怕。」

昭三向上撫摸著赤褐色的額頭，視線朝上打量。陽光正面打在他曬得黝黑的額頭上。

註：鎌倉幕府於西元一一九二年建立，日文中「一一九二」與「美好國家」發音雷同，便以『創立美好國家的鎌倉幕府』做爲年號背誦口訣。

即便不當漁夫十年了，陽光像是滲入了昭三的肌膚，他的膚色並沒有改變。

「大家都說建長寺的鐘聲像人的哭聲，都叫它『夜哭的鐘』。那座寺院所在的地方——那座山啊，從前是刑場，也就是把罪人砍頭的地方。大家都說是死去犯人的哭聲變成鐘聲，傳到我們耳裡，聽了都快嚇破膽。沒起風的傍晚，在家裡都能聽得清楚呢。」

「那聲音真的像哭聲嗎？」

「聲音很普通，不過就是寺院的鐘聲。」

昭三視線依然朝上，有段時間沒說話，只有喉結動著，最後他苦笑著輕輕搖頭。

「什麼嘛，只是想太多了啊。」

「那是你沒聽過那聲音，才會這麼說。」

春也低聲地說，像是很失望。

「可是你聽過，你也覺得很普通啊。」

「就算是普通的聲音，」昭三瞇細眼睛，看著在遠方抬頭挺胸的積雨雲，「有些時候，聽在耳裡也會變得不普通啊。」

三人有段時間都沒開口，無言地走在筆直向前的若宮大路。每走一步，腳邊便揚起一陣白色塵土，頭頂上帶葉的櫻花映著陽光搖曳，觀光客在四周喧鬧不休。

「不過啊……還是起風的日子更可怕。」

就在慎一忘掉這件事的時候，昭三再度開口。那聲音發自咽喉，聽上去比他的年紀更加蒼老。

「在建長寺的後山有塊叫十王岩的大石頭。也不知道是誰幹的，有人在那塊石頭上並排雕了三座佛像。我小學畢業後就沒看過了……不過當時石頭已經飽受風雨摧殘，佛像的臉和手腳都看不清楚了。聽說刻佛像是為了撫慰那些在刑場喪命的罪人靈魂。在起風的日子，十王岩會──」

昭三舉起右手湊在臉旁，擺出側耳傾聽的姿勢。

「十王岩會出聲哭泣。不過和建長寺鐘聲不一樣，十王岩的哭聲真的很像人的哭聲。不，不是哭聲，說起來比較像呻吟聲。以前晚上石頭的呻吟聲還會傳到山內去，現在可能是因為房子多，聽不見了。」

「現在如果站在石頭旁邊聽，聽得到嗎？」

慎一問。爺爺的側臉點了點頭。

「雖然有段時間了，但石頭的形狀應該沒變。」

八幡宮巨大的鳥居這時出現在前方。鳥居之後的右手邊是源氏池，左手邊則是平家池，太鼓橋架在連接兩個池子的水路上頭。慎一第一次看見這座橋身極端陡峭的橋時，昭三告訴他這座橋橋身原本很普通，但是關東大地震時地面位移，橋身才變成那種形狀，結果慎一還真的信了。

「喂，要不要去看看？」

春也在鑽過鳥居前突然問道。

「看什麼？」

「那塊十王岩離這裡很近吧。」

事實上，慎一早就在期待春也說出這個提議。聽完昭三的話，慎一也很想去看一看。

「爺爺，建長寺就在附近吧。」

「嗯，走個十五分鐘，應該到得了。」

「去十王岩要怎麼走？」

「那塊石頭啊……穿過建長寺的境內，走過半僧坊，再沿著山路往山中走一段路就到了。」

「可是啊……」昭三的話還沒說完，慎一就打斷了他。

「現在幾點？」

「不到十二點吧……啊……正好過十二點。」

昭三從褲子口袋掏出只剩一邊表帶的手表確認。

「那個什麼舞的幾點開始？」

「不是什麼舞，是『靜之舞』。是三點開始。」

靜之舞是八幡宮舉行的祭典的主要行事，昭三一直很想讓慎一他們也見識一下。

「在那之前，可以先去看石頭嗎？」春也問。

「我們去看一下嘛。啊，可是，爺爺的腳不方便。」

昭三抬起下巴，一臉若有所思，然後表情又緩和下來，低頭對慎一說：

「你們兩個自己去如何？」

「咦，可以嗎？」

「你們是小孩子，小孩子想去哪裡，就去哪裡。」

昭三說自己要待在八幡宮。

「我打算休息一下，不好意思要小孩子陪老人家休息，你們就去看看吧。我會在舞殿附近等你們。你們知道建長寺怎麼走嗎？」

「不記得了。」

「你們就沿著這條橫向的路，一路往前走。」

政直還在世的時候，帶慎一去過建長寺一次。但不管是要通往寺裡的路徑，還是寺內的風景，慎一全都不記得了。他只記得自己好像是去了一個巨大的墓地掃墓。

昭三在乾燥的泥地上用拐杖畫下地圖，指點他們要如何通過建長寺，位在後山的半僧坊的位置，以及從那裡入山的路徑。

「不過三點前你們可要趕回來。」

慎一和春也敷衍地回應一聲，便踏上橫向的參道。但聽到昭三在身後喊著，「錢，忘了錢啊。」他們慌慌張張地回到昭三身邊，接下要進建長寺的入園費。

（五）

「你鞋子全都白了耶。」

「你也是。」

「咦，真的耶。」

穿過建長寺的正門，在入園處付了參拜費，他們拿到一本細長的介紹手冊。不過兩人都沒看內容就塞進屁股後的口袋，踏上境內的碎石路。兩人的運動鞋白灰灰的，覆滿了剛才走過的若宮大路的土塵。

「剛才你爺爺說的那個『禪寺』是什麼啊？」

「誰知道。」

因為難得來一趟，慎一和春也決定在境內逛一會兒，他們去看了幾處有觀光客圍觀的有名景點。看到佛殿供奉著氣派的地藏菩薩，春也說了句，「不過是地藏菩薩，幹嘛那麼臭屁？」逗得四周的觀光客都笑了。他們走向一棟立牌上寫著「法堂」的建築物，走近一看發現「法堂」兩個字旁邊標示了讀音。

「是念ㄈㄚˇㄊㄤˊ耶。」

「原來不是念ㄈㄚˋㄊㄤˊ啊。」

法堂天花板畫上了一頭巨龍，不管兩人站在室內的哪個位置，那頭龍都像在瞪視他們，看了很嚇人。龍的下方畫了一個骨瘦如柴、腹部凹陷的人類，慎一跳過幾個看不懂的字，讀了說明文字，得知這幅畫的主題是釋迦摩尼斷食的故事。

這是慎一第一次在沒有大人的陪同下，如此認真地參觀寺院和佛像。慎一有些刻意地露出若有所思的表情，看著說明文字點了點頭，覺得自己彷彿變身為佛學的研究者。他腦中浮現將來和春也兩人拿著筆記本、鋼筆，以及看似很複雜的器械，到各地去調查廟宇的畫面，感到興奮不已。

「原來他是這樣修行啊，一定很辛苦吧。」

「誰知道。」

不管是釋迦牟尼的畫像，還是說明文字，春也看都不看一眼。他不帶任何情緒的目光，一直是望著射進四方形陽光的出口。

「差不多該去看石頭了吧。」

春也說著人已經走到明亮的戶外。慎一追上去，心裡有種被背叛的感受。

蚊子一陣煙似地群聚在流過境內的小河上方。沿著小河，他們來到一條櫻花夾道的道路。在以石頭蓋成的鳥居另一側是一座陡峭的石階，根據立牌的指示，半僧坊就在上頭。

一個頭上纏著毛巾、在掃地的老人可能是看慎一他們沒有大人陪同，覺得稀罕，以濕漉漉的矇矓雙眼瞪著他們。

石階比遠看時要陡峭，兩人才開始爬就感到雙腿沉重。慎一穿著短袖T恤，春也則是穿長袖襯衫。慎一看到春也蹙著眉頭捲起袖子，一隻手解開了領口的鈕扣，覺得他的動作很帥氣，很後悔自己沒穿襯衫來。

不久他們抵達了半僧坊，建築物像是比較迷你的寺院，裡頭似乎沒人，四周很安靜。站定之後，風吹拂過他們汗涔涔的肩頭和脖子，感覺很舒暢。

「十王岩就在那座狹窄的階梯上面嗎？」

「只有那裡有路，一定沒錯。」

兩人開始爬上那座隱沒在林木間的階梯。透明的青草氣息與黏稠的樹液氣味混和在一起，慎一每次呼吸都覺得體內漸漸染上了山色。爬上石階後，路就中斷了。但倒也不是無路可走，只是那要說是路太牽強了，頂多只能算是樹木和雜草之間的空隙。春也率先走上那條小徑。山櫻的花瓣不時飄落在黑色的泥土上。不久路上開始出現粗大的樹根，宛如大蛇一般擋住他們的去路。慎一踩著樹根而過，覺得自己成了植物學家。彷彿此時此刻他正要進入險阻重重的山區，和春也兩人一同去探尋無人知曉的神祕花朵。

「喂。」

離開半僧坊後一直沉默無語的春也突然回過頭來。汗水從他長長的劉海髮稍滴落地面。

「前幾天，看你在教室裡讀一封像是信的東西。那是什麼啊？」

「沒什麼啦，不過是有人惡作劇。」

「是什麼惡作劇？」

春也拋出問題後，又轉身面對斜坡，不過他浮現汗漬的背影仍在等待回應。慎一心想總不能一直不說話，只好向他說明事情的經過，結果等了許久春也才回話。

「原來是真的啊。」

「什麼事？」

風吹得頭頂的樹葉騷動不已，中斷了他們的對話。等到林木平靜下來，春也故作輕鬆地提到班上兩個男同學的名字。

「他們在聊天的時候被我聽到了。他們在說，你和鳴海晚上走在一起。」

「我們只是碰巧遇上啦。我去散步，結果遇到她。——咦，難不成我抽屜裡的信是他們放的？」

「誰知道。也不一定是他們吧。聽他們的口氣，應該是全班都知道了。」

看到那封信時心中的懊惱隨著數日間的淡忘而變得曖昧不清，再一次湧上慎一的心頭。一路上籠罩在四周風景的神祕色彩，剎時也在瞬間消散，使他更加氣憤。

「那裡的牌子寫了什麼。」

聽到春也的聲音，慎一抬起頭，看到岔路口有一只木製立牌。以油漆寫上的文字已被風雨消磨大半，上頭寫著「十王岩」，長得像細長白色香菇的箭頭指向前方。

「就在前面了。」

他們加快腳步，左手邊出現巨大的岩石。岩石被鑿了一個長方形的大洞，像是一個房間。洞穴很暗，看不清楚裡頭的情況。

「你看，那是佛像嗎？」

「哪裡？」

「洞穴裡頭，擺了好多耶。」

慎一瞇細眼睛，望進陰暗的小穴。的確有多尊佛像沿著左右和盡頭的牆面並排擺放。

「它們好像都沒有頭對不對？」

說完，春也走近洞穴。慎一跟在他身後。

真的沒有頭，十幾尊佛像排成長長一列，但頭部全被移除了。

「那是十王岩嗎？」

「可是和爺爺說得不一樣耶。他不是說佛像是雕在石頭上？」

「他是這麼說。」

兩人從洞穴退出來，視線瞥向道路的盡頭，結果在樹木之間看見一個形狀圓潤的灰色大石頭。

「是不是那個？你看，上頭雕了什麼噢。」

「啊，是啦是啦，一定沒錯。」

兩人肩碰肩地朝道路的盡頭走去。

「嗚哇，上頭真的雕了東西耶。」

滿覆綠苔的岩石，的確被雕上了三尊佛像。

就如昭三所說，這些佛像已經看不出原型。就像被繃帶包捲、看不出身體線條的木乃伊，只剩下隱約的輪廓。臉上不見鼻子和嘴巴，只剩下兩顆眼睛。它們的眼睛也不過只是兩顆空洞。儘管如此，這三尊佛像的眼神卻比剛才在法堂所見的飛龍更加犀利，彷彿在觀察著他們。

「好像靈異照片的幽靈哦。」

慎一心裡也這麼覺得，可是感覺太令人發毛，他並沒有回答。但也因為他沒有回答，眼前的三尊佛像看上去更像幽靈了。

「不知道會不會起風啊。」

他們等了一陣子，但吹拂而來的風頂多只是微風程度。春也煩躁地蹙起眉頭，仰望天空。

汗水涼了，身體愈來愈冷。太晚回去對昭三不好意思，兩人儘管覺得可惜，還是決定離開十王岩。走回山路，來到剛才發現的四方形凹室，他們的目光莫名地又往那幾尊無頭佛像飄去。

「感覺真噁心。」

「它們全都沒有頭啊。」

「如果有一尊頭還留著，還不至於那麼噁心。」

這時候，起風了。

起初，慎一以為又是剛才吹來的那種微風。但他立刻就察覺到不同。那是一陣驚人的強風。就像有人突然扭開音量的旋鈕，周圍的林木一齊騷動起來。慎一差點就被風給颳跑，他立刻踩穩腳跟。樹葉在眼前紛飛，他的頭髮啪啪地打在自己臉上，用雙手護著臉的春也說了什麼，但慎一根本聽不清楚。他回問，「什麼？」但對方似乎也沒聽見。風吹得更強了。慎一和春也用雙手護著臉，只能努力穩住身子。

不久風停了，就像沒事發生過似的。

四周一片寂靜，不見動靜。只有幾片枯葉宛若筋疲力竭一般，輕輕飄落地面。

慎一看著春也。

春也也看著慎一。

「喂，剛剛的——」

春也的話還沒說完，慎一便點頭接口：

「我聽到了。」

兩人確實聽見身後的十王岩發出了呻吟。

（六）

靜之舞不久就要開始，八幡宮境內人聲鼎沸。走上參道，來到舞殿附近，連接本殿的階梯成了臨時的觀眾席，許多人都坐在上頭。昭三在哪裡？慎一環顧四周，聽到在身旁的春也輕聲發出驚呼。

「找到了嗎？」

沒有回應。慎一循著春也的視線，看到一群穿著白和服的女人聚集在舞殿旁邊。人數大約有十五人，其中有小孩子，也有高中生前後的少女。有人手上拿著神社舉行祈神消災儀式時使用的大幣（註），還有人拿著大號的扇子。每個人的髮型都一樣，獨留瀏海和耳旁的頭髮，其餘的全在頭頂綁成兩個丸子。

註：日本神道教使用的祭祀工具，在樹枝或白木棒懸掛紙垂或麻苧而成。

「咦？」

慎一很意外，因為鳴海竟然也在那些人裡頭。她和其他人做同樣打扮，一隻手拿著形狀像玉米的鈴鐺，臉上似乎化了妝。

「慎一，」他聽見背後有人喊自己，回頭一看，昭三拄著枴杖正走近他們。

「看過十王岩了嗎？」

「看過了。」

回答之後，他的目光又回到穿白和服的女人身上，但被一群觀光客擋住，他看不見鳴海。那個人真的是鳴海嗎？

「春也，剛才那個人是鳴海嗎？」

「誰知道。」

春也微傾著頭，似乎不感興趣。

「開始了，噓——」

昭三豎起手指放在嘴巴前。

從設置在舞殿旁的喇叭，傳出女性廣播員的聲音。她語調流利地開始說明靜之舞的由來。慎一想找春也說話，但昭三乾巴巴的手掌摀住了他的嘴巴，他只能乖乖閉嘴。

廣播員繼續說話。

嘴巴被昭三摀住的慎一聽著廣播。

「時間是在鎌倉時代，距今八百年以前——」

源義經遭到兄長源賴源的追捕，逃到遙遠的奧州，義經的戀人靜御前一個人留在了京都。賴朝抓走了靜，把她帶到鎌倉，逼問她義經的下落，但靜頑強地拒絕回答。賴朝得知靜是名震京都的「白拍子」之後——

「爺爺，白拍子是什麼？」

慎一的聲音自昭三乾巴巴的手掌裡傳出來。昭三以淺顯易懂的話語，悄悄向他解釋：白拍子是指穿著男性褲裙，腰間帶劍，表演歌舞的美女。

賴朝便是在這座八幡宮逼迫靜獻舞，但遭到靜的拒絕。後來經過賴朝之妻政子居中勸說，靜才開始跳舞，她在賴朝的面前一面吟詠出對義經的思念，一面翩翩起舞。

踏白雪入吉野高山，思念遠方伊人足跡。
只盼光陰倒轉，重聽良人聲聲呼喚。

這便是靜之舞的由來。

當時十七歲的靜腹中懷有義經的孩子。那年七月，靜產下義經的骨肉，但因生下的是男嬰，賴朝命人將嬰孩拋下由比濱的大海。賴朝畏懼孩子長大後會起兵造反。骨肉慘遭殺害的靜傷心欲絕地返回京都，自此下落不明。

「要開始啦——」

舞殿上，拿著鼓和梆子的演奏者登場。「喲，喲。」演奏者口中發出怪聲，開始擊鼓，敲打梆子，不過曲調的節奏很奇怪，慎一實在聽不出個所以然。在這奇妙的演奏中，靜御前自舞台後現身。擠滿舞殿前的人群紛紛低聲發出讚歎，下一秒掌聲宛如碎裂的大浪響起。靜御前頭戴金色長帽子，腰間插劍，身著紅白兩色的美麗和服，一隻手拿著金光閃閃的扇子。慎一因為站得遠，看不清靜御前的長相，但服裝和動作使她看上去美麗絕倫，他不禁看得忘我，挺直背脊。

靜之舞是個非常哀淒寂寥的表演。靜御前一低頭，塗白的臉頰彷彿可以看見淚滴。就在靜御前現身的瞬間，不管是「喲，喲」的奇怪吆喝聲，還是節奏微妙的鼓聲和梆子聲，都巧妙地融入她的舞蹈——慎一入迷欣賞著。

但沒多久他就看膩了。

「表演好長哦。」

畢竟是以成人為對象的表演。十分鐘前顯得如此動人心弦的靜之舞，此刻看在慎一眼中，不過是個漂亮女人在舞台上移動身子。他身旁的春也從剛才起就不再看著舞台，一直在打量那群穿白和服的女人。

「爺爺，那群穿白衣服的人是幹嘛的？」

「噢，是負責暖場的表演者吧。剛才他們好像在旁邊跳舞。」

昭三入迷地盯著靜御前，口氣厭煩地回答。

鳴海剛才也下場跳舞了嗎？

靜之舞結束後，他們決定在參道上的攤販買支蘋果糖就打道回府。慎一催著昭三，沿著舞殿繞到剛才看見鳴海的地方。慎一想走近確認一下，剛才看見的是否真的是鳴海。他一下子往左一下子往右，閃避著人群前進，結果竟迎面遇上本人，和她對上視線。

「……利根同學。」

鳴海表情不大開心，她轉過頭，迅速瞥了一眼那些穿著相同服裝的同伴。慎一雖不知道她為何會做這種打扮，但看得出她似乎並不想讓班上同學看到自己的這副模樣。她腳上的白色足袋薄薄地覆上塵土，木屐的繫繩是紅色的。腰間綁著織有松樹圖樣的銀色腰帶，衣襟處有好幾枚布料呈Y字形交疊。

「你都看到了？」

「啊，我沒看啦。我只看了舞蹈。」

「那不就看到了。」

「都說我沒看了，我看的是靜之舞。」

他身後的昭三柔聲地向鳴海打招呼，「妳好啊。」鳴海低頭回禮，插在她頭上的銀色髮飾尾端三個鈴鐺也隨之發出澄澈的音色。

「我和爺爺、春也一起來的。」
「和富永同學？」
「對。——咦，他人呢？」
慎一回過頭，發現春也不在。他跑到哪裡去了？
「他剛才還在的。」
「這身打扮啊。」
慎一的注意力又放回鳴海身上，但視線總忍不住往她的服裝、髮型和手上的東西飄。
鳴海死心地主動開始說明，她說雖然很少和朋友提起，其實她學日本舞好幾年了，今天是和舞蹈教室的同學來這裡表演。
「今年跳靜之舞的是我們老師的朋友。因為有這層關係，才讓我們表演餘興節目。」
慎一記得鳴海之前說過她很小心防曬，看來就是為了這場表演吧。
「妳跳得很不錯呢。」
從昭三剛才的發言可知，他根本沒認真看她們跳舞，他顯然是隨便找話稱讚。鳴海微微低頭致意，又搖響頭上的鈴鐺。在輕輕晃動的劉海後頭，她上了淡妝的臉龐害羞地露出微笑。
「好久不見了啊，鳴海。」
慎一起初很訝異爺爺怎麼會認識鳴海，但立刻便恍然大悟。慎一心想自己實在太大意了，竟完全忘了那場意外。慎一並不清楚詳細的情況和雙方的心情，但他們一定都不想見到對方吧。自己真不該帶爺爺來找鳴海。

「爺爺，我們得去找春也。他走丟了。」

話語在思考之前就脫口而出。慎一扯著昭三的褲子，把他拉向身後的人群。昭三嘴裡念念有詞跟在慎一後頭，但最後又轉過頭看鳴海，輕輕點頭致意。

春也就在附近。

「你跑去哪裡了。」

「蒔岡在那裡。」

「咦？哪裡？」

春也抬了抬下巴，示意參道上的人流。同班的蒔岡和看似他父母的兩個人走在一起。一看到他那張肥胖鬆弛的側臉，慎一的腹部深處瞬間熱了起來。蒔岡就是先前春也在山中提到的兩個人之一。剛才和鳴海說話沒被他看到吧，慎一瞪著愈走愈遠的蒔岡短翹的亂髮。

「鳴海。」

不遠處響起開朗的招呼聲。往聲音方向一看，一個身穿馬球衫和牛仔褲的高個子中年男人舉起一雙手，正走近舞蹈教室的那群學生。

慎一聽見鳴海開心地回應，「爸爸。」

那個人是——

「啊……我得去和義文打聲招呼才行。慎一，你在這裡等一下好嗎？」

昭三身子搖晃地走遠了。

「她老爸很帥呢。」春也說。

是那個人。

「對吧，慎一。」

是那張臉。是慎一在沿海公路隔著後窗玻璃看到的那張側臉，那個讓媽媽坐在他的副駕駛座的男人。

不管是鳴海，還是鳴海的父親或昭三，此時全被熙來攘往的行人給擋住，看不見了。

(!)

第二章

（一）

第一個聽到那聲音的是春也。

「……啊啊。」

春也突然抬起頭，仰望山區，這時慎一還沒認出那聲音。慎一用表情回問他，春也有些不耐地解釋：

「好像是在十王岩聽到的那個聲音啦。」

「什麼聲音？」

「就是剛才的聲音啦。」

春也說著站起身，把耳朵轉向山區，豎耳傾聽，慎一也站在他身邊豎起耳朵。山上的草木在騷動。每當風勢轉強，就會聽到空氣竄過樹木枝葉時所發出的尖銳聲。草木繁密的陡坡以灰色的天空為背景，彷彿隨時會朝自己壓來。

「我什麼都——」

「噓！」

慎一把注意力集中在耳朵，等待片刻。風聲，身後傳來海浪的聲響，林葉依然騷動不已。

一陣特別強勁的風從海上吹來，一口氣竄上山坡的斜面。林木葉片顫抖地翻過背去，就在這股顫動抵達遠方山頂的那一刻——

慎一聽見了低沉的呻吟聲。

鎌倉祭典後過了一夜，這天慎一又收到信。他趁午休去看養在校園一隅的矮腳雞，回到座位後，信已經放在抽屜裡。內容是在嘲諷他和鳴海「約好」在八幡宮見面的事。

「這種事有什麼好介意的。……又是寄居蟹啦。」

春也查看黑洞，咂舌一聲。

寫信的人果然是蒔岡吧。不過除了蒔岡，昨天班上很多人去了八幡宮。今天一早在教室各個角落都聽得到有人在聊鎌倉祭典的事。

如果是怒氣，慎一還忍得住，但湧上心頭的那股悲哀，他實在是難以承受。慎一之所以會陷入強烈的哀傷之中，並不是因為那些調侃他和鳴海的文字，而是對方最後像是隨口提起的一行字。對方譏笑慎一爺爺的腳，說爺爺是稻草人。班上同學陸續回來，慎一坐在教室裡看著信上的文字，感覺胸口一帶愈來愈冷。

「寫這種信的人一定是蠢蛋啦。別理他，別理他。」

春也把黑洞擺回岩陰處，弄出很大的聲響。強風吹來，兩人襯衫的衣領不停拍打著。天空有些陰霾，腳浸在水裡，即使穿長袖也覺得冷。昨天夜深的時候下了一點雨，今天晚上八成也會變天吧。

在從學校走來海邊的路上，慎一和春也提了信的事，那以後春也一直說話安慰他。春也很難得會像這樣關心慎一。

「抓到五隻耶。老是烤牠們，我已經膩了。這些該怎麼處置？」

春也用手指搓弄著手掌上的寄居蟹，但似乎想不出什麼好點子，索性把寄居蟹扔進襯衫胸前的口袋。

「哇！水滲出來了！」

春也拉起襯衫口袋的布料，蹙著眉頭走回岸上。慎一也跟在他身後。穿回襪子和運動鞋，一腳踢開岩塊上長得像頭髮的海草，蒼蠅發出令人生厭的振翅聲飛了起來。

慎一的視線瞥向沿海公路。到這裡來以後，慎一已經看向那條路好幾回。心裡想著：鳴海的父親——義文的車會不會經過？純江是否又會坐在他的副駕駛座上？

「你媽很會做菜呢。我老媽才做不出那種菜，在我家魚不是生吃，就是用烤的。昨天我吃的那叫什麼？」

「法式煎魚？」

「原來如此。」

雖然剎有介事地說是法式煎魚，但不過就是魚片裹上麵粉糊用平底鍋煎。每一季便宜的魚就是那幾種，純江經常買便宜的魚回家，每天費心改變調味，端上餐桌。會稱讚媽媽做的菜，是春也表示關心的方式嗎？還是春也的媽媽真的不擅長做菜？或許沒錢的家庭格外需要在三餐下工夫吧。慎一記得爸爸身體還健康的時候，純江也經常端出冷凍食品。

昨天逛完鎌倉祭典後，春也在慎一家吃完晚餐才回去，是昭三邀請他來家裡吃飯的。儘管慎一很不願意讓春也看見自家被海風吹得褪色的屋頂，以及用膠帶貼補玻璃裂縫的拉門、爬滿青苔的外牆，但他一想到回家後見到純江，自己可能會忍不住提起鳴海父親的事，便也附合昭三，一起邀請春也。春也說了句，「那我不客氣了。」爽快地點了頭，跟著慎一他們回家。

昭三要春也和家裡人聯絡，通知他們要留下來吃晚飯，但春也輕鬆地笑著回說，「我報備過今天會晚點回家，沒關係啦。」兩人明明同年紀，但慎一覺得當時的春也看起來好成熟。

「看這風勢，今天一整天十王岩都會呻吟吧？」

春也仰著纖瘦的脖子，抬頭觀察風勢。雲移動得很快。

「從左邊開始是觀音菩薩、地藏菩薩和閻羅王對吧。不知道是哪一個神像在呻吟呢。」

晚餐時，昭三一面喝著日本酒一面告訴他們石頭上的佛像的名字。

「應該是整顆岩石一起發出聲音吧。」慎一說。

「那個窟墓不會出聲嗎?那裡感覺比十王岩更可能傳出怪聲。畢竟是放屍體的地方不是嗎?總覺得是那個岩穴出聲比較合理耶。」

「窟墓」這個名稱，與那地方的用處，都是昭三告訴他們的。據說十王岩旁邊的四方形凹室是古時流傳的一種墓穴，在刑場受死的犯人屍體會被放置在該處，任由鳥獸吃食。

「窟墓裡那排佛像頭都斷了，不知道為什麼呢?」

「應該是自然斷掉的吧。」

「可能一個都不剩，全都斷掉嗎?」

春也懷疑地挑起單邊眉毛，歪著脖子。

慎一離開春也，走在崎嶇不平的岩岸上。襯衫不斷拍打，風聲在耳中迴盪。他探頭查看被岩石包圍的海水窪，風在水面吹起形狀像等高線的漣漪，石花菜在水中搖曳。水裡乍看什麼都沒有，但是屏住氣息凝神觀察後，會發現水底的砂地不時在顫動。那裡也是，這裡也是，有東西在底下。牠們只是躲起來了。眼睛習於觀察後，視野中瞬間出現一隻鰷魚大小的黑色蝦虎魚。在岩陰處看得見細小的蟹腳。寄居蟹的貝殼隱身在砂石中。

粉紅色海葵吸附在岩石上，隨著水面晃動，時而潛進水裡時而探出頭來。慎一伸出手指，讓海葵吸吮自己的食指。感覺海葵的口部猛地收緊，輕柔地吸住指尖。手指抽離後，從海葵的口部中央噴出一道海水。海葵應該沒有體溫，但是打在慎一手腕上的水柱卻有些溫溫的。

那天媽媽坐上鳴海父親的車，是要去哪裡呢？他們那天是第一次見面嗎？媽媽打算忘掉爸爸嗎？還是媽媽早就已經忘掉爸爸，只是在慎一和昭三面前裝作還記得他的樣子？

慎一低頭看著海水窪，想起在一個月前看過的電視節目。那天早睡的昭三已經就寢，他和純江兩人一起觀賞那個報導節目，主題是癌症的最新研究特輯。什麼療法、什麼治療的，節目中提到一堆慎一無法理解的名詞，後來畫面出現一個穿白袍的學者。據那位學者的說明，癌症的英文之所以是「CANCER」，和螃蟹的英文拼法「CANCER」相同，是因為侵害人體的癌細胞形狀很像螃蟹。

自此之後，在爸爸瘦巴巴的身體皮膚底下有螃蟹在蠢動爬行的畫面，一直停留在慎一的腦袋一隅，揮之不去。他們明明看了同一個節目，但媽媽不會在意嗎？因為不在意，所以她才能一臉若無其事地把螃蟹放在砧板上敲碎嗎？

慎一和春也不約而同地一齊往朝角角的後門走去。

一鑽進他們那個狹長、位於山腳下的老地方，風聲便嘎然而止。

「我幹嘛把牠們放進口袋啊，冷死人了！我真是傻瓜。」

春也坐在後門的階梯，把胸前口袋裡的寄居蟹一古腦兒地扔在屁股旁邊。他一臉厭惡地拉扯著被水弄濕的襯衫布料。那個時候，慎一瞥見了春也的胸口。

「……你那裡怎麼了？」

「什麼？」

「那裡。那個傷。」

他左邊鎖骨下方有個深色的瘀傷，在襯衫底下忽隱忽現。

「哦……是昨天弄的啦。」

春也放下襯衫遮住瘀傷，臉上硬擠出笑容。

「怎麼弄的？」

「就這樣和那樣。」春也一面說一面以拳頭搥打自己的掌心兩、三下。為了轉移話題，他把屁股旁的寄居蟹收集起來，像在捏飯團似地用雙手握住，沒有意義地咔啦咔啦搖晃著。過程中他不曾看過慎一一眼。

「為什麼會這樣？」

「還不是昨天我在你家吃晚飯，沒跟家人說。」

「可是你不是說『沒關係』嗎？」

春也點了點頭，沉默數秒鐘。

「我老爸脾氣陰晴不定啦。」

春也說話時嘴唇微微顫動。他以同樣的口氣又補上一句：

「我老媽也一樣。」

慎一想起一件事。那是四年級的第三學期——上體育課前他們在教室換運動服，慎一無意中瞥見春也的腹部非常凹陷，心裡嚇了一跳。那天的營養午餐時間，春也足足添了三碗飯。他去夾了兩次菜，端著裝滿菜的盤子回到自己座位，以異樣開朗的聲音說話。

——我睡過頭了，沒吃到早飯啦。

可是如果只是沒吃到早飯，肚子會凹陷成那樣嗎？

「把牠們烤出來吧。」

春也從五隻寄居蟹裡挑出一隻，拿出打火機。慎一把手伸進褲子口袋，探找家裡的鑰匙。

兩人像平常那樣烤寄居蟹玩。大約十秒過後，一對螯突然從貝殼開口冒出來，但立刻又縮了回去，一直待在裡頭不肯出來。

「寄居蟹為什麼要躲在貝殼裡面呢？」

「為了不被敵人侵襲，不是嗎？」

「嗯，大概吧。」

寄居蟹仍然沒有要出來的跡象。就在慎一以為寄居蟹在殼裡被燙熟時，牠終於探出一截身子，但是並沒有完全爬出來。可能是覺得燙手，春也咂舌一聲丟下打火機。打火機掉落在兩人之間，發出堅硬的聲響。春也右手伸向寄居蟹，用指尖抓住牠的身體，但牠依然不肯離開貝殼。

「啊，扯斷了。」

春也拉出來的寄居蟹沒有腹部，看樣子是留在貝殼裡了。只見寄居蟹一動也不動，胸口一帶垂落著深灰色的像是鼻涕的東西。不知道為什麼，看到牠這副模樣，慎一心頭唐突地湧上一股寂寥。他沒來由地想起今天早上收到的信。想起在沿海公路撞見的純江的側臉。想起昭三的義肢反射著日光燈的亮光，還有春也胸膛令人不忍卒睹的瘀傷，以及在建長寺的法堂對瘦骨如柴的釋迦牟尼別過眼去的春也。

波浪在遠處碎裂，傳來強勁的風聲。

「……啊啊。」

春也突然抬頭看向山區。

(二)

「嗚哇，景色很好耶。」

領先在前的春也扭過頭來，呆呆地嘴巴大張。兩人已經將近爬了一半路程，都已經氣喘吁吁。隔著肩膀，慎一也望向身後景色。每次回頭，視野中大海的面積都在增加。風搖響山下的林葉，竄上斜坡，迎頭撲上慎一他們的鼻尖。風繼續往上竄爬，不久從山頂傳來那聲像是發自巨大怪物之口的呻吟。

「走吧。」

想要點新的刺激。

慎一心裡這麼想，春也大概也是一樣。

山路比建長寺的後山陡峭許多。除了坡度陡，某些路段甚至峭立得宛如山崖，他們只得抓著山路兩旁的的樹枝前進。向上，向上，向上。他們一面確認腳下的地面是否穩固，一步一步爬上山。風不斷從身後撲來，他們感覺不到爬上建長寺後山時那種樹木散發的鮮嫩綠意，也嗅不到泥土的氣息。但慎一依然邁動雙腿，用全身感受著山的氣息。

「到底是什麼在呻吟啊？」

慎一沒有回答，而是更大幅度地擺動手腳。或許是感覺到兩人的距離縮短了，春也加快腳步。這時風自身後抬起了兩人的身體。慎一感覺鞋底就快離開泥地，使勁穩住四肢。轉眼間，風的背影已然衝上山頂。

「又來了。」

又聽見了，有什麼在低聲呻吟。

「聲音好近，就在附近了。」

但春也的口氣不像在對慎一說話。他的襯衫被風吹得鼓脹，形狀歪歪的，就像背著巨大腫瘤的怪物。我也是這副模樣嗎？慎一有種錯覺，彷彿他們兩人化身成了奇怪的野獸在未知國度的陌生山坡上攀爬。他甚至覺得只要自己有這個意思，他可以手腳並用地蹬著泥土和岩塊衝上這座山頭，速度比在平地奔跑時更快。

「這段路好像階梯啊。」

在距離山頂不遠的地方，春也扭頭扯開嗓門說。

「可是不像是人做出來的。」

這階梯是由樹根組成的。

泥土堆積在橫越山路的粗大樹根之間，形成一道天然的階梯。兩人走在上頭繼續前進。慎一不用回頭，他憑感覺就知道身後是一大片灰色大海和灰色的天空。此刻風勢稍停，林木都冷靜下來，他們的腳步聲變得清晰可聞。

「這裡是怎麼回事啊？」

樹根階梯坡度逐漸趨緩，視野豁然開朗。雖說眼前空間開闊許多，但占地大小其實和角角後門差不了多少。潮濕的地面上樹根盤曲交錯，樹根比一路上見到的粗上許多，看上去就像一群巨蛇身體有一半埋在土裡，左右扭動著前進。在這些巨蛇之間，有一些喊不出名字、長得奇形怪狀的植物點點地探出頭來。四片葉子在莖上排成十字，正中央開著小白花。

「慎一。」

春也發現了什麼。但他身子發僵，一動也不動，後背甚至微微地向慎一靠近。慎一被他的頭擋住，看不到春也發現的東西。慎一感覺心窩一帶騷動不已，往旁邊移動一步。

眼前是一排枝幹扭曲錯節的樹木，看上去就像一群人高舉著雙手在跳舞，在這些樹木之間有一塊大石頭。

「你看，那塊石頭看起來像不像人？」

春也用氣聲說。

「好像一個人在盤腿坐耶。」

但慎一看到的是另一個畫面。看在他眼中，那塊石頭比較像一張大臉。像是一個脖子以下被埋在土裡的巨人的灰色大臉。

「那應該是雨水吧？」

石頭連接地面的部分向前突出一塊，那裡積了一些髒水。就像巨人把下巴盡可能伸向前，水就積在他的尖牙內側。猛不防的，剛才在海邊窺看海水窪的那種感覺又在慎一心中復甦。他抬起頭，風已經停了，萬籟俱寂，四周沒有東西在動；可是有東西在。慎一總覺得四周有東西在躲著。此時此刻，樹枝在視野一角微微顫動。身後隱隱傳來呼吸氣息，就混雜在自己和春也的呼吸聲中。瞬間，他彷彿瞥見了粗似樹幹的蟹腳自陰暗中探出，爬行在潮濕的泥土上。慎一無法甩脫這樣的想像，忍不住轉過身去。但是，什麼都沒有，什麼都沒有。

「哎，這塊石頭——」

春也話說到一半，林木突然劇烈搖晃，響聲壓過了他的聲音。慎一縮起脖子，全身緊繃，下一秒，一陣風狂暴地吹過他的雙腿之間。視野的兩端，他看見自己的頭髮被風吹得亂顫。褐色的樹葉，混雜著些許綠色的葉片飛向前去。——石頭發出了呻吟。

可是，在呻吟的真的是石頭嗎？感覺更像是這個地方整體一起在發聲。那聲音就像發自地底，空洞又低沉。從地面傳出，穿透運動鞋的鞋底，沿著慎一使力的雙腿，在他的下腹激盪迴響。那聲音不是用耳朵聽到的，不是從外側傳來的，感覺就像是自己和這個地方化作一體，一同發出呻吟。

風停了。

慎一和春也都沒有看向對方。兩人都緊盯著眼前的岩石，沉默無語。

終於，春也踏出腳步，悄悄地探頭查看石頭的坑洞。慎一遲了幾步，也站到春也身旁。風在水面留下了不成形的紋路。慎一伸手摸了摸石頭，表面很粗糙，很冰冷，鼻尖嗅到一股堅硬礦物的味道。

「哎……」

春也視線落在石頭的坑洞上，說道：

「要不要把這裡當作祕密基地？」

慎一不知道他這麼說是什麼意思，因此沒有出聲。

「我想找點事情做。」

春也以這天最不帶感情的聲音繼續說：

「什麼事都好。」

（三）

翌日，黑洞抓到了三隻寄居蟹，一隻橡皮擦大小的螃蟹，和一隻蝦虎魚的幼魚。

「不錯呢。這樣的組合真不錯。」

春也查看寶特瓶裡的獵物，一臉滿足地說。

「水怎麼辦？」

「該怎麼辦呢？去那邊的店要點塑膠袋吧。我去一下。」

春也把黑洞遞給慎一，光腳踩在岩石上，腳步輕快地愈走愈遠。只見他在岸邊穿上運動鞋，爬上馬路，小跑步地跑向位在角角右手邊有一段路的釣具行。慎一拿高黑洞，看著用螯抓著小魚乾的螃蟹，宛如瞬間移動般輕快游動的蝦虎魚，以及受到震動嚇得躲進貝殼的寄居蟹。做為養在那塊石頭的第一批成員，這樣的組合挺不錯的。如果只養寄居蟹，未免太無聊了。

提議要打造專屬於他們的海水窪的人是慎一。

——你說什麼？

——海水窪。我在想，那塊石頭的凹洞搞不好可以養些東西。

他們在午休討論這件事，一等下午的課結束，兩人一起離開校門。

慎一看見春也出現在釣具行的玻璃門前，他朝慎一高舉一隻手，像在展示什麼。慎一看不清楚，似乎是透明的塑膠袋。看來是順利到手了。慎一抱著黑洞走向岸邊。春也走回來，他爬過護欄，走下以舊輪胎和四方形鐵罐搭建而成的樓梯。

「我想兩個就夠了，不過還是要了三個來。」

「把袋子全部裝滿吧。」

慎一和春也分工合作，在三個塑膠袋裡裝進海水。牢牢地束緊袋口後，春也提兩袋，慎一提著一袋，另一隻手拿黑洞，朝角角的後門走去。

「那塊石頭今天應該不會呻吟吧。」

「因為沒起風嘛。」

慎一提著水和小生物，鑽進林木之間。

他本來有點擔心，提著這麼重的東西能不能順利上山，但是開始爬山後，他發現坡度走來比昨天和緩。他甚至納悶他們該不會是走錯路了，但是路上不時出現他有印象的岩石和樹木，看來是同一條路沒錯。但路程走來輕鬆，冒險的色彩因此也淡化不少，慎一邁著雙腿向前，心中有一絲不滿。

「昨天是因為起風，爬起來才那麼累人吧。」

走在前頭的春也沒有回應，但他想必也和慎一有相同的感受。

走過樹根階梯，來到那處空地。眼前所見和昨日判若兩地，溫暖的陽光自頭頂灑落，在乾燥的泥地投下馬賽克形狀的葉影。不管是視野之中，或是視野之外，慎一都感覺不到一絲異狀。

春也不發一語地走近岩石。奇妙的是，石頭今天怎麼看都不像被埋在土裡的巨人，也不像蹲坐的人。在陽光的照耀下，石頭兩旁那排呈現靜止舞姿的樹木也一掃昨日的詭異，看上去竟有些滑稽。就連那些開在腳邊的白花，此刻看來也只是尋常雜草。

「先把裡頭的水弄出來吧。」

兩人動手把岩石凹洞裡的雨水舀出來。兩人用雙手啪啦啪啦地把水掬出來，但這項工作意外迅速就做完了。他們把塑膠袋裡的海水倒進石坑，三袋水才倒完兩袋，坑洞就滿了。

「把那個拿來。」

「哪個？」

「還有哪個，黑洞啦。」

慎一遞過黑洞，春也抽起倒嵌在寶特瓶裡的上半部，把裡頭的獵物倒進石坑。水滑溜得宛如果凍，反射著陽光，滑順地漸漸被石坑吸納。啪啦，啪啦，啪啦，寄居蟹、蝦虎魚和螃蟹接連掉進坑裡，水花四濺。

「挺好的嘛，不錯啦。」

但春也的口氣聽來不像真的認為有這麼好。只見石頭坑洞裡，蝦虎魚的黑色背鰭東游西竄，螃蟹一動也不動地待在角落。三隻寄居蟹則沒有要從貝殼裡探出頭的意思。

兩人低頭望著他們的海水窪，很長一段時間沒有開口。怎麼會覺得這種東西有魅力呢？慎一實在搞不懂數小時前的自己在想什麼。

兩人一直在那裡待到傍晚，商量著「水得經常更換」，「餵小魚乾可以嗎？」之類的問題。

（四）

隔天午休，慎一又收到信了。

這次信裡不是寫鳴海的事，也不是寫昭三的事，而是提到了他和春也的事。信的筆跡和之前收到的信相同，字很醜，寫信的人以瞧不起人的文句，挖苦他們兩個沒朋友的人一起玩很可憐。慎一看完矮腳雞回來，在抽屜發現這封用筆記本內頁寫成的信，這時教室裡已經有不少同學回來了，但他故意頭也不轉地猛力把信揉成一團。有幾個人聽到動靜，紛紛看向他。慎一無視於這些視線，擺出一副不在乎的表情聽完第五節課，這是他所能做出的最大抵抗。慎一第一次知道，原來不讓心中的悲傷表現在臉上，竟是如此折磨、如此需要忍耐力的一件事。如果是在因為新遊戲而雀躍不已的昨天，這種信他想必不會放在心上。但是看來那遊戲同樣無法改變他的世界。一想到這件事，他眼前的教室彷彿變成了灰色的。

放學後，他和春也兩個人去了海邊。兩人遵照事先商量好的，都帶了塑膠袋來。他們在袋子裡裝滿海水，向山上走去。

低頭探看石坑，蝦虎魚和寄居蟹都還在，但是螃蟹已經不知去向了。

「逃走了嗎？」

他們在岩石旁邊找了一圈，但兩人都不是認真在找。

「再抓一些新獵物放進去吧。」

「放太多也沒意思，這些就夠了啦。」

春也搞不好很希望這個遊戲能早點結束也不一定。只是當時說想找點事做的人是他，他自己不方便開口吧。

「來換水吧。」

「要全部舀出來？」慎一問。

「舀一半就行了吧。」

話說回來，春也是真心想和我在一起嗎？慎一邊掬出石坑裡溫溫的水，邊思考這件事。春也該不會是覺得我沒有朋友很可憐，放學後才陪我玩，當作打發時間？如果真是如此，慎一希望他不要這麼做。因為慎一實在無法忍受春也的同情。慎一並非無法忍耐孤獨，所以春也根本不需要費心陪在自己身邊。

慎一並沒有把今天收到信的事告訴春也。倘若兩人開始的這個新遊戲很有趣，慎一一定會把這件事告訴春也，因為他一定會對那封信一笑置之。可是，如果現在說出這件事，春也可能會覺得慎一很可憐。然後，他也會因為自己被人以同樣的眼光看待而感到羞恥吧。

接下來的時間，慎一盤腿坐在泥地上，聽春也講解在前陣子通車的瀨戶大橋的所在位置，兩個人又對兩個月前的新聞「9」字桌事件進行了一番推理。「9」字桌事件是一起古怪的案件，聽說有群男人擅闖某間中學，把課桌搬到校園裡，把課桌排成「9」字。有人說這是外星人的行動，也有人說這件事和麥田圈（crop circle）有關，但是慎一認為這個「9」字絕對和棒球脫不了關係。至於春也的意見，他認為桌子排的其實不是數字的「9」，而且腹中胎兒的圖畫。問他為什麼犯人要在校園裡排這種圖形，他回答因為犯人集團是由一群後悔出生在人世的人所組成的。

不久，對話變得有一搭沒一搭，雖然太陽還高掛天空，但兩人不約而同站起身來。下了山，回到角角的後門，他們沒有特別意思地衝著對方笑了笑，各自踏上歸途。

慎一回到家時，昭三已經盤腿坐在起居室喝酒。廚房傳來炸天婦羅的香味。

「前陣子來家裡玩的春也，最近還好嗎？」

「他沒什麼變啊，很普通。」

「很普通嗎？」

昭三搖晃著肩膀笑了，好像慎一說了什麼有趣的事。

「是天安門啦，天安門。怎麼連這種題目都不知道。」

昭三的視線轉向電視上的猜謎節目，慎一以為他話說完了，正想進廚房，但昭三又轉向他說道：

「你幫我跟他說一聲，下次我會準備更好吃的招待他。我拿點私房錢，買鮪魚更讚的部位請他。」

「我會轉告他。」

慎一敷衍地點頭，想起春也胸口的瘀傷，他不能再邀春也到家裡來了。

他走進廚房，從冰箱拿出麥茶。純江站在瓦斯爐前面，拿著長筷子的手懸在半空中，一直盯著爐火上的油鍋。可能是抽油煙機的運轉聲太大，她沒注意到慎一回家了。她嘴唇自然地閉起，目光不像在看油鍋裡頭，更像在看其他的東西。慎一從流理台上的瀝水籃裡拿了一只玻璃杯，純江立刻把臉轉向他。

「阿慎，你回來了啊。」

她的臉上浮現被人看到不該看到的場景時的那種假笑。

那天吃晚飯的時候，純江說明天會晚一點回家。

「是漁會的員工聚餐，不去不行。晚飯你和爺爺一起吃喔，我會先準備好。」

「晚一點是幾點？」

慎一只是隨口問問，但純江聽到這個問題似乎很意外，只見她目光在空中游移。

「我想應該不會太晚。對不起啊，阿慎。對爸爸也不好意思。」

「忙是好事啊，純江。聚餐也好，什麼事都好。」

那頓晚餐，大部分的時間都沒人說話。

吃過飯，收拾碗盤之後，起居室單薄的玻璃窗格格作響，正珍惜萬分地挾起一塊天婦羅的昭三像隻察覺異樣的狗，抬起頭來。

「明天……看來會起風啊。」

慎一和純江都沉默地望向窗子。慎一覺得很不可思議，怎麼光看玻璃窗搖晃，爺爺就知道明天會起風呢。

（五）

正如昭三所言，隔天風勢強勁。

「慎一，寄居蟹不見了。」

提著裝有新鮮海水的塑膠袋走近石頭時，先發現這件事的是春也。凹洞裡就只剩下那條蝦虎魚，寄居蟹已經不知去向。

「啊，那個角落有一隻，白色貝殼的那隻。」

「真的耶。不過其他幾隻跑哪去了？」

為了不輸給風聲，兩人都得扯開嗓門說話。

「是不是逃走了啊，就像昨天那隻螃蟹。」

兩人決定先換水再說，他們蹲在石頭前，掬出凹洞裡的水。明明是同樣一件事，但今天因為從身後吹來的強風而使得難度增加，如果雙腿不使勁站穩，很可能隨時會被風吹得一頭撞上石頭。在兩人把水舀出來的期間，蝦虎魚的幼魚就在凹洞裡死命逃竄，牠濕滑的背鰭好幾次撞上了他們的手背。

「啊。」

春也喊了一聲，膝蓋跪在地上，身體前屈。

「怎麼了？」

「我把蝦虎魚撈出來了。牠跑哪去了？」

「啊，在那裡，那裡。」

「哪裡啦？」

「在樹根那裡。」

蝦虎魚掉在岩石旁邊的樹根之間，牠抖動著黑色的身軀，看起來比在水中時小上一圈。春也立刻想把牠撿起來，但因為魚身很滑，一直失手。失敗好幾次之後，春也用右手的指腹把魚撥到左手心裡，總算把牠撿起來。但這時蝦虎魚就像下鍋前的天婦羅，全身覆滿白色的泥土，幾乎一動也不動了。

「看來是沒救了。」

「就算放回水裡，牠可能也活不了了。」

「把牠丟掉算了？」

見慎一點頭，春也把魚扔進了灌木叢。

結果，石頭的凹洞裡就只剩下一隻寄居蟹。

「這傢伙還真是老神在在呢。」

在水位低矮許多的凹洞中，背著白貝殼的寄居蟹抬頭看著他們。雖然兩人剛才啪啦啪啦地把水掬出來，但牠既不逃，也沒躲進殼裡，頂多只是晃動兩下鉗子，然後一直用牠珠針似的小眼睛在水中望著他們。

「是因為沒力氣了嗎？」

「也可能是太老了。」

慎一之所以會這麼說，是因為他覺得這隻寄居蟹頭部兩側的觸鬚，要比其他寄居蟹長一些。他雖然不清楚寄居蟹的成長階段，但那長長的觸鬚似乎就是牠上了年紀的證據。這可能是因為觸鬚的顏色是白色，很像鬍子的緣故。

春也將食指浸在凹洞的水裡，悄悄地接近寄居蟹。後者一動也不動，一直要等春也的手指都碰著牠的臉，牠才把身體縮回殼裡，而且動作十分緩慢。

「搞不好真的是上了年紀。」

說著，春也把手指抽出水中。

「咦，牠又跑出來了。」

教人吃驚的是，這隻寄居蟹立刻又從殼裡探出頭來，抬頭看著兩人。

春也又把手指伸進水中，但這一次他的手指不是立刻湊近牠，而是慢慢地在寄居蟹四周畫圈子，像是在逗弄牠。寄居蟹的雙眼之間長著兩根觸鬚，要比頭部兩側的稍短一些，只見觸鬚的前端一直追著春也手指的動作。

「我在京都的廟會祭典上看過這樣的東西。」
「什麼東西？」
「這樣的臉啦。」
春也用手指碰了碰寄居蟹的頭。寄居蟹嚇得躲進殼裡，但立刻又探出頭來。
「那叫惠比壽祭典，是為了拜惠比壽神辦的，扮七福神的幾個人坐在船上，從八（土反）神社出發，然後在大街上遊行。七福神裡頭，有人就是長這樣。」
「長得像寄居蟹？」
「不是啦。是在鼻子兩旁長著白鬍子啦，有兩個人。」
這麼說起來，慎一想起七福神中確實有兩位老人模樣的神明。
「那艘船經過的時候啊，我老爸和老媽都叫我低頭拜神，可是我覺得那老爺爺的鬍子太好笑了，一個人笑個不停，結果被我老爸拍了頭。」
春也瞪著凹洞的底部，但目光卻似乎飄向了更遙遠的地方。
「我雖然挨打了，但那時的老爸總是邊笑邊打我。以前都是這樣的。他啪地一掌拍我的頭，臉上笑笑的，像是很開心，我也不覺得討厭。」
春也緩緩地眨了眨眼。
看不見的水突如其來地滲進了慎一的胸口。慎一想說些什麼，卻又不知該說什麼，只好假裝被凹洞裡的動靜給吸引。

過了一會兒，春也小聲地笑了，轉頭對他說：

「牠不是寄居蟹，應該叫牠寄居神。」

春也的聲音很開朗，於是慎一也回以同樣的語氣：

「因為牠長得像神明？」

「沒錯，就因為牠長得像神明。」

春也又把臉轉向凹洞，然後裝出一本正經的樣子繼續說：

「可能是因為我們把牠放進了這個凹洞，牠才變成了神明。因為這傢伙昨天還很普通啊。就跟其他寄居蟹一樣，才碰一下就嚇得縮回殼裡。」

「牠是因為變成神明，現在才這麼鎮定嗎？」

「我是這麼認為的。這石頭搞不好真的擁有神奇的力量呢。」

寄居蟹在水中不停擺動著白色的觸鬚。

「哎，要不要把牠烤出來？來把神明烤出來看看吧。」

春也從褲子口袋掏出打火機。

「可是現在風很大。」

「不知道火打得起來嗎？」

春也啪地一聲弄響打火機，試著點火，但火苗才剛點燃就熄滅了。

「石頭後面風可能會小一點吧。」

「去試試看。」

慎一把手伸進凹洞水裡，抓住寄居蟹的貝殼，但牠一動也不動。直到慎一把貝殼抓離水面，牠才慢吞吞地躲進殼裡，但也不是完全躲進去，只見牠斜視的兩隻眼睛和白色的觸鬚從貝殼開口冒出來。

「這裡不錯耶。」

他們第一次走到石頭後面，這裡的空間大約有一塊榻榻米大。但前方不遠處地勢急轉直下，角度近似山崖，慎一和春也都盡可能靠近岩石坐下。林木騷動的響聲依然嘈雜，但是躲在石頭後面幾乎吹不到風。雲朵在他們頭頂上移動。

慎一從口袋取出家中鑰匙，就近撿了落葉纏在鑰匙上。把寄居蟹倒放在四角形小穴上頭。頂著白貝殼的寄居蟹依然半縮著身軀，抬頭仰望陰沉的天空。春也打響打火機。但畢竟不是完全沒有風，火焰兩度被吹熄。他用左手擋風再點火，這次火焰雖然有些晃動，但是並沒有熄滅。

「好了。」

慎一把鑰匙移動至火焰的正上方。那隻寄居蟹仍是從貝殼開口探出頭部，仰望著天空。牠四周長了許多短鬚的嘴巴則一直動個不停。

「神明好像在說話耶。」

有種莫名的興奮，那種感覺就和偷偷打開護身符袋口時的心情很像。

「哦，牠爬出來了。」

牠的動作像是已經認命了。牠一隻腳，一隻腳伸出來，無奈地爬出貝殼。先是細密花紋的胸口，然後是腫脹的腹部，寄居蟹整隻掉在地面上。

「牠不動耶。」

春也的意思是牠不像其他寄居蟹那樣橫衝直竄，但牠的嘴巴依然動個不停。而且牠那兩顆長得像木琴槌的小眼睛，仍是一直盯著慎一他們。

啪，啪，春也把手舉到臉前，拍掌兩下。

「既然是神明，來拜一下好了。」

春也的劉海被風吹亂，臉上帶著淺淺的微笑，雙手合十，閉上眼睛。但幾秒鐘後，他臉上的笑容不見了，只見他嘴唇緊閉，表情變得一本正經。慎一也跟著他一起雙手合十，閉上雙眼。明亮的風景一消失在眼前，慎一覺得自己和春也彷彿是身在一間深山中的寺院裡。

《要不要許個願？》

春也的聲音清晰可聞，他們就像是在一個小房間裡說話。

《許願？》

自己的聲音聽來也很陌生，像是有某個人在心中替自己發聲。

《難得遇到神明啊。》

《可是我沒有願望啊。》

《一定有啦。》

《那……》

慎一花了一點時間想答案。

《我想要錢。》

《什麼嘛。》

春也嘲笑地說。

《我想不到其他願望嘛。》

《寄居神啊，寄居神，就請您賜給慎一一些錢吧。》

春也以誇張的語氣說完，又「啪、啪」地拍掌兩次。慎一始終閉著眼睛，但是聽到春也拍掌後沒有動靜，似乎是在等自己行動，於是也模仿他拍掌兩次。

「……咦，牠動了。」

聽到春也的聲音，慎一睜開眼睛，看見那隻赤裸裸的寄居蟹似乎比剛才要靠近自己一點。牠拖著彎曲的腹部，不對稱的軀體笨拙地爬向前。

「牠要去哪裡啊？」春也問。

「應該是在找貝殼吧？」

話說回來，牠剛才住的那個貝殼跑哪裡去了？慎一檢查腳邊，但就只看到他自己的鑰匙。

「春也，在那裡。」

白貝殼就掉在春也的右腳後面。看樣子是被風吹過去的。

「你說什麼？」

「貝殼掉在那裡。」

慎一指給他看，春也站起身，扭頭向後看，結果運動鞋的鞋跟碰到了貝殼。只見貝殼無聲地彈了起來，飛越過急轉直下的地面，就這麼消失無蹤。慎一想都沒想地起身上前，幾乎就在同時間，春也一把抓住了他的襯衫。

「你會摔下去啦！」

「可是貝殼……」

「不要管貝殼了，你是傻瓜嗎？」

四周林葉沙沙作響，慎一和春也反射性地立刻蹲下身去。下一秒，一陣狂風掃過兩人的頭頂。沙塵啪啪地打在肌膚上，襯衫領子拍打著臉頰，身後的石頭發出了低沉的呻吟。慎一和春也蹲在地上一動也不動，等待這陣風過去。

「好危險啊……」春也說。

風勢轉小後，慎一頓時全身無力，就像蓋上了一條柔軟的棉被。他看了看寄居蟹，牠還待在原來的地方。

「貝殼掉下去了。」

「沒關係啦。沒貝殼也不會怎麼樣，就這樣把牠放回水裡吧。」

「沒問題嗎？」

「沒事啦，不過只是貝殼。」

他們決定明天再為牠撿一個新貝殼來，然後用手指掐著赤裸裸的寄居蟹，帶牠回凹洞。牠掉進水中後，像太空人似地緩緩下降，平靜地在水底著陸。

回過神來，天色已經暗下來了。他們不知道確切時間，決定趕緊下山去。慎一走在已經相當熟悉的山路，背上彷彿還留有剛才春也一把拽住自己時的感覺。慎一望著走在前頭的春也的背影，擔心他會不會被石頭或樹根給絆倒。不過今天兩人的距離比平時要近，萬一春也跌跤，慎一隨時都能一把拽住他的襯衫。

(六)

「鳴海，妳爸爸是做什麼的啊？」

翌日，在第一節下課時，慎一問道。

「很普通的上班族啊。怎麼問這個？」

鳴海隨手闔上班上女生在玩的交換日記，輕笑一聲回問慎一。

「沒有啦……是春也有點好奇。」

「好奇？」

「啊，是因為之前在八幡宮見過妳爸爸，那時候他很好奇，一直在猜鳴海的爸爸是做什麼工作。」

這是慎一昨晚想出來的藉口。春也和鳴海在學校幾乎從不說話，這藉口應該不會被拆穿。

「富永同學怎麼會對這種事好奇啊。」

鳴海看向春也的座位。春也可能是去廁所了，不在教室裡。

「他公司在哪一帶啊？」

「就在附近噢。沿海公路上不是有家餐廳嗎？就是一樓是停車場，看起來像飄浮在半空中的那家店。從那條路一直走進去，右手邊不是有一棟很大的大樓。就在那裡。」

鳴海一口氣說完這些話，告訴慎一她父親任職公司的名字。那家公司慎一也聽過。那是全國知名的玻璃製造商，他在電視上看過好幾次他們的廣告。那家公司從玻璃窗到玻璃杯，甚至連玻璃擺飾品都有生產。雖然慎一沒說話，但鳴海從他的表情看出他知道那家公司，口氣也漸漸有些得意起來。

「我爸爸是部長，工作好像很忙，有時候星期天還得去上班。不過他放假的時候會陪我去騎腳踏車噢。」

「啊，這妳上次提過。」

「我跟你說過嗎？」

鳴海納悶地歪著頭。那晚他們在橋上見面的事，在慎一心裡留下了強烈的印象，沒想到鳴海卻已經忘了他們的對話，令他覺得很懊惱。

鳴海把慎一的沉默解讀為想繼續聽下去的意思，便開始向他介紹起她父親的工作。她父親平時似乎很少待在公司，他會開車到縣內的幾家分公司巡視，視察職員的工作情況，或是和其他公司的人開會，談一些很複雜的事情。鳴海說話時手勢很多。慎一聽她說話時，忍不住一直盯著她的手。

「他經常很晚才下班，我一個人好寂寞。昨天他也是很晚才回家。」

「那昨天——」

慎一差點問她「那昨天他是幾點回家？」但趕緊把問題給吞回去。

「妳一個人在家的時候，都是一個人吃晚餐嗎？」

「反正有電視陪我。」

上課鈴響了，兩人都望向牆上的時鐘。

昨晚純江過了十點才回家。當時昭三人在起居室打盹，慎一躺在房間裡自己敷好的被褥上，在昏暗中瞪視著天花板。純江走進家門後，從拉門縫隙瞥了房間裡頭一眼，立刻又走向起居室。慎一聽到醒來的昭三在說話。純江回話聲音很小，話不多。他爬起身，從拉門後面探出腦袋，看到純江正在收拾桌上的碗盤。晚餐後，慎一把自己的碗盤拿到流理台，但昭三飯還沒吃完就在打瞌睡，碗盤還留在桌上。

——我明天再洗吧？

純江的臉被牽牛花圖案的布簾擋住了，看不見。

——沒關啦，純江。這種事我自己來就行了。

碗盤的碰撞聲聽起來很遙遠。

——我明天早上會洗。今天我有點累了，待會兒泡個澡就去睡了。

——既然累了，妳明天早點起床洗澡就行了。不然泡澡時打瞌睡可危險了。

過了一會兒，純江的腳步聲走近房間，慎一立刻鑽回被窩，閉上眼睛。純江摸黑在衣櫃裡找出睡衣後，又走了出去。從走廊對面的浴室，傳來用臉盆往身上潑水的響聲。慎一躺在被窩裡，沒有意義地開始數起潑水聲。

（七）

「要立刻去石頭那嗎？」

「不，得先替寄居神找新的貝殼才行。」春也說。

「對耶。」

慎一和春也走到沙灘上。天空十分晴朗，一點風都沒有，潮水的氣息不只是鼻子聞得到，強烈得就連肌膚都能感覺到。

他們很快就找到三個適合的貝殼。他們順便去檢查黑洞，發現裡頭有四隻鯷魚。

「哇，大豐收。」

「鯷魚果然洄游了。」

兩人用手抓著鯷魚，作勢要把牠們吃下肚，逗弄著玩，不久魚兒開始變得虛弱，他們便將鯷魚拋回海中。

後來春也說要打水漂，兩人比了幾次，但春也要比慎一厲害多了。形狀扁平的石子比較容易在水面上彈跳，兩人走在岩岸邊，各自去尋找形狀適合的石子。

「……」

春也似乎說了什麼，慎一扭頭看他，但兩人之間意外有段距離。只見春也站在二十公尺以外的地方，望向慎一。

「你說什麼？」

慎一回問他，但春也並沒有回答，而是指了指自己的腳邊。咦？慎一探頭詢問，但他只是沉默地加快手上的動作。他找到什麼了嗎？看他一臉驚訝的樣子。慎一踩著岩石走過去，春也蹲下身從海水窪裡撿起一個銀色的東西。一開始慎一以為是外國的錢幣，但是湊近一看，竟然是枚五百圓硬幣。

「咦？」

「我找石頭的時候發現的。」

「是真的嗎？」

「真的吧。」

「借我看。」

慎一從春也手上接過硬幣，檢查了一下。雖然慎一自己不曾使用過五百圓硬幣，但是這種硬幣已經在市面流通很多年，就連他也看得出這錢是真的。

「這會不會是昨天的那個？」春也問。

「昨天的什麼？」

「寄居神的保佑啦。」

聽他這麼說，慎一這才想起來。對了，昨天他們曾在那顆石頭後面，對著那隻失去貝殼的寄居蟹雙手合十。

一陣興奮直衝咽喉。

「寄居神真厲害，居然真的讓我們撿到錢。」

慎一說完，一陣像被鬃刷刷過的戰慄竄過背脊。

「撿到五百圓耶，真厲害。」春也說。

「去買點什麼吧，太棒了。」

「寄居神真的太厲害了。」

每說一次和每聽一次「厲害」這個字眼，厲害的程度彷彿也隨之增加。慎一全身激動，雙臂爬滿雞皮疙瘩。

「要買什麼好呢？」

「點心之類的，什麼都好啦。」

慎一說完要把五百圓還給他，但春也剛要接下，又抽回了手。

「可是，這不是我的錢吧？」

「為什麼？」

「因為我昨天說的是『請您賜給慎一一些錢』吧。」

他昨天確實是這麼說。

「沒關係啦，錢是春也發現的啊。」

「可是……」

「你就花掉嘛。」

「要不然這麼做吧，我們兩個去買些什麼，找回來的錢你收下？」

慎一有些猶豫，但轉瞬又想這也不失為一個好方法。

「如果春也不介意的話。」

「沒問題啦。」

兩人回到沙灘，蹲著討論要拿這五百圓買什麼東西。他們討論了很久都沒有結論，但得出答案後，事情就簡單了。走吧。他們同時起身，十分鐘後，兩人衝進大路旁的超市，買了一盒看起來又大又甜的草莓。慎一把一百多圓的零錢收進口袋，然後回到海邊，用海水隨便沖了沖草莓。

「我們去後門吃吧。」春也提議。

「好啊。」

他們跑到角角的後門。慎一正準備在老位子坐下，但臉上還掛著興奮表情的春也突然露出羞澀的笑容提議：

「哎，還是不要在這裡吃了，去上面吃吧？」

「石頭那邊？好啊。」

兩人以那塊石頭為終點，像在比賽似地奔跑在樹林之間。

「看來牠果然是神明啊，是寄居神。」

「得向牠道謝才行。不知道牠吃不吃草莓？」

「牠會吃嗎？」

慎一覺得雙腿像是裝上了彈簧，身體很輕盈。不管是鑲上淡淡雲朵的春日天空，還是投射在泥土上的拼圖形狀的葉影，自己踩在影子上的雙腿，每次回頭都變得更遼闊的大海，慎一全都很喜歡。不管是春也跑在前頭的背影，還是氣喘吁吁的自己，這一切的一切，慎一全都喜歡得不得了，他把草莓抱在胸前，直想放聲吶喊。如果他真的喊出聲來，春也一定會嚇得回頭看他，就像看到慎一被埋在啤酒籃下面時那樣瞪大雙眼，下巴拉得老長。一想到這畫面，慎一就忍俊不禁。

兩人以超乎以往的速度，抵達石頭所在的地點。凹洞裡的水反射陽光，在凹凸不平的岩石表面投下變形蟲似的花紋。

「咦，寄居神不見了。」

望進水坑裡的春也拔高聲音說。

「會不會是躲在角落？」

「沒有啊，你來看。」

慎一膝蓋跪地，把臉湊近水面，檢查凹洞裡的每個角落。寄居蟹確實不在這裡。

「牠會不會是跑出來了？」

「找找看吧。」

兩人開始尋找寄居蟹，態度要比螃蟹失蹤的時候認真多了。他們仔細察看腳邊，屈著身子四處找尋，並且不時停下腳步，把臉湊近地面察看。

「找到了！」春也說。

「在哪裡？」

長著白觸鬚的寄居蟹就在距離石頭三公尺遠的泥土上。牠靠在那種開白花的野草筆直的莖上，已經缺水而死。有幾隻紅螞蟻像在商議什麼事，圍繞在牠身旁。慎一用手指戳了戳牠，但寄居蟹顯然已經發硬了，光是碰一下蟹螯，整個身體就跟著晃動。

「真是遺憾。」

春也抓住牠的腳，把牠撿了起來，呼呼吹散爬在上頭的紅螞蟻。結果他呼出來的氣吹動了寄居蟹的身體。

「嗚哇，斷掉了。」

春也的指縫間只剩一隻斷腳，寄居蟹整隻掉在地上。

慎一撿起泥地上只剩七隻腳的寄居蟹。重量很輕，感覺只剩一個空殼子了。牠全身僵硬，爪子很尖，觸感很像昆蟲的屍骸。慎一把臉湊近，嗅到了一股海產的腥味。

「牠實現了我們的願望，自己卻死了。」

「可能就是因為牠死了，我們的願望才會實現吧。」

看到死後的寄居蟹身體僵硬，似乎是因為耗盡了力氣才死去，慎一不假思索地這麼說。一直低頭盯著手心裡的寄居蟹之後，他漸漸覺得這個想法變得真實起來。——深夜，月光照耀在此處，寄居蟹慢吞吞地爬出水坑。爬出水坑的寄居蟹在石頭上一點一點地，一點一點地前進，總算爬到泥地上。牠兩顆黑眼珠望向頭頂的月亮，一步步地開始朝某處走去，牠的腳步顯示牠知道自己要做什麼。只見牠長滿短鬚的嘴巴念念有詞。冰涼的腹部在地面拖行，一開始在牠行經過的地面還會留下水痕，但是牠的身體愈來愈乾，留在地上的線條也愈來愈模糊。即便如此，寄居蟹仍是繼續前進，但就在那根綻放著白花的雜草底下，牠終於耗盡了力量。牠仰望著月亮，吐出最後的呢喃，然後再也不動了。

「來吃草莓吧。」

兩人盤腿坐在地上，面對面地吃草莓。草莓已經不冰涼了，但反倒更凸顯了甜味。慎一盡可能吃到接近草莓蒂的地方，因此口中的果肉混雜了一股青草味，但也更添了幾分鮮嫩的滋味。慎一邊吃，邊不時望向那隻寄居蟹。春也一直默不作聲地把草莓往嘴裡塞，但慎一知道他的腦中一定也在想那隻寄居蟹。口中的草莓彷彿變成了陌生的水果，在舌頭上化開，濃稠的果液滲透在嘴巴裡，然後擴散至全身。慎一的心臟砰砰直跳，全身的脈膊也跟著一起跳動，他感到坐立不安，那種感覺就像是你知道自己夢寐以求的東西，即將到手。

(!)

第三章

（一）

「七……是『Lucky 7』啊。」

慎一用筷子剔著竹莢魚魚乾時，餐桌對面的昭三喃喃說道。他拔下一把眉毛，擺在茶杯旁邊細數。

「不是只有五根嗎？」

「你那邊看過來，只看得到白色的。哪，這裡有一根，這裡還有一根。」

「噢，有七根啊？」

慎一雖然答腔，但並不是特別在意，他把飯往嘴裡塞，目光轉向電視。從昨天晚上開始，電視上一直在播報同一則新聞。

那起「9」字桌事件的犯人已經遭到逮捕。結果，這件驚動社會的神祕事件和宇宙人或麥田圈無關，真相也和他們的想像扯不上邊，既與棒球無關，排得更不是腹中胎兒的圖案，只不過是一群不良少年半開玩笑的惡作劇，慎一得知後有些失望。

不過他一想到今天放學後的計畫，心中的失望頓時一掃而空。這陣子天天下雨，自那次之後，他們再也沒有上山。他和春也去過角角的後門，但兩人只是時不時望向山頂，一面閒聊一面聽著雨聲，然後心情鬱悶地打傘回家。

今天是星期五，天空萬里無雲。

純江今天第一個吃完早餐，進房坐在梳妝台前。慎一發現這陣子媽媽化完妝後，經常在鏡子前面多坐一會兒。有時看她在望著鏡中的自己，然後又像發現了什麼，突然把臉湊到鏡子前。晚飯也一樣，她不像從前一吃完飯就動手收拾，而是盯著自己擱在膝蓋上的手發呆。也不知是不是慎一多心，他覺得媽媽晚上洗澡的時間也變長了。昨天慎一沒把鑰匙從口袋拿出來，就把褲子丟進洗衣籃，他想到這件事，在純江洗澡的時候去了脫衣間一趟。在毛玻璃的另一端，他發現媽媽的影子一動也不動。

這天的課堂感覺特別漫長。以為已經過了十分鐘，但是看了看時鐘，不過才過了五分鐘。不知重複這個舉動多少遍，感覺等了多上一倍的時間，下課鈴才終於響起。

「先去海邊抓新的寄居神吧。」春也說。

「一隻就夠了吧。」

「不，多抓幾隻吧。」

走在沿海的路上，兩人的腳步彷彿像在競走。太陽打在前方的柏油路上，路面閃著白光。另一頭，綠意昂然的青山離他們愈來愈近。像這樣從遠處望過去，那座山看起來就像模型似的，令人難以想像那些形狀不一的樹葉、散發苦味的泥土，以及寄居神的石頭、他們的海水窪就在那上頭。但這也代表了他們的祕密基地不容易被人發現，慎一想到這就覺得高興。

「對了，我帶了好東西來。」

路上，春也打開他的運動包包，讓慎一看裡頭的東西。裡面有好幾個他從家裡帶來的透明塑膠袋

「這些是用來裝水的吧？」

「對啦。還有這個。」

在塑膠袋旁邊，有一個以更薄的塑膠膜包覆住的四方形鼠灰色物體。慎一發現那原來是油性黏土。

「我從工藝教室偷來的。」

「要幹嘛用的？」

「用塑膠袋蓋住那個凹洞，再用黏土把縫隙填起來。這麼一來，寄居蟹就逃不掉啦。」

「噢，好辦法耶。」

「而且，我還有一個點子。」

春也拉上運動包包的拉鍊，瞪視著前方的山，從他口中突出冒出一句奇怪的話。

他說想燒寄居神。

「燒？」

慎一反問春也，以為是自己聽錯了，但是他並沒聽錯。只見春也莫名自信地點了頭，開始向慎一說明，聽他的口氣像是早有準備。

「這就和過完年後，神社做的事一樣啦。你也看過他們燒掉注連繩（註1）和門松（註2）吧？」

「你是說『Dondo燒』儀式（註3）？」

「在我家是念『Tondo燒』。之前我在電視上看過，之所以要舉行『Tondo燒』儀式，是為了把那些用注連繩和門松請來的神明給送回天上。所以我在想，我們也可以把我們請來的寄居神給燒掉。因為只要用火燒，神明就會從裡頭跑出來對吧？」

慎一當下點了頭，但這不是代表他聽懂了春也的話，他只是希望春也早點說下去。

「那之後我一直在想，為什麼我們會在海邊撿到五百圓？我在想，那大概是因為寄居

註1：在草繩上綁上一串白色紙條，日本新年時會拿來掛在大門上，傳說可阻擋災禍進門。
註2：日本新年時用來裝飾門前的松枝，用作迎神。
註3：日本每年一月十五日，家家戶戶會將使用過的門松、注連繩等裝飾品帶到神社焚燒。

神死去的緣故吧。是牠犧牲了自己，實現了我們的願望吧。牠的屍體，感覺就像空殼子不是嗎？」

慎一在山上時也曾有同樣的感覺。

「牠的屍體感覺好輕，腹部也縮得小小的，變硬了。我在想搞不好因為寄居蟹的身體死了，所以裡頭的神明就跑出來了。跑出來以後，牠把錢放在了我們可能發現的地方。可是，也不能保證寄居神每次都會死吧？上回牠雖然死了，可是那種情況其實很少見，所以啊——」

「由我們來殺掉牠？」

「不是啦。我們不是殺掉牠，而是用火把神明請出來啦。」

兩人都很清楚，他們得一直替自己的遊戲想些新花樣。所以說話的春也聲音更加一本正經，慎一也聽得很認真。其實根本不需要講什麼道理。新年、注連繩、門松……光是聽著這些詞彙，就足以讓他們接下來的遊戲添上幾分神祕儀式的色彩。廣闊的大海還在他的右手邊，慎一的腦中便已經清楚浮現在打火機的火焰中身體縮成一團的寄居蟹，以及自屍體抽離的半透明影子。

兩人一前一後地奔下以四方形鐵罐和舊輪胎搭成的階梯。他們根本不必去檢查黑洞，海水窪裡到底都找得到寄居蟹。找到一隻就握在手裡，又發現一隻，繼續塞進手心。大海遼闊，海面反射著陽光，曬得人臉熱烘烘的。

「你抓到幾隻了？」春也問。

「四隻。你呢？」

「五隻。這樣應該夠了。」

他們在塑膠袋裡裝進海水，然後把九隻寄居蟹一起放進去，綁住袋口。他們移動到角角的後門，然後輪流提水，一起爬上山頂。

兩人抵達石頭處後，先將凹洞裡的水都掬出來，然後倒進新鮮的海水。九隻寄居蟹跟著海水一起撲通撲通地掉進去，一會兒之後，牠們紛紛從殼裡探出頭來，開始在水底徘徊。空塑膠袋因為以後還用得到，春也把水甩乾，收進了包包裡。

「要選哪隻好？」春也問。

「那隻大的如何？」

那隻寄居蟹看來精力旺盛，春也才拿打火機烤不到十秒，牠就從貝殼裡跳出來。才一落地，八隻腳便全速爬動，開始逃亡。

「不能讓神明給跑了，快抓住牠！」

寄居蟹往慎一衝去，他迅速伸出右掌蓋住牠。在拇指根部一帶，他感覺得到有東西在戳自己，也不知是蟹螯還是頭部。

「怎麼辦？怎麼辦？」

但是，春也似乎還沒想好接下來該怎麼做，他嘴巴只是一直重複念叨著慎一已經在做的事，「快抓住牠！快抓住牠！」過了一會兒，寄居蟹的動作漸漸慢下來，最後牠老實地待在慎一的手掌下，觀望情勢。

牠身體的不知道哪一個部位，還在碰獨慎一的肌膚。

「……牠停下來了。」

「你先把手掀起來，用手指抓住牠。」

「然後怎麼辦？」

「啊，你先抓著一下。等一下，對了，我們有黏土。」

春也起身，拿來自己的運動包包。他從裡頭取出油性黏土，剝掉塑膠膜，隨手扭下一角。他用雙手迅速把黏土搓揉成一根粗大的長條，再用手指調整一下形狀。

「把牠放上來如何？用黏土黏住牠的腳，讓牠逃不了。」

春也做出來的成品，形狀很像八幡宮舞殿的演奏者表演時敲奏的鼓，兩端是平的，中央則比較細。春也把黏土直擺在泥地上。

慎一移開手掌，在寄居蟹爬動前一把抓住牠。他把在指尖掙扎的寄居蟹放在黏土台座上，春也壓緊剛扭下的一小塊黏土，把寄居蟹的兩隻腳牢牢地固定在台座上。

春也一放開手，腳被束縛住的寄居蟹在台座上死命扭動身子，圓鼓鼓的腹部不斷晃動，就像顆瞪得老大的的大眼珠。但憑寄居蟹的力氣，是不可能把腳從黏土拔開的。

「這是寄居神專用的台座。」

寄居蟹漸漸不再掙扎。

一分鐘過後，牠已經完全靜下來了。

慎一和春也面對停止動作的寄居蟹，雙手合十，閉上眼睛。眼前景色一消失，山上的各種聲響突然變得清晰起來。從頭頂傳來微弱的乾澀聲響。可能是掉落的葉片碰到了樹枝的聲音吧。遠方，鳥兒顫聲鳴叫。要許什麼願呢？要請寄居神為我實現什麼願望呢？慎一認真地思考這件事，甚至有些認真過頭了。

「你許了什麼願？」

慎一睜開眼睛後，春也口氣試探地問他。

「我希望蒔岡遇上不幸的事。」

慎一如此回答。

「蒔岡？為什麼？」

「因為這陣子我抽屜裡的那些信，八成就是他放的。」

哦。春也揚起了嘴角。

「希望你這願望能實現啊。我也討厭那傢伙，真不知道為什麼。」

「春也許了什麼願？」

「我嘛……」

話說到一半，春也淺淺一笑，沒再說下去。

「不用管我啦。」

台座上的寄居蟹已經一動也不動，但不像是因為虛弱，比較像是已經放棄了。

「點火吧。」

春也點燃打火機，讓寄居蟹的身體接觸到火焰的前端。寄居蟹擺動著腹部，蟹腳不斷掙扎，從口中吐出了許多泡沫。一股類似今天早餐吃的竹筴魚的腥臭味在兩人彼此湊近的臉之間瀰漫開來。不過在燒到一半的時候，從黏土融出的油臭味變得比較強烈。噗滋。只有在寄居蟹灰色的腹部綻裂的時候，兩人的頭微微地往後一縮。

（二）

隔天是星期六，但是早上蒔岡並沒有出現在教室。

第一節課和第二節課的時候，班導吉川都沒有提起這件事，她那張尖臉就和平時一樣，仍舊操著男人似的嗓音，利用教學海報講課。

「蒔岡怎麼了啊？」慎一問。

「他發生什麼事了嗎？」

下課時間和春也悄聲討論這件事時，慎一並沒有提起寄居神的事，因為他心想，「這怎麼可能呢？」這本來只是一個令人一笑置之的想法，但是倘若自己把「寄居神」三個字給說出口，似乎就無法輕易地一笑置之了，因此慎一把話給硬生生地吞回去。

吉川一直要等到第三節的國語課時，才向大家說明這件事。

「剛才終於和蒔岡同學聯絡上了。他因為摔倒，結果受了傷。」

他摔倒了。他摔倒？他摔倒了嗎？教室裡四處響起交談聲，聲音全混在一起，聽起來模模糊糊的。

「聽說是他早上出門上學的時候，滑了一跤。」

慎一立刻轉頭看向春也。春也也望向慎一。

「現在他已經從醫院回家，正在家中休養。」

在兩人的黑眼珠之間似乎拉起了一條線，春也和慎一的目光始終望著彼此，沒有移開視線。

「他媽媽笑說，是因為他早上愛賴床，總是匆匆忙忙衝出家門，才會從樓梯上摔下來。」

這時有人提起蒔岡體重的事，教室裡一陣哄堂大笑。

慎一緊繃的身體頓時放鬆下來，他總算能夠把頭轉回講桌。看樣子蒔岡的傷勢並不嚴重。慎一又看向春也，但是春也並沒有在看自己。他的眼睛被劉海遮住，慎一無法確認他的表情。只不過慎一看見他的嘴角稍稍動了動，像是說了幾個字。

那堂課結束後，值日生才說完「敬禮」，慎一便朝春也的座位走去。只見春也的課本還是攤開的，自動筆在上頭動個不停。他翻開的那頁是剛才上課的內容〈高大的白樺樹〉。慎一納悶著他在寫什麼，原本他是在把文章裡出現的「る」字都加上一豎，一個一個改成「ね」字。

「登『ね』より下り『ね』ほうがずっとむずがしい（註1）——改成這樣就看不懂了。」

「春也，老師說蒔岡受傷了。」

「ほら、あそこ、あそこ、いちばんてっぺんにい『ね』！えだのかげにかくれてい『ね』んだよ！（註2）哦，這句好玩。這樣改就不知道究竟是躲起來了，還是沒躲起來。」

春也總算抬起頭。

「不過還真可惜啊。」

「什麼事？」

「我想應該是……」

「他媽媽還笑得出來，就代表蒔岡的傷不嚴重吧？」

「我搞不清楚，這樣寄居神算是實現了你的願望，還是沒有實現啊。」

春也啪地一聲闔上課本，站起身來。春也說了句，「廁所。」走出教室，慎一跟著他。

「我嚇了一跳呢，沒想到他真的會受傷。」

慎一說道，他和春也並肩走在走廊上。

「我也嚇一跳啊。」

春也說著，望向右手邊的那排窗子。校門旁的雪松對面是一片雜亂無章的建築物，再過去不遠則看得到海。

「感覺有點毛毛的。」

慎一望著春也的側臉，沉默地點了頭。

「天上雲好多啊。」

這天上完第四堂課便放學了。走出校舍玄關時，春也看著天空咂舌一聲。

「看來好像會下雨。天氣預報也是這麼說。」

註1：原句意指「爬下去要比爬上樹難多了」。

註2：原句翻譯爲「你看，在那裡，在那裡，在最接近樹頂的地方！就躲在樹枝的影子裡！」。此處春也將「る」改成「ね」，句子便變爲否定句。

「今天怎麼辦？」

「搞不好會下雨耶。」

走著走著，天色愈來愈暗，飽含雨氣的雲朵黑壓壓地出現在天上。空氣很濕熱。

「今天還是算了吧。下雨爬山很危險。」慎一說。

「也是。要是跟蒔岡一樣摔倒了，那就糗大了。」

老實說，慎一今天本來就不打算上山。

他在課堂上就已經打定心意了。

「那我回家了。」春也說。

「拜拜。」

臨別之際，慎一看了一眼春也身上的長袖襯衫，他的袖口沾了塵土之類的東西。慎一早上就注意到了。早上不過是出門上學，怎麼會弄髒袖口呢？

慎一獨自走了一會兒，來到路口後，他走上與自家方向相反的那條路。他還記得蒔岡家的公寓地點。大約是他念四年級的時候，有天他一個人走在路上，偶然看見班上幾個同學聚在一個樓梯下聊天。他們沒有理會慎一，但是從他們的對話，慎一得知蒔岡就住在那棟公寓。

慎一回想起昨天。

他們朝著固定在台座上的寄居蟹，雙手合十。要許什麼願好呢？要請神明為自己實現什麼願望呢？慎一閉上眼睛，認真思考，簡直可說是認真過頭了。不久，他眼底浮現了幾天前晚歸的純江摸黑在衣櫃尋找睡衣的身影，以及那之後從浴室傳來的潑水聲。早晨，她坐在化妝鏡前注視著自己的背影，突然挺身向前的上衣後背。這些畫面一口氣地在他腦中重播。——慎一祈求寄居神讓鳴海的父親遭遇不幸。

這才是他當時真正的願望。

但慎一無法老實說出口，於是謊稱說希望蒔岡遇上不幸。為什麼反倒是謊言成真了呢？為什麼當時說出口的話，竟變成了事實？

他循著記憶邁開腳步，沒多久找到了公寓。那是一棟兩層樓公寓，在一樓外廊的右方，有一道連接道路和公寓內部的樓梯。樓梯旁邊有一排信箱，在「二〇四」號牌的下方，用奇異筆寫上了「蒔岡」兩個字。

第一滴雨打在他的臉頰上。當他抬頭仰望昏暗的天空時，第二滴雨掉進了他的右眼。灰色的雨點打在四周的柏油路面，眼看著雨點數量愈來愈多，漸漸覆滿地面，慎一慌慌張張地衝進了一樓的外廊。

公寓一端有道樓梯。樓梯構造很陽春，只是用鋼筋骨架和鐵製踏板組成的。

慎一走到樓梯旁邊。外廊只蓋到樓梯前，他探頭向左看，看見一個像是長方形鐵籠的物體，緊貼著公寓的外牆擺放。仔細察看後，他發現那原來是這棟公寓專用的垃圾擺放處。鐵籠外拉上了鐵絲網，構造很結實，地板上黏著一些廚餘的殘屑。鐵籠恰好就位在樓梯的正下方。

慎一緩步走過去。

他靠著鐵絲網，從背面打量這道樓梯。因為踏板和踏板之間空無一物，他可以看見另一側的景物。雨勢愈來愈強，雨水自踏板的邊緣滴滴答答地流下。從上層的踏板，落到了下層的踏板，順流而下。流下來的水非常髒。顯然樓梯的踏板表面一定覆了一層塵土。就像沾附在春也袖口的那些塵土。

隔著一層T恤，慎一的背感覺到鐵絲網的冰冷，他的眼睛則在看著某段畫面。那段影像就只存在於他的腦海。他看見一隻身長有小孩高的赤裸寄居蟹爬上了鐵絲網，坐在垃圾籠的蓋子上。牠屏住氣息，一動也不動，用兩顆乒乓球大的眼睛一直盯著踏板與踏板之間。牠就像個有生命的陷阱，耐心等待著獵物的腳出現在自己面前。從二樓傳來開門聲。懶散的腳步聲在走廊上行進，走下樓梯。隨著腳步聲愈來愈接近，寄居蟹的嘴巴開心地動個不停。牠舉起左右蟹螯，等待獵物的腳出現在視野之中。牠迫不及待地等待著。

蒔岡的傷勢不知究竟有多嚴重。臉上有沒有擦傷滲血？有沒有流鼻血？還是有哪根骨頭斷了？

他最好是傷得重一點，慎一心想。

他待了有一段時間，才從樓梯底下走出來。結果慎一才踏進巷子，天空突然下起傾盆大雨，他全身都淋濕了。

回家的路上，慎一遇見好幾個班上同學。大家似乎都回過家一趟，手上沒拿包包，而是撐著傘。那些同學和渾身濕透的慎一擦身而過時，都像沒看見他似地，目光撇向其他空無一物的方向。襯衫貼在皮膚上，感覺好冰冷。運動鞋裡都是水，襪子全濕透了，雙腳很沉重。慎一突然很想見才剛道別的春也。他想見春也。見面後不聊天也沒關係，他想待在春也的身旁。可是慎一不知道春也的家在哪裡。他從不曾去春也家玩。

（三）

「我猜，我家的公寓搞不好有死過人，而且那個人絕對是從樓梯上摔死的。因為啊——」

蒔岡一臉嚴肅地說。他將包著繃帶的左手擱在T恤的腹部，展示給大家看。隔週的星期一的早晨，有四、五個男生圍在他身旁。鳴海也坐在蒔岡對面的桌子上，聽他訴說受傷的經過。

蒔岡受傷的部位是臉頰上的擦傷，以及左手小指骨折。

「我也不是記得很清楚，但是我有印象，當時我其中一隻腳突然就不能動了。我那時是跑下樓梯的。結果等我回過神，我已經摔下樓梯。」

慎一偷偷看向春也的座位。從春也的側臉看得出來，他已經察覺慎一的視線，但是他並沒有轉過頭來。

下午的課一結束，慎一和春也一起走出校門。一開始他們的對話並不熱絡，但是走著走著，兩人也愈聊愈起勁。來到看得見大海的地方時，兩人已經肩碰肩地互動親密，一起朝角角的後門走去。

「我在想啊，我們鋪的塑膠袋不只能防止寄居蟹逃跑，還可以用來擋雨呢。」春也說。

「不然雨水流進去的話，海水就會變淡了。」

「用雨水應該不行吧。」

「還是得用海水才行。」

他們就像事先說好了，兩人都沒有提起蒔岡的事。對某事絕口不提，對慎一而言也是一件新鮮的事，這令他的心興奮直顫。

「唉，全都死掉了。」

移開表面布滿水氣、一片白霧的塑膠袋，一股帶著熱氣的腥臭味迎面撲來，底下的寄居蟹全都死光了。在凹洞的水底，寄居蟹全都從貝殼裡掉出半個身體，私毫不見動靜。

「裡頭的水是熱的耶。」

慎一把手指伸進水裡，驚訝地說。

「我們太粗心大意了，這下裡頭變成溫室了。我們怎麼會沒想到這點呢。嗚哇，全都泡爛了。」

春也從熱水裡撿起一隻寄居蟹。寄居蟹的身體鬆垮垮地掛在貝殼的開口，怎麼看都已經死透了。兩人蹙著眉頭盯著牠看，結果寄居蟹的腹部滑了出來，摔在地上，發出液體掉落的聲響。

「糟糕透了。」春也說。

「得去抓新的寄居蟹才行。」

「對啊。而且也不能用塑膠袋當蓋子了，得找其他東西來蓋。」

「用網子之煩的東西，應該行得通吧」

春也失望地嘆了一口氣，搔抓著頭髮，突然，他停住動作，伸長脖子看向水坑。

「咦？」

「怎麼了？」

「好像有一隻在動？」

「寄居蟹嗎？」

慎一也探頭望著水坑。一、二、三、四、五、六、七、八，看起來全都死了。到底是哪隻在動呢?慎一照順序又看了一遍,這一次他看得很仔細。一、二、三、四、五、六、七……

「真的耶。」

細看之後,發現數來第六隻的寄居蟹的蟹螯微微晃動著。

「牠真強,居然活下來了!」

春也說完,把手伸進水坑,捉出那隻背灰貝殼的寄居蟹。寄居蟹確實還活著,但是似乎已經沒有縮回殼裡的體力,牠像幽靈似地上半身垂掛在殼外。

「看來牠是最厲害的一隻啊。」

事實上,牠能夠在這池熱水中存活下來,真的很了不起。如果換作是人,這情況就等同於在大火中倖存下來。

「就決定是牠了!」

慎一點了點頭,沒有多問什麼。今天的寄居神就決定是牠了。畢竟活下來的也只有牠,這是必然的結果,不過牠顯然也是那八隻寄居蟹中最強、最特別的一隻。

他們移步到石頭後面。春也從口袋掏出打火機,慎一拿出家中的鑰匙。兩人把半個身子掉出貝殼的寄居蟹擺在鑰匙上,開始點火。

「牠不知道出得來嗎?」

「牠已經很虛弱了,如果烤太久,搞不好會死掉。」

「我拉牠一把好了。」

他們烤了一陣子，寄居蟹都沒出來，於是春也暫時熄火，用手指掐住寄居蟹的蟹螯向上拉，結果灰色貝殼被拉離了鑰匙，搖搖晃晃地在空中擺動。慎一不禁想起之前那隻被扯斷的寄居蟹。不過春也這一次成功了。他將寄居蟹的身體順利地從貝殼裡拔出來，就像手巧的人拔得出整塊的田螺肉。

「牠還活著嗎？」

「牠腳還在動。慎一，你可以做台座嗎？」

慎一用凹洞邊緣的黏土，做了一個和上次相同的台座，擺在地上。春也把寄居蟹固定在上頭。

兩人雙手合十，閉上眼睛，像是排練過似地動作一致。

《寄居神啊，寄居神……》

春也口中的低喃略帶節奏，架勢有模有樣，感覺就像真的在念誦咒語和經文。同時，慎一還聽到類似在洗東西的聲響，那應該是春也摩擦雙手弄出來的聲音吧。

慎一依舊閉著眼睛，他道出在昨天夜裡預先設想好的台詞。

《春也，你有沒有什麼願望？》

幾秒鐘之後，春也才回答。

《我不用了啦。》

勢。

慎一就知道他會這麼說，因此片刻之後，慎一又發問了一次，這次問話的口吻略微強

《你總有一個願望吧。》

慎一心想，春也搞不好已經睜開眼睛了。他可能正在盯著自己看。但慎一依然雙手合十，將手舉在臉前，閉著眼睛。對春也的心意隱隱刺痛著他的心，慎一自己也不清楚那究竟是什麼樣的感情。慎一只知道，他想一直和春也當朋友。他想像這樣和春也一起共度放學後的時光。一起買草莓，一起氣喘吁吁地爬山，有時同情對方，有時也被對方同情。他希望在兩人能擁有更多彼此心照不宣的祕密。

慎一等了許久，終於聽到春也的回答。

《這樣的話，那我也要錢好了。》

說完，他害羞地笑了。

《我只要一百圓就夠了。》

這天，是由慎一來為寄居神執行火刑。

「真是一點都不帶勁啊。」

晚飯吃到一半，昭三輕輕地咂舌一聲。

「那是黃芥末吧？」

慎一探頭看了看桌上的盤子，回問昭三。盤子裡的是初鰹（註）生魚片。今天是二十五號——純江的發薪日，餐桌上除了有生魚片，還有生海膽和炸楤芽。

「黃芥末？」

「爺爺你沾的不是芥末，是黃芥末啦。」

慎一的筷子指向生魚片旁邊的黃芥末。吃初鰹的時候，昭三不是配芥末，也不是配大蒜，向來都配黃芥末吃。初鰹和秋冬迴游南下的的鰹魚不同，沒有腥臭味，配黃芥末吃正合適。但慎一因為不喜歡吃辣，每次都只沾醬油吃。

「哦，我不是說這個。我說的是新聞。」

昭三抬了抬下巴，指向電視畫面。電視正在播報蘇聯對阿富汗做了什麼事的新聞，慎一看得一頭霧水。

「我是說主播新聞報得不慍不火的，一點也沒意思。」

「對了，爸爸，我之前聽人家說，初鰹是從鎌倉發揚光大的？」

純江從廚房端出多炸的天婦羅，一面移到桌上的盤子裡，一面問道。

「沒錯沒錯，就是鎌倉啊。純江，在從前啊，那年第一次捕到的鰹魚，都要進奉給八幡大神。所以在江戶一帶提到初鰹，就會想到鎌倉。江戶那邊根本找不到初鰹，因為全都

註：每年春天順著黑潮北上的鰹魚，味道較清新。

進奉到我們這裡來了。」

「哦，原來如此啊。」

純江表情異常誇張地說。她的舉動與其說是想知道答案，更像是為了取悅對方，才故意請教對方答得出來的問題。但昭三可能是因為喝了酒，沒留意到這點，只聽他拉高了語尾，一臉開心地繼續說：

「純江啊，伊勢龍蝦也是從鎌倉開始賣的噢。」

「伊勢龍蝦也是？」

「從前鎌倉的龍蝦可有名了，在關西地區也賣得很好。不過後來伊勢那邊也開始捕龍蝦，不知不覺名氣還贏過了鎌倉，搞得現在連在鎌倉捕到的龍蝦也叫伊勢龍蝦了。」

「原來如此啊，我都不知道。」

「畢竟妳不是這裡長大的，自然不知道。」

「這裡的人都清楚這些事嗎？」

「也不是人人都知道，頂多就我們這種老人家知道吧。」

媽媽以前是這樣的人嗎？她會像這樣刻意取悅別人？像這樣故意拔尖嗓子說話，裝出佩服的口氣嗎？

媽媽的確變得和從前不一樣了。

心裡一這麼想，慎一覺得眼前的純江突然變得陌生起來。她不再是自己的媽媽，也不是和死去的父親結婚的那個女人，就只是一個在這個家幫忙做家事的女人。等到家事做完了，她就會回自家去。回到家後，和某個男人在一起。

「爺爺。」

慎一想喊的對象其實是純江，最後卻是朝昭三出聲。昭三臉上還掛著笑容，把臉轉向慎一。

「前陣子我和春也撿到錢噢，是五百圓硬幣。」

他其實還沒想到要說什麼，只好隨便找一件事說。

「撿到五百圓啊，真不錯呢。」

昭三身子前屈，紅通通的臉龐突然湊向慎一。

「然後呢，你們買了什麼啊？」

「草莓。」

「草莓。」昭三挑起眉毛，鸚鵡學舌地重複一遍，然後張大嘴笑了，「你們買了草莓嗎？這選擇真不錯。一定很好吃，對吧。」

「買了草莓啊。」昭三嘴裡重複念著，拿起裝了酒的茶杯。接著他搖頭晃腦地哼起了慎一沒聽過的演歌，唱著有關草莓的歌詞。

「阿慎，你撿到錢怎麼沒告訴大人，這怎麼行。」

純江突然一本正經地板起臉孔，看著慎一。那個瞬間，一股突如其來的怒火令慎一眼底發熱。如果妳要變成陌生女人，就繼續當妳的陌生女人吧。幹嘛突然擺出這副表情來？他沒說出口的話語，直衝上發熱的眼底。他覺得就連和春也一起吃草莓的那段時光，彷彿也被媽媽一起譴責了，被否定了。

「為什麼我不能買草莓？」

慎一說到最後，聲音帶著一絲哭腔。慎一為此很懊惱，不由得站起身來。不管是一臉訝異地看著自己的純江，還是表情像在看好戲的昭三，他全都討厭。他在眼淚掉下來以前走出起居室，躲進廁所。他不知道自己在生氣什麼，也不知道自己為何會掉淚。他關上門，握緊拳頭敲打著自己的大腿。

「好了啦，純江。放他去吧。」

慎一聽見昭三這麼對純江說，她似乎是打算過來看他的情況。之後兩人又說了兩、三句話，然後門外便安靜下來。

(四)

慎一坐在自己的座位上，看著一早到校的春也在他的座位前發現一枚百圓硬幣。春也固定留在學校的鉛筆盒，這天不知為何掉在地上，他彎下腰去撿起來的時候，在鉛筆盒底下發現一枚百圓硬幣。

那是買草莓時找回來的零錢。

春也的右手握住了那枚銀色硬幣，似乎打算轉頭看向慎一，但後來他又改變心意，逕自在自己的座位坐下。

這天他們在學校並沒有說話。但是慎一卻覺得自己從不曾像今天這樣，感覺與春也如此靠近。他們的座位儘管相隔很遠，但他彷彿感覺得到春也的體溫，而且他自己的體溫似乎也能傳送給對方。上音樂課的時候，慎一搶先一拍開口唱歌，惹得全班哄堂大笑。當時他和春也對上視線。春也雖然也在笑，但他的笑容和其他人不一樣，彷彿是在為慎一打氣。

放學後，慎一走出教室，在校門前看到春也的背影。慎一才走到他身旁，春也幾乎分秒不差地同時邁開腳步。兩人走向海邊，陽光公正地等量灑落在他們的背上。打早上起天空便萬里無雲，投射在腳邊的影子顏色很深，就連髮梢都能看得一清二楚。

「我今天又從工藝教室拿了黏土。」

「用來做寄居神的台座？」

「沒錯。除此之外，我還另外拿了很多東西。」

「什麼東西？」

「等一下再說，你等一下吧。」

春也裝模作樣地說道，並加快了腳步。慎一覺得彷彿有一隻看不見的手拎起了自己的上半身，趕緊追上春也的背影。

他們在岩石區各抓了五隻寄居蟹後，來到角角的後門，這時春也總算肯讓慎一看他包包裡的東西。

「首先是黏土，然後是硬紙板、透明膠帶、麻繩、色紙、剪刀，還有漿糊、訂書機，奇異筆也拿了。」

「這些全都是從工藝教室拿的？」

「我要走出教室的時候，『西鄉隆盛』(註)剛好走進來，超驚險的。」

西鄉隆盛是工藝老師的外號。

「被他發現了？」

「怎麼可能。我早躲起來了。」

慎一彷彿可以看見春也像間諜一樣身手迅速地躲在暗處的景象。

春也說這些工具是要用來裝飾那塊寄居神的石頭。

「我想把石頭裝飾得像神社一樣。」

聽他訴說計畫的期間，慎一心裡也蠢蠢欲動起來。

「這點子不錯耶，我們試試看吧。」

「對了，還有這個。」

春也從包包底部拿出摺成一疊的灰色網子。

「這是我家紗窗的網子。之前我老爸發飆時弄破了紗窗，被我老媽補好了。破掉的舊網子她留在窗台上，我乾脆拿來了。」

「這也要用來裝飾石頭嗎？」

「不是啦，這是要用來當蓋子。就用它蓋住水坑，四周再用黏土固定，這樣應該行得通吧？這麼一來，水坑裡既不會太悶熱，寄居蟹也逃不走。如果上頭再鋪上一些葉子、樹枝之類的，我想就算下雨也不用擔心。」

春也怎麼能想出這麼棒的點子呢。慎一深感佩服。

「我還帶了一個東西，到山頂以後再給你看。」

「為什麼？現在給我看啦。」

「等一下啦，等一下。」

春也臉上掛著賊賊的笑容，迅速地把攤了一地的東西收進包包。慎一真想早一點去那塊石頭的地方，提著裝了海水的塑膠袋站起來。袋子底部，十隻剛抓來的寄居蟹嚇得躲進

註：西鄉隆盛，（1828-1877）日本江户末期的薩摩藩武士、軍人、政治家，明治維新三傑之一，粗眉大眼爲他招牌的外貌特徵。

殼裡，貝殼隨著海水的晃動搖來晃去。

「我們今天的工作可多了。」

說完，春也似乎想到了什麼事，他表情僵硬地轉向慎一。

「慎一，今天啊……」

但他話只說了一半，便朝慎一咧嘴笑了笑。

「算了，不提了。你等我一下，我馬上回來。」

慎一還不及回答，春也就丟下包包，衝出角角的後門空地。他到底要幹嘛啊？慎一把裝海水的塑膠袋擱在地上等他，但春也遲遲沒有回來。他離開了很長一段時間。一股朦朦朧朧的不安在慎一心中擴散，就在這時，慎一終於聽見了腳步聲。一陣腳步聲正朝這裡飛奔而來，只聽聲音愈來愈大，不久春也突然出現在慎一眼前。他跑得氣喘吁吁，右手提著超市的購物袋。

「工作會肚子餓，得準備一些點心才行。」

春也從購物袋裡拿出一包洋芋片。

那是一百圓能買到的洋芋片。

「你拉到那裡去。」

「這裡？」

「那邊啦。」

兩人合力將麻繩紐成注連繩的造形，纏在石頭上。利用色紙和硬紙板，在石頭上做出類似七夕或聖誕節的彩帶裝飾。他們全心投入作業，事情進展得很順利，寄居神的神社完工時，距西方天空被染紅還有很長一段時間。退後兩、三步欣賞，石頭看上去就像一個巨人額頭上繫著繩子，臉上到處畫有部落民族的裝飾花紋。成果還不賴。

紗窗的網子正好能蓋住水坑。他們換水之後，把十隻寄居蟹放進去，用黏土固定住網子，然後把收集來的帶葉樹枝鋪在網子上頭。

「好了，我們來吃點心吧。」

作業告一段落後，春也握著拳頭，誇張地伸著懶腰。他一屁股重重坐在地上，拿起擺在石頭旁邊的洋芋片，撕開袋口。洋芋片的香味撲鼻而來，兩人幾乎同時把手伸進了袋子，抓出一把洋芋片往嘴裡塞。這裡沒桌子，也沒鋪榻榻米，所以不必在意從嘴邊噴出的碎屑會不會弄髒環境。

「我一直覺得很奇怪，調味料明明加的是鹽巴，為什麼洋芋片吃起來會這麼甜呢？」

「在西瓜上灑鹽，吃起來也是甜的啊。」

「哎，我吃西瓜可不灑鹽的。」

「為什麼？」

「沒為什麼啊，我家就是沒這個習慣啊。」

洋芋片轉瞬間便吃完了。袋子裡剩下的一些碎屑，慎一讓給了春也。只見春也手掌湊到臉前，把碎屑倒進口中。

「像這樣大口嚼的時候，真的會覺得洋芋片是用薯類做的，你有沒有這種感覺？」

「吃起來是馬鈴薯的味道嘛。」

兩人都把手撐在屁股後面，仰望天空，在心中回味著洋芋片的美味。用舌頭舔嘴唇，還嘗得到甜甜的鹽味。一隻牛虻原來在他們身旁嗡嗡地飛來飛去，這時鑽進一朵白花之中，四周又回復寧靜。不時有風吹來，落葉在地面滑動，弄出像是嗤嗤笑聲的響聲。

「對了，剛才在角角後門，我不是說還帶了一樣東西。」

「對啊，你有說。」

「就是這個。」

春也在運動包包摸找一會兒，語氣若無其事的，掏出一盒尚未開封的七星牌（SEVEN STARS）香菸。慎一覺得肚臍一帶瞬間抽緊，一時不知該如何回話。昭三會在家裡抽菸，所以香菸對他並不陌生。然而，看到那個封上塑膠膜、反射著陽光的香菸盒出現在這大自然的風景之中，竟有種異樣的違和感，就像在芡汁裡發現沒有化開的太白粉塊。

「我帶了我老爸的香菸來。」

「要抽嗎？」

慎一明知除此之外，香菸就沒有其他用途，還是忍不住確認一聲。春也輕輕點頭，迅速地撕開膠膜封口。他一把甩去纏在手指上的膠膜，膠膜被一陣若有似無的風給吹走，在地面拖行著，勾到了綻著白花的野草，一陣擺動之後，消失在灌木叢裡。

春也叼起一根香菸，又抽出一根遞給慎一。慎一不想讓他看出自己心中的猶豫，立刻接過，含在唇間。慎一嚐到了紙張的味道，感覺濾嘴在吸取舌尖的口水。

春也一隻手替打火機擋風，蹙著眉頭替自己點菸。「啪」地一聲，從他微啟的雙唇冒出一陣白煙。煙很快就在明媚的風景中散開，但是抬頭一看，仍可發現在蒼鬱蔥蘢的枝葉襯托下，那股白煙迅速地向上爬升。慎一心跳砰砰地加快速度，明明人好好地坐在地上，卻有種雙腿懸在空中的感覺，一陣尿意突然襲來。他看了看四下無人的風景，一會兒看煙，一會兒又望向春也。

春也遞出打火機，朝慎一抬了抬下巴。慎一接下打火機，失敗一次後，順利打起火。他把火苗湊近香菸的前端，心想差不多應該點著了，便把火移開，但是菸頭依舊沒有發火。他又試一次，這次他改以菸頭碰觸火焰，然而無論等了多久，香菸就是不冒煙。

「點火的時候，你要吸一下。」

慎一照他提示的又試一次。這次眼前升起一團白煙，幾乎包覆住慎一的臉，他反射性地縮了縮上身，聽見春也咯咯發笑。

「沒關係，只是一些煙啦。不過，你可不能把煙吸進肺裡去噢。」

春也以食指和中指夾著香菸，啪啪地吸著濾嘴，噴出一堆煙來。他的姿勢看起來挺有模有樣——但卻讓人覺得說不上來哪裡奇怪。

慎一仔細一看，發現春也持菸的手勢和平常人相反。他雖然也是以食指和中指夾菸，但他是以手背對著臉，就像在比勝利手勢。雖然覺得尷尬，慎一還是和春也提了這一點，結果他一臉不開心地別過視線。

「偶爾也會不小心弄錯啦。」

慎一頓時感覺輕鬆了一點。慎一模仿春也剛才的動作，啪啪地吸著濾嘴，噴出煙來。嘴巴裡有一種苦澀的味道。但就跟洋芋片上頭的鹽巴一樣，慎一也感覺有股甜甜的味道在舌頭表面擴散開來。

就在半支菸燃成灰的時候，兩人一起捻熄了香菸。

「石頭後面不是有個地方凹進去嗎？把香菸和打火機一起放在裡面吧？」

「再用樹枝之類的東西蓋住比較好吧。」

「說得也是。」

慎一和春也兩人繞到石頭後面，把香菸和打火機塞進石頭的凹陷處，並隨手折下一些附近的樹枝，蓋在上頭。藏在這裡的話，就算下雨了應該也不會淋濕。和春也商量過後，他們決定把用來做寄居神的台座和固定網子的黏土也一併藏在那裡。

之後，兩人又開始玩把寄居蟹烤出來的遊戲。這天他們挑了一隻蟹螯渾圓、長著綠苔，胖敦敦的寄居蟹。兩人雙手合十，閉目祈禱的時候，還聽得見固定在台座上的寄居蟹踢腿掙扎的聲響。

慎一雖然雙手合十，但心裡並沒有特別想許下的心願。相反地，他還在回味剛才口中的香菸味，感到心跳不已。耳邊響起春也摩擦雙掌的聲音。不久那個聲音也停了，慎一心想應該差不多了，睜開了眼睛，但發現春也還在許願。他襯衫的袖口有些滑落，左手手腕露出來。慎一注意到那裡有一個小小的紅色圓形傷口。昨天他的手還沒有這個傷。

慎一記得有一次，昭三的香菸從菸灰缸滾落到餐桌上，竟把桌面燙出一個圓形扭曲的傷口。慎一沒想到點燃的菸頭熱度竟然這麼高，感到很意外。如果把菸頭摁在人的肌膚上，弄出來的傷口大概就會像春也手腕上的那個傷吧。

「哎，昨天啊。」

幾經猶豫之後，慎一問道：

「春也的爸爸昨天也是發薪日吧？」

「啥?嗯，是啊。」

春也睜開眼睛，望著慎一回答，但立刻又轉向寄居蟹，閉上了眼睛。

春也說過，他父親發薪日一定會先去喝酒才回家。昨天或許也是如此吧。是他喝得醉醺醺回家，在春也手上弄出了那個傷嗎？

春也今天許願的時間比平時要長，看著好朋友的側臉，慎一彷彿明白了他許下的心願是什麼。

(五)

之後的那幾天，慎一和春也每天都在山上度過放學後的時光，但是沒再把寄居蟹烤出來。他們不希望向寄居神許願的儀式變得像是形式化的活動，而且光是在地上畫格子玩井字遊戲，或許閒聊胡扯一番，兩人就很開心了。更重要的是，其實這陣子慎一在策畫執行一個計畫，如果這時候又請出新的寄居神，事情可就太複雜了。

兩人換過凹洞裡的水，把帶來的小魚乾放進水坑，等到太陽西斜的時候，再從石頭後面拿出藏起來的香菸，各抽一根之後就下山回家。

回到家後，慎一每晚都在為自己的計畫做準備。他在推敲一封信的字句，準備把這封信投進春也家的信箱。

星期五的晚上，他決定好信裡的內容。他趁著昭三在打瞌睡，純江在洗衣服的時候，從起居室的櫃子裡拿出信紙。

該怎麼寫呢？可不能讓別人發現信是自己寫的。最好也不要被看出寫信的人是小學生。幾番猶豫後，慎一決定要使用直尺來寫字。這麼一來，讀信的人一定看不出寫信的是大人，還是小孩。如果信裡使用的漢字太少，可能會被識破自己是小學生，因此慎一決定信裡的文字全部都以片假名和平假名來寫。

用直尺寫字比他想像得要困難，慎一花了很多時間。而且他還得在狹小的家裡避著昭三和純江的耳目行動，這使得進度更加緩慢。儘管如此，慎一依舊耐心地進行計畫。

星期天的晚上，慎一終於完成了那封信。

「我知道春也身上有很多瘀傷和燙痕。我就住在附近，隨時都在看著你們。如果你再繼續對春也做出過分的事，我會聯絡警方。不可以對春也提起這封信，否則我也會立刻報警。」

慎一反覆讀了好幾遍，覺得這封信寫得很周全，應該能達到效果。

他把信放進信封，隔天一起帶去學校。放學後，春也一如往常地在校門旁等他，但慎一撒謊說等一下有事得和昭三出門。

「那你今天不能上山了？」

「對不起，我真的有事。」

「那水怎麼辦？接下來要放四天連假，今天得上山換水才行。」

明天就是五月的黃金周假期，從明天開始，學校會連放四天假。黃金周放假三天，緊接而來的校慶紀念日放假一天。

「如果不會太麻煩，你可以一個人去換水嗎？」

慎一說出準備好的藉口，結果如他預想的，春也不開心地說：

「平常我們都是輪流提水，一個人要提上山太重了啦。」

「可是如果寄居蟹又死掉，那就不好啦。」

「我想沒問題啦。牠們又曬不到太陽。」

「還是小心一點。」

「不然連休的時候，我們約一天一起上山吧。」

「可是我這次的假期都有事。」

結果春也雖然一臉不情願，最後還是答應一個人去換水。儘管他的不滿全都寫在臉上，但慎一並不以為意。因為過了今天晚上，春也便會發現自己的願望已經實現，他一定會立刻忘了現在的不愉快的。

「我趕時間，那就再見了。」

慎一輕輕揮了揮手，小跑步地離開校門。他往自家的方向拐彎，但是走沒多久後，停下腳步。他已經看不見春也的身影。確認過後，慎一走進和往常不同方向的小巷，朝春也家的公寓走去。他昨天晚上已經用班級通訊錄和地圖事先查好春也家的地點。

慎一之所以要春也上山換水，就是因為擔心在他家附近遇到春也。他得瞞著春也，悄悄把信投進他家信箱裡。就像春也趁著慎一不注意，偷偷把五百圓硬幣給丟進海水窪裡。

只可惜，這麼一來慎一就得撒謊自己連假有事。其實慎一很想明天就和春也見面，確認他的狀況。想看看他生氣勃勃的表情，聽他判若兩人地以開朗的語調說話。

看來，這份期待只能留待五天以後實現了。

慎一身子前傾地急忙趕路，他拉開包包的拉鍊，看一眼那封信。慎一胸膛裡砰砰直跳，鼻孔不受控制地翕動著。——春也會不會注意到這封信呢？發現雙親的態度突然轉變之後，他會不會覺得納悶，進而猜到這一切的真相呢？

如果可能，慎一希望春也能察覺是自己救了他。慎一希望春也發現這件事，但是卻什麼都不說。不過就算春也沒發現，這也不能怪他。

慎一按捺住興高采烈的心情，加快了腳步。

（六）

連假結束的那個星期六，上第一節課時，慎一發現春也目光裡沒有映出任何東西。他的雙臂一直擱在桌子上，下巴微微抬起，嘴巴微張，神情像隻疲倦的狗。

下課鈴響起，到了休息時間，但是慎一的身體被一陣莫名的不安給壓制著，不敢去找春也。春也並沒有離開座位。第二節課的休息時間，他也沒有動作。第四節課是體育課，上課前他們在教室換衣服，當慎一看見脫掉襯衫的春也時，整個人就像被瞬間冰凍了。

春也的肚子乾癟癟的，就像禁食中的釋迦牟尼。

春也動作慢吞吞地換上運動服，慎一無法自他的身體別開視線。不久春也察覺了慎一的視線，轉過頭來。只不過，春也就像把慎一當成了教室風景的一部分，視線並沒有停駐在他身上，立刻又把臉轉回去。

在喧嚷的教室裡，慎一的腿情不自禁地朝春也走去。

但即使慎一站到了春也身旁，他也沒有轉頭看自己。

「春也……你……」

「我怎麼了？」

春也頭也不回地問。

「你……你的肚子……」

哦，春也露出淺淺的微笑，一隻手拍了拍穿著運動服也看得出來癟癟的的肚子。

「我睡過頭了啦，沒吃到早飯。」

他漏吃的絕對不只是早飯，這種事看一眼就知道。

慎一沉默不語地盯著朋友看。

「哎，其實是我家出了一點問題啦。」

春也似乎是察覺慎一並不相信他的解釋，又一臉不耐煩地說道。

「什麼問題……」

「就是上次偷拿香菸的事啦。那件事被我爸媽知道了。我老爸發現他之前買來的香菸不見了，問我知不知道哪裡去了，結果我這個傻瓜居然老實回答他，說是被我拿走了，然後我爸媽就罰我不能吃飯。」

春也在說謊。慎一立刻便看穿了他的謊言。事情都過了兩個星期，他爸爸怎麼可能現在才發現香菸的存貨短少，而且就算他拿這件事質問春也，怎麼想春也都不可能會老實回答。

「不過，我沒跟他說我們拿來抽掉啦。我只說我拿走了，可是一不小心弄丟了。」

春也臉上硬擠出笑容。他明明肚子已經餓到不行，卻拖著無力的身體演出這幕戲。——慎一不知該說什麼。他全身上下一陣發涼，感覺就像皮膚裡的血液一起逃走了。他的行動起了反效果。一定是春也的父親讀信之後大動肝火，結果把怒氣全發洩在春也身上。也可能是他父親以為那封信是春也寫的，因為信是用直尺寫成的，根本無法辨別是誰寫的。

「那時我幹嘛老實回答啊，一想起來我就後悔。被問到香菸的事，回說一聲『不知道』就行了嘛，我真是傻瓜。」

這堂體育課上的是合球（註）。比賽的時候，老師看到春也一直站在球場角落發呆，氣得罵了他兩次。慎一心裡想著：體育老師去死算了。但每想一次，慎一就會想自己也去死算了。

班會結束後，春也刻意避開慎一，走出教室。

慎一獨自走在回家的路上，一路上不停地用雙拳搥打自己的大腿。眼淚泉湧，掉個不停，他甚至覺得自己體內的器官都融化了，滴得柏油路面泥濘不堪。拿菸的事被發現，這謊言不像是春也臨時編出來的，一定是他早就準備好的藉口。春也一定是發現了自己之所以沒飯吃，原因和慎一脫不了關係。搞不好他父親還讓他看過那封信。

慎一走到家門口，但無法立刻進門。他佇立原地，用手腕使勁壓住雙眼，等待眼淚止住。拉門另一側，傳來昭三打開的電視聲響。

「你這張苦瓜臉，和先前的那件事有關係嗎？」

面對面吃中飯的時候，昭三突然問慎一。

「那件事是哪件事？」

「前些日子吃晚飯的時候，你不是突然哭了？」

「我才沒有哭。」

「是是，你沒哭。」

昭三舉起一隻手，向慎一道歉。

「不過那天你確實躲在廁所裡，對吧。和那事有關係嗎？」

「什麼事？」

「還說什麼事。」

昭三不再說話，鼻子噴出一口氣，然後一言不發地用筷子夾起純江早上準備的味噌煮鯖魚。電視裡傳來熱鬧的歡呼聲，但兩人都沒有看向電視畫面。

「說給我聽聽看，爺爺可是在這世上活了七十年啊。」

「沒有啊。沒什麼事啦。」

「你是不是中意上哪個女孩子了？」

昭三刻意曖昧地笑了笑，問慎一。

「別看我現在這樣子，以前我可是個風流船長，在漁會可有名了。如果是和女人有關的事，你儘管問我。」

「我都說沒事了。」

「是嗎？」

註：korfball。規則類似籃球，但比賽中不允許運球，以傳球來改變球的位置，是一種男女混合的球技運動。

兩人又陷入沉默。

安靜的起居室裡，只聽得見電視機發出的空洞聲響。

「哎，你畢竟只是個小男孩。」

用過午飯，昭三把茶杯裡的茶倒進飯碗，大聲地啜著喝。

「女人啊，從小女孩的年紀就是女人，但你當小男孩的時候就只有現在，有事想做，就儘管去做吧。」

昭三說了一段像是繞口令的話，然後直盯著慎一看。慎一答不出話，只能回望他，結果昭三皺巴巴的上眼瞼肌肉突然放鬆，在眼角擠出了一堆魚尾紋，露出笑容。

「我知道。」

「只不過，萬一發生了什麼事，你一定要找大人商量。找我也行，找純江也可以。」

「你可以保證嗎？」

一瞬間——就只有一瞬間，慎一心頭湧上一股衝動，使他想對昭三說出一切。他想告訴昭三春也的事，還有純江的事、鳴海爸爸的事，以及抽屜裡的那些信。可是，要這麼做令慎一很害怕。儘管很多事進展得不順利，他也沒有特別想要守護的東西，但慎一就是害怕，他害怕自己身邊的一切會被大人的手給改變形貌。

「我保證。」

他只回了這麼一句，然後疊好桌上的空餐盤，連同昭三的份一起端進廚房。才踏進去，他便發現有個東西在流理台上方的窗台處閃閃發亮。

他拿在手上細看，聽見昭三的聲音從起居室傳來。

「哦，那是純江帶回來的。」

是個玻璃擺飾品。

看起來似乎很貴。那是一隻在波浪間跳躍的海豚，就連嘴角和眼睛等小細節都製作得很精巧，背景的波浪也做得維妙維肖。底下的方形台座是金屬製的，側面晶亮得幾乎能當鏡子使用。翻過底部一看，上頭刻著慎一也知道的公司名稱。

「她說是辦公室的同事給的。」

那家公司便是鳴海父親任職的玻璃製造商。

那隻玻璃海豚無聲無息地掉進了慎一已經裝滿冷水的胸口，表面略微隆起的水頓時滿溢出來，他感覺著自己的全身被溢出來的水給慢慢濡濕。

「……她什麼時候拿回來的？」

「好像是前天夜裡吧。感覺擺在那兒好多天了。」

他之前滿腦子都是信的事，一直沒注意到這擺飾。

玻璃擺飾品接收了慎一的體溫，表面漸漸有了暖意。慎一突然覺得自己彷彿是在碰觸鳴海父親的手，感覺一陣嫌惡，又把擺飾擱回了窗台。

腳踏車的鑰匙就掛在玄關牆上問號造形的掛勾上。慎一拿下鑰匙，無視一副有話想問的昭三，穿上運動鞋，逕自走出家門。

天空另一頭飄著鼠灰色的雲朵，看上去就像層層疊疊的黏土。

慎一跨上座墊調得很高的腳踏車，騎進小巷。他也不知道自己要去哪裡，就是無法待在家裡。

騎上沿海公路，他逐漸加快速度。慎一瞪著那些不時從自己身旁駛過的汽車，不知不覺間，以全速踩著腳踏車前進。他擔心要是放慢速度，眼淚搞不好會掉下來，所以強忍著腿上沉重的疼痛，猛踩踏板。

轉過街角，他騎向春也家所在的公寓。他在公寓前停下腳踏車，瞪著他在幾天前的放學後，忍著嘴角的笑意把信投進去的那個信箱。他做了一件無可挽回的錯事。他真的幹了一件蠢事。在眼淚奪眶而出之前，慎一又踩下了腳踏車踏板。

他再次騎向海邊，途中經過了上次陪鳴海一起去的那家腳踏車店。騎過店門前時，他稍稍放慢速度，朝裡頭望了一眼，只見當時的那個店長一個人蹲在店內商品的旁邊。

慎一回到沿海公路後，朝與自家相反的方向騎去。他遠遠看見左手邊有家餐廳。那家正方形的餐廳一樓規畫成停車場，整家店就像飄浮在半空中似的。在此之前，慎一也經過這家餐廳好幾次，但今天經過時他有種異樣的感覺。起初，他還沒有意會到自己為何有這種感覺。

但是當他騎過停車場，他想起一件事。他記得有次和鳴海在教室聊天，曾聽她提起這家店。鳴海說從這裡轉彎，然後一路直走，右手邊會出現一棟很大的大樓，而她父親就在那裡上班。

慎一猛力壓下煞車把手，輪胎在柏油路面發出刺耳的摩擦聲，車身稍稍打橫，腳踏車停了下來。

有塊東西在壓迫胸口。慎一不知道那塊東西是什麼，但他的胸口就像被一根圓木給抵住，壓得他快喘不過氣。他斜切過餐廳的停車場，回到剛才騎過的小路，又一次加快速度。慎一咬緊牙關，前傾著身子猛踩踏板，心裡盼望能有輛車從旁邊衝來，把自己撞飛。

他打老遠就看到那棟大樓。

大樓前有個寬敞的停車場，四周看不到員工或警衛的身影。

慎一把腳踏車停在人行道，轉頭打量停車場。裡頭整齊停放了許多車。慎一沒有從正門的入口進去，而是爬上五十公分的台階，溜進停車場。每一輛車看起來都很高級，而且莫不縱橫對齊地蹲伏在陰沉的天空下，很難想像它們都是會移動的東西。慎一沿著中央通道，走到停車場的中段，他在一排車頂的後頭發現了眼熟的貨架。是那台細心打過蠟的灰色客貨車。

那是鳴海父親的車。

慎一走近車子，在旁邊停下。車窗上映照出布滿烏雲的天空，無法看清楚車內。他得把臉貼近，近到嗅得到車窗上灰塵的氣味，這才得以看清車裡的景況。汽車座椅。方向盤。略帶髒汙的腳踏板。冷氣的出風口旁設置有杯架，上頭擺了一瓶拉環已經拉開的罐裝咖啡。

慎一繞到車子的另一側，從對面打量車內的狀況。那是純江之前坐過的副駕駛座。這一側的冷氣出風口同樣設置有杯架，但是上頭並沒有飲料。

慎一在車子旁邊佇立良久。

不久天空開始下起雨來。雨點一滴一滴地落下，但雨勢沒有要轉大的跡象。慎一雙手垂在身體兩側，默默地聆聽雨聲。那聲音很像他去探望父親時，在安靜的醫院聽見的點滴規律的聲響。

慎一還記得有一次他和爸爸在病房裡獨處，爸爸說出院以後要去買兩個棒球手套。爸爸並不知道他得的是什麼病，慎一當時也不知道，沒有人告訴他們真相。不管是爸爸本人，還是慎一，他們都以為這場病會如純江所說，「很快就好了。」所以在爸爸提起棒球手套後的那個星期日，慎一真的去了一趟體育用品店，比較了幾款手套的價錢。就在慎一做著這種事的時候，爸爸躺在病床上，瞪著白色的天花板，任由螃蟹啃食著他的內臟。

或許，爸爸其實早就察覺了自己的病情。或許他已經察覺了，只是佯裝不知情。慎一有時會想起躺在病床上的父親偶爾流露出來的空虛表情，彷彿他的體內已經變得空盪盪的。那不就是得知自己死期將近的人會流露的表情嗎？倘若真是如此，為什麼慎一去探病的時候，爸爸還要和他約好去買棒球手套呢？

（七）

「前陣子，富永同學曾去你家玩，對吧？」
幾天之後，鳴海在教室這麼問慎一。
「……他是來過，怎麼了？」
「他說在你家吃過晚飯，還說你家的飯菜很好吃。」
那又怎麼樣呢？慎一直瞪著鳴海。午餐值日生開始把餐具籃排放在講台前。
「我也想去。」
「去哪裡？」
「去利根家啊。請我吃晚飯吧。」
她怎麼會突然提出這種要求呢？慎一實在是摸不著腦袋。難不成她是有話想對昭三說？她是想找他談談自己的媽媽嗎？但是這兩年以來，鳴海從不曾表現出這樣的意願啊。該不會……她是想找純江談自己父親的事？但慎一不認為鳴海知道他們兩人的事情。

「難道富永同學能去，我不行去嗎？」

「那天我們參觀完鎌倉祭典，春也只是順道來我家吃飯啦。」

說著，慎一望向春也的座位，但他並不在位置上。對了，今天輪到春也當午餐值日生。慎一的目光轉向講台，只見春也穿著圍裙，握著湯勺，站在中華湯鍋後頭。

自從發生了那封信的事，慎一幾乎沒和春也說過話。放學後，他們也不再上山了。石頭水坑裡的那些寄居蟹想必都死光了吧。每次要上體育課，慎一都會趁換衣服的時候偷偷觀察春也的身體。那之後春也的肚子不曾再乾癟癟的，身上也沒出現瘀傷或燙傷，但是他搞不好是傷在看不見的地方，慎一沒辦法確定。

「有什麼關係嘛，就讓我去吧。」

慎一在想回絕的藉口，但一時間想不到好理由。結果見他垂下視線，鳴海擅自認定是他點頭答應了，逕自說下去：

「那就說好嘍。我今天能去嗎？」

「今天？」

慎一拔高了聲音回話，引來四周幾個同學的好奇目光，蒔岡也是其中一人。

「太突然了，不行啦。我還得問過我媽和我爺爺。」

「那明天呢？」

慎一也在擔心，如果真讓鳴海到家裡來玩，抽屜裡搞不好又會有信出現。

「我回家問問看。」

慎一說完，這個話題便告一段落。

晚上，慎一和純江、昭三提起這件事，他們似乎不反對。兩人臉上都露出做作的笑容，滿口答應了。

（八）

隔天傍晚，慎一在大門前等待鳴海。雖然他已經大致告訴她家裡的位置，但鳴海還是要慎一在家門前等她。

慎一看向身後，發現晚報還塞在拉門上。平常報紙一送來，昭三就會拿到起居室去看，但他今天似乎完全忘了這回事。慎一望著晚報，打量著被海風吹得褪色的屋簷，以及長黴泛黑的自家外牆。鳴海家一定很漂亮吧。雪白的牆壁配上尖尖的屋頂，父女倆的公路車就並排停在家門外，那輛客貨車的車位想必就在旁邊。

不知不覺間，慎一的目光瞥向自屋簷旁邊延伸出去的排水管。那條咖啡色的塑膠排水管，只有下方一公尺的那段顏色不同。慎一他們搬回老家不久，爸爸趁著星期天把長年破裂的排水管給修好了。那之後的第一場雨在星期天，慎一發現兩段水管的接縫處在滴水，跑去告訴爸爸，結果爸爸不知為何竟一臉開心，動手修補了水管。那時候爸爸的身體還沒出問題。

慎一的目光轉回門前，看到一群飛蚊正朝自己逼近，趕忙揮舞雙臂趕走蚊子，這時鳴海的身影恰好出現在巷子口。

「你在幹什麼啊？」

「有蚊子——」

慎一話還沒說完，便留意到鳴海今天沒有騎車。

「——妳沒騎車來嗎？」

「嗯。今天沒騎。」

慎一還發現了另一件事。她身上的衣服，和他白天在學校看到的不一樣。雖然她穿了同一條格子裙，但是換過了上衣。慎一記得她在學校時穿的是件有很多輕飄飄蕾絲的襯衫，但此時她身上穿的是樸素的淺黃色T恤。但是要問這種事慎一覺得有些彆扭，因此沒有開口。

相反地，他問了那個一直令他很在意的問題。

「妳和妳爸說了，妳要來我家嗎？」

鳴海停頓了幾秒鐘後，輕輕搖頭。

「我跟他說要去女同學家吃飯。」

「鳴海啊，這就叫『用肚臍燒開水』。」

「肚臍……」

「就是讓人笑掉大牙的意思。」

慎一看鳴海聽不懂昭三平常愛用的這些俚語，便解釋給她聽。

「讓人笑掉大牙和肚臍有什麼關係呢？」

「這我也不知道。」慎一說。

「妳也不必問為什麼，從前人就是這麼說的啊。」

昭三看著鳴海瞪著空中、納悶尋思的模樣，不由得笑了。他平常就紅通通的臉龐，今天因為提早泡澡，又喝了酒的緣故，顯得格外通紅。

「鳴海，妳多吃點啊。」

「啊，謝謝，不好意思。」

純江在廚房和起居室之間來來去去，不知不覺餐桌上已經擺滿了各式菜肴，有醋醃炸竹筴魚、烤蠶豆、芝麻豆腐、炸香魚、石鱸生魚片。除此之外，廚房的鍋子火還開著，裡頭不知又是什麼好菜。

鳴海對純江做的菜讚不絕口，喊著，「好吃、好吃。」吃個不停。慎一很驚訝，他沒想過原來女孩子也這麼能吃。他一面動著筷子，不時側眼打量鳴海，結果把擺在盤子旁邊的炸竹筴魚的醋醬汁給潑出來。

「慎一，吃飯要好好看著飯碗。」

「阿慎，你把醬汁灑出來了嗎？」

在廚房顧鍋子的純江扭過頭來觀望。慎一討厭被當成小孩子對待，因此沒有回話，自己拿了桌上的抹布擦拭。

此時家中的氣氛，就像是有親戚家的小女孩到家中來玩。鳴海到家裡玩，昭三似乎很高興，雖然一開始表現得有些不自然，但他現在已經完全放鬆了。慎一也覺得自己漸漸融入了這樣的氛圍，但他不知道純江是作何感想。她一直忙進忙出的，慎一找不到時機觀察她的表情。媽媽究竟是懷著什麼樣的心情做菜給鳴海吃呢？

下次和鳴海的父親見面，她會告訴他今天的事嗎？

她一定會說吧。鳴海告訴她父親要去女同學家吃飯，他想必會大吃一驚吧。但他一定不會向鳴海追究這件事，因為他總不能說是從純江那聽來的。他不會把和純江見面的事告訴鳴海。——此時慎一突然意識到自己的這番假設，是以鳴海的父親會和純江約在某處見面為前提。

「爺爺，幫我拿麥茶。」

慎一忍著不砸嘴，開口說道。

「哦，麥茶麥茶……咦，茶已經沒了。」

桌上的玻璃瓶幾乎已經空了，底部的茶包也乾癟癟的。

慎一進廚房拿新的麥茶，看到純江正在將馬鈴薯燉肉盛在大盤子裡。

「還有菜嗎？」

「鳴海難得來嘛，我多做了一點。」

今天的馬鈴薯燉肉裝盤很講究，還加了豌豆粒裝飾，看上去和平日的不大一樣。純江看著鍋子，側臉被頭髮給擋住，慎一沒辦法看清她的表情。

他打開冰箱，拿出新的麥茶，聽見純江以只有他聽得見的音量說：

「真是漂亮的孩子呢。」

她的語氣不帶起伏，就像在寫字似的。

當桌上豐盛的菜肴大致清空時，純江端上了茶和布丁，昭三則開始說起就連慎一也沒聽過的童年往事。

「那是很久以前的事了，當時我還在念小學。」

席間眾人從鳴海在學的日本舞，聊到鎌倉祭典，源義經，賴朝，鎌倉幕府，建長寺，然後昭三突然提起這個話題。昭三手肘擱在桌上，他沒喝茶，一個人繼續喝著日本酒，緩緩道出往事。當時他已經喝了不少，臉龐和眼眶都已經泛紅，看了令人很擔心，話也說得口齒不清了。

「我和一群朋友爬上了建長寺的後山。那天連我在內，一共有六個人。全部人都是頂著一顆光頭。」

昭三鼻子噴著酒氣，眨著眼睛繼續說。

「其實那時大人不准我們上山，說是危險，雖然現在也差不多，但從前根本連像樣的路都沒有。所以大人們都交代小孩子不准上山，一直不答應。可是小孩子就是小孩子，講不聽的，爸媽愈是不准你去，就愈是想去看看。」

那天是夏天最熱的那段日子，放學後昭三他們按之前約好的，帶了小黃瓜、味噌、煎餅之類的點心，在建長寺境內集合。

「從大門進去要收錢，所以我們從別的地方進去，也就是翻牆進去啦。」

昭三擠著鼻子笑道。

穿過境內邊緣，爬過半僧坊，昭三一行六人走進山中。昭三雙手比劃著，活靈活現地形容他們大汗淋漓地爬上陡坡，你推我屁股一把，我推你屁股一把，互相幫忙爬過難關的情況。進入山中後，他們沿著山脊走，朝那塊十王岩前進。就在他們盯著石頭上的觀音菩薩、地藏菩薩和閻羅王看的時候，突然起風了。一陣格外強勁的風颳來，石頭當著六個人的面發出了呻吟。

昭三他們當場嚇得不敢動。

「那時候我們不像現在的小孩那麼聰明，還以為是石頭上的佛像真的出聲了。」

結果其中膽子最小的孩子嚇得哭出來，昭三一群人也覺得更可怕了。他們本來都決定要打道回府了，其中有人卻說：帶來的點心都還沒吃，就要回去了嗎？

「現在想起來，那傢伙不過是在逞強。」

昭三不希望之後因為這件事被瞧不起，於是也說要按照計畫吃完點心再回去。其他人也表情僵硬地點了頭。只有哭出來的那個小孩一直反對到最後，但他因為不敢一個人走山路回去，只好勉強跟在大家身後。

提議要在窟墓裡吃點心的人是昭三。

「我知道那裡是做什麼用的。就是知道，我才會那麼提議。我和那個說要吃過點心再回去的傢伙，那陣子一直在彼此較勁，我想讓對方見識一下我的膽量。」

昭三他們在昏暗的窟墓裡圍成一圈坐下，開始吃點心。窟墓外頭，風聲愈來愈強，不久甚至壓過了他們啃小黃瓜和啃煎餅的咀嚼聲。石頭的呻吟聲不時響起，每當他們一段時間沒聽見那聲音，都快忘記的時候，呻吟聲又傳進他們耳裡。每當聲音響起，六個人只能下腹用力地堅耐著。

「我們簡直嚇破膽了……真的很嚇人。」

結果點心吃完以後，他們誰也沒有起身，就像在玩忍耐大會。他們互相打量彼此的臉，等著有人開口說要回家。只有那個愛哭包一直低著頭，雙手緊抓著自己綴滿補丁的褲子褲管。直到發現窟墓外的西方天空開始轉紅，大家都嚇得臉色大變。

「結果那個說要吃點心的傢伙第一個站起來，說時間差不多了，該回家了。我心想是自己贏了，還偷偷地握緊了拳頭。」

六個人走出了窟墓。風勢依然強勁，擾動著四周的空氣。他們沿著已經開始暗下來的山路走回去，這時那個愛哭包又哭了起來。不過誰也沒理會他，大家都在專心趕路。愛哭包哭個不停，不時發出「嗚、嗚」的哭聲，雙手遮著臉，跟在大家身後。

不用多久，他開始落後眾人的腳步。

「那時候，又颳風了。」

一直盯著裝日本酒的茶杯的昭三，目光突然亮了起來。

「那陣風，是那天最強的風啊。」

石頭的呻吟聲從他們身後傳來，持續了很久、很久。等到呻吟聲終於停了，昭三他們聽到了一陣東西崩塌的動靜，還有一聲短短的呼喊聲。全員同時回過頭去，但已經不見愛哭包的身影。

「他從山脊小路滑下去了。」

眾人一陣驚慌。昭三他們趕忙回頭，大家一齊喊著愛哭包的名字。站在他掉下去的位置，探頭張望陰暗的山谷。可是，他們什麼都看不清楚，也沒聽見愛哭包的聲音。

「四周愈來愈暗，我們全都嚇得發抖。」

他搞不好死掉了。搞不好他摔死了。五個人緊抓著彼此的襯衫，尖聲叫嚷著。

「那時候……第一個逃走的人——」

昭三的目光落在手中的茶杯，以氣音說道：

「就是我。」

昭三沿著山路拔腿就跑，剩下四個人也立刻追上他的腳步。五個人跌跌撞撞的，手臂擦破了，身上的衣服也撕破了，一口氣衝下山。

「耳邊只聽得到大家的喘氣聲，我們就像一群結伙逃跑的野狗。」

下山以後，昭三他們彼此約定，絕不和別人提起今天的事。因為可能會被別人聽見，就算在場的只有他們自己，也絕不能聊到這件事。打破這個約定的人，將要接受其他人的私刑。他們這麼說好了。

「……那個人後來怎麼樣了？」

慎一儘管覺得不安，不知道這問題該不該問，但還是忍不住問出口。昭三舔了舔杯中的酒，從鼻子噴出長長的一口氣，回答：

「他被人發現了……不過是在兩天之後。」

「他真的死掉了？」

昭三用手腕咚咚地拍打著額頭，搖頭說道：

「他沒死，可是受了傷。」

一個登山客偶然發現了他，聽說愛哭包的左腿受了很嚴重的傷，傷口已經開始化膿。由於當時的醫療水準還不發達，治療成效不彰，他的左腿留下了後遺症，走路時會一拐一拐地拖著左腳。愛哭包並沒有把和昭三他們一起上山的事供出來，他似乎向雙親和師長說自己一個人去爬山，結果摔下了山脊。

「我們那群朋友遵守了約定，沒人再提起那天的事。小學畢業，和他們分別的時候，我真的是打從心底鬆了一口氣。」

昭三緩緩眨了眨他泛淚的渾濁雙眼。

「不過，覺得鬆了一口氣，也只有那一陣子。」

他說自己即使到了現在，偶爾還會夢到當時的情景。

「我夢到了那條陰暗的山脊小路，聽到自己身後傳來了尖叫聲，但我頭也沒回，拔腿就跑。跑著跑著，背後有啪答啪答的腳步聲接近，一點一點逼近我，耳後響起了像是對我心懷怨恨的喘氣聲，我的——」

隔著家居褲，昭三抬起他浮著青筋的手掌，撫摸著自己只到膝蓋的左腿。

「有個很強的力量抓住了我的這條腿。」

昭三的聲音一停下來後，一直以來沒注意到的掛鐘聲響突然變得清晰起來。

「那之後，我一直在想。」

昭三沒看任何人，自顧自地說：

「凡事都是有理由的。這世上發生的任何事，全都有理由的。我的腿之所以會被切斷，是因為那天我沒有認真去找愛哭包，自己逃回家去了。我是第一個逃走的。不管什麼事，最後啊——」

他又一次緩緩地撫摸左腿。

「最後啊，都會報應到自己頭上來。」

聽著昭三的這番話，慎一也漸漸產生同樣的想法。某件事和某件事之間，都是被一條看不見的線給連在一起，只是拉動一方，另一方也會被牽動。慎一腦海中浮現了如此的畫面。

——但是，他突然又想到自己的爸爸。

爸爸之所以被病魔侵犯，變得瘦巴巴的死去，這也是有理由的嗎？究竟是什樣的理由，讓他得遭受如此的待遇呢？慎一抬起頭看向純江。她兩手握著茶杯，嘴唇自然地闔上。但是，剎那間，她的眼神警醒起來。純江像是突然意識到某件事，把視線投向慎一的身旁。

「……鳴海？」

慎一也看向鳴海。鳴海沒有碰端上來的茶和布丁，一直垂著頭。她膝蓋上的雙手緊握住，小小的關節用力得發白，右手還抓著和布丁一起送上來的湯匙。慎一探頭看向鳴海的臉，只見她緊咬牙關，瞪著自己的膝頭。

「我的——」

鳴海的聲音就像從細縫中發出來的，細不可聞。然後，她以慎一都能聽見的音量，重重地吸了一口氣，改以清楚的聲音繼續說：

「難道我媽媽會死掉也是自作自受嗎？」

昭三猛然瞪大惺忪的醉眼，受到吸引般望向鳴海。

「我媽媽是因為殺死了某個人，所以她才會死掉嗎？」

「不，鳴海，我不是——」

昭三眼神閃爍，不知所措。他深吸一口氣想說些什麼，瘦弱的喉頭卻發不出聲音。乾燥的嘴唇像是別種生物在蠕動著，尋找著適當的話語。

結果先出聲的是純江。

「鳴海，不是這樣的，爺爺剛才說的——」

純江的話還沒說完，鳴海把右手的湯匙重重地摔在榻榻米上。湯匙猛地彈起，飛到一旁，打到了電視櫃裡放挖耳勺之類的雜物箱。她氣勢洶洶地站起身，一言不發地轉過身去，膝蓋撞上了坐在旁邊的慎一的肩膀，但慎一還來不及感覺痛，鳴海就走出了起居室。慎一和純江同時站起身，但搶先一步追上去的是坐在玄關那側的慎一。他掀起還在擺動的門簾，衝出起居室時，拉門的聲音傳來，鳴海的背影已經跨出門外。

「等一下！」

慎一胡亂套上運動鞋，追了出去。鳴海的身影已經消失在陰暗的街角，看不見了。這時候身後傳來一聲巨響，但慎一沒時間回頭。他死命地邁開雙腿，在小巷裡一路奔跑。

一直追到那座橋時，他才總算趕上鳴海。

不過，並不是他追上了。而是鳴海突然在那裡停下來，她回過頭來，以銳利的目光瞪著慎一。

「我還以為自己不介意了。」

她尖銳的嗓音在夜色中迴盪著。

「我以為自己已經不介意，我才去你家吃飯。」

慎一無法理解她話中的意思，僵硬地站定不動。鳴海並沒有哭。但那只是指她沒有掉下眼淚。鳴海嘴唇緊閉，纖細的喉嚨繃緊，握住雙拳瞪視慎一。她是在用她的全身在哭泣。慎一吸進一口氣，很想說些什麼，但是他就像前一刻的昭三，吐不出吸進去的那口氣，就是說不出半句話。

然而，就像緊繃的狀態突然解除，鳴海垮下了肩頭。她突然換上落寞的神情，背對慎一往橋的另一端走去。慎一這時好不容易找回了自己的聲音，但從他口中迸出來的，卻是一句毫無意義的「對不起。」話說出口之後，慎一才想到鳴海聽了這句話可能會更生氣。她可能會回過頭來，用比剛才更凶惡的眼神瞪著自己。因為剛才的那一句道歉，不過是受人責罵時，用來逃避對方更嚴厲的指責的推拖之詞。但是無法弄懂鳴海此刻心情的慎一，現在就只能道歉。他只想得到這個辦法。

慎一朝站定腳步的鳴海的背影，又重複一遍。

「真的對不起。」

回過頭來的鳴海露出了寂寞的眼神。

「沒關係。是我自己亂發脾氣。」

鳴海像是很累了，她平靜地吐出了胸口殘存的氣息。她撇過頭去，走近橋身，背部抵著欄干。

慎一戰戰兢兢地走了過去。說點什麼吧。該跟她說什麼呢？已經道歉了兩次，再說抱歉就太煩人了。但是慎一又想不出其他的話可以說。

「幫我向伯母和你爺爺道歉。」

結果先開口的人是鳴海。

「他們明明招待了我這麼美味的晚餐。」

「沒關係啦。」

為什麼自己就只會回這種無關緊要的話呢？慎一不禁討厭起自己了。

腳下水聲淙淙。遠在欄干的另一端，看不見的波浪不斷拍打碎裂，當波浪的喧嘩告一段落，鳴海低著頭說：

「其實，我一直很介意自己沒有媽媽。」

慎一默默地點頭。

在剛才她把手上的湯匙摔在榻榻米上的那一刻之前，很慚愧地，慎一從未察覺到這一點。這可能是因為鳴海從沒和他提過媽媽的事。一直以來，慎一心裡是這麼想的——鳴海的媽媽是在她還是小嬰兒的時候過世的，因此她可說是生來就沒有媽媽，可能是這樣，她才對失去媽媽一事並不十分在意。在學校時，也能正常地與把她媽媽捲入意外的昭三的孫兒——慎一互動。

可是，慎一犯下了嚴重的誤會。鳴海一直為自己沒有媽媽這件事感到悲傷，一直為此覺得很寂寞。

「我也一直很怨恨利根同學的爺爺。」

沒錯，她會怨恨昭三也是理所當然。然而，鳴海卻一直都很友善地對待昭三的孫兒慎一。

「老實說，三年級的夏天利根同學轉學到班上來時，我心裡覺得討厭極了，想著為什麼自己非得和害死媽媽的人的家人一起上課呢，每天都覺得很不甘心。」

慎一第一次從鳴海口中聽到這種話。那句話就像一顆冰塊，冰冷地掉進他的胸口。

「那妳——」

那妳為什麼要對我那麼好呢？班上同學全都不理自己，為何惟獨鳴海沒有這麼做呢？

「就像我討厭利根同學那樣，我也很討厭有那種想法的自己。所以我決定了，要正常地和利根同學你說話。」

「妳一直……在勉強自己嗎？」

慎一鼓起勇氣問道，但鳴海輕輕地搖了頭。

「只到去年夏天利根同學的爸爸因病過世為止。」

「那……」

「利根同學的爸爸過世之後，我終於不必再勉強自己，我可以自在地和你說話了。因為，利根同學的處境變得和我一樣了。」

一股怒氣直衝而上，瞬間壓過了慎一對鳴海的同情。

當爸爸被病魔摧殘，變得愈來愈瘦，漸漸無法說話，最後身上插著管子死去的時候，難道鳴海正在暗自稱快嗎？難道她認為這麼一來，慎一就變得和她一樣，她其實很樂意見到爸爸死去嗎？——但在慎一發話之前，鳴海便接著說下去。

「我不是認為這下子我們的處境就半斤八兩了。畢竟這種事又不是在算數學，可以加加減減的對吧？家人過世，才不是那麼單純的事。」

沒錯。沒有人比鳴海更清楚這一點了。

「知道利根同學的爸爸過世後，我也從過去的自己逃出來……該怎麼解釋呢……」

鳴海蹙起眉間，尋思適當的詞句。

「我覺得，我終於找到了能夠逃出那個狀態的理由。」

「——理由？」

慎一反問。鳴海歪著頭，像在理清腦中的思緒。

「應該說，讓我能夠從那個拚命忍耐的自己逃開的理由。我想，我大概一直在找那樣的答案。」

想著想著，慎一覺得自己漸漸懂得了鳴海的心情。對鳴海而言，要壓抑自己的情感，把慎一當成普通同學對待一定很難捱吧。所以，當慎一的父親過世時，她把這件事當成了自己忘記痛苦的理由。

「不過即使在那之後，我還是沒辦法原諒慎一的爺爺。」

鳴海這麼說時，聲音聽上去無比的哀傷。

「現在也是嗎？」

如果是這樣，她為什麼要特地到家裡來呢？

但鳴海曖昧地搖了頭，垂下眼去。

「最近有些不一樣了。那種無法原諒的憤慨似乎變淡了。所以我聽到富永同學去你家吃飯的時候，我才在想，我也要去你家。去你家和你們一起吃頓飯，和你爺爺聊聊天。我還記得，去年當我不必勉強自己就能和利根同學自在說話的時候，我整個人變得好輕鬆……」

如果她和昭三也能相處融洽，應該能變得比現在更輕鬆。鳴海是這麼想的吧。

「我也不知道為什麼，聽了你爺爺的故事，自己會變得這麼激動。畢竟你爺爺說的又不是我媽媽的事，怎麼我會突然無法控制自己的情緒呢？」

鳴海的背離開欄干，臉轉向慎一。

「可是我現在似乎懂了。我想，那大概是因為我一直想找出媽媽死去的理由，以及我為什麼沒有媽媽的理由。就像我已經能自在地和利根同學你說話，如果我找到了那些理由，或許我也能整理自己的心情了。如此一來，我也能活得比較輕鬆了，不是嗎？所以我一直在找，可是……我實在是想不出，有什麼理由要讓人非得死去。」

就在鳴海思考著這些事的時候，昭三卻說了那樣的話。

然而，仔細想想，在某種意義上，或許昭三的想法也和鳴海相同吧。慎一是這麼認為的。雖然昭三一直表現得對自己斷腿一事滿不在乎，但事實上他一定很不好受吧。慎一懂事的時候，昭三已經失去了左腿，但是對昭三而言，卻是長年以來一直陪伴自己的東西在某一天突然不見了。這是一件很痛苦的事吧。更何況他還得在慎一或純江前面裝作不在意，不讓他們發現自己的痛苦，那想必又格外難捱了。慎一想起之前在學校的午休時間，讀了那封譏笑自己的信。自己心裡明明很傷心，很不甘心，卻得裝出一副不在意的模樣繼續上課。他想起那時候有多難捱。昭三一定比自己更加痛苦吧。所以他才會把失去左腿的事，當作是自己把朋友丟在山中的報應。或許他也像鳴海一樣，是想要一個「理由」也不一定。

「對不起，我自顧自地說起自己的事。利根同學想必也很不好受吧。」

鳴海心虛地抬起頭，暫時停頓了幾秒鐘。

「你一定也有很多煩惱吧。」

確實，搬到這個小鎮以來，慎一的生活的確說不上快樂。尤其是爸爸過世之後。可是日子苦悶的不只有他，鳴海也過得很辛苦，昭三也辛苦，春也也一樣，或許就連純江也……

「不過，利根同學最近變得比較有精神了。」

鳴海的語氣突然改變了。

「是嗎？」

「你看起來就像變了個人。我一直很在意，在猜你是不是遇上了什麼好事。每天你都和富永同學約在校門口會合，然後一起離開。你們到底去做什麼啊？」

「也沒什麼啦……」

自從和春也一起去山上以後，自己真的改變了這麼多嗎？甚至就連鳴海都注意到了。

慎一想起很久沒去的祕密基地，覺得很懷念。他想念和春也輪流提著裝了海水的塑膠袋，在水坑裡爬行的寄居蟹，還有兩人一起吃草莓的時光。洋芋片嘗起來有馬鈴薯的味道，黏在嘴唇上的鹽巴甜甜的。慎一看向鳴海，她的嘴角浮現一絲笑意，但表情卻比微笑之前看起來更加悲傷。

慎一心裡想著：就帶鳴海去那個地方吧。

(!)

第四章

（一）

「你抓到幾隻？」

「兩隻。」春也說。

「我抓了六隻。這樣應該夠了吧。」

回到角角的後門，坐在台階上的鳴海立刻站起身。她像是已經等不及了，兩隻眼睛瞪得老大。

「抓到很多嗎？」

「沒有，只有八隻。春也抓太少了。」

慎一故意開春也玩笑，但春也沒有做出任何反應，他提著塑膠袋，逕自走進樹林。眼看著他身上那條格子襯衫漸漸消失在林木之間。

「哎，富永同學該不會是生氣了吧？」

鳴海的臉湊近慎一，悄聲地問。

「為什麼？」

「因為那塊石頭是你們兩人的祕密基地啊，可是利根同學卻自作主張把這件事告訴我……」

「春也平常就是那樣子啦。」

慎一雖然這麼說，但春也顯然一副氣呼呼的樣子。而且慎一也很清楚，他生氣的理由就正如鳴海所說。

「我們走吧。」

慎一催促鳴海，趕快追上春也。

今天是星期一，慎一說有東西想讓鳴海看，邀請了她。他簡單說明了那塊石頭和寄居神的事，鳴海聽了以後很感興趣，點頭說想去看看。慎一把這件事告訴春也，放學後三個人在角角的後門集合。

至於為什麼要帶鳴海去的理由，要解釋實在是太麻煩了，而且慎一也沒自信能解釋清楚。因此慎一只和春也說，鳴海問他們放學後都去哪裡，結果他不小心把那塊石頭和寄居神的事給說溜嘴了。春也當時倒沒有表現出很反感的樣子，他很爽快地點了頭說，「好啊。」——但現在想起來，那時候春也已經在生氣了吧。因為他正眼也不瞧慎一一眼。慎一原以為那是因為他們已經一個多星期沒說話的緣故，看來是自己弄錯了。慎一原本還暗自打算著，如果他們一起帶鳴海去山上，或許兩人又能像從前那樣放學後在一起玩。慎一此刻心情不禁著急起來。

昨天，慎一和純江兩人搭公車去醫院探望昭三。昭三頭上纏著繃帶，躺在床上，笑著說待著醫院裡沒事可做，他只能成天放屁。但他的笑容十分刻意，教人不忍卒睹。

兩天前的夜裡，慎一在橋上和鳴海道別，回到家後，看見一台紅色警示燈已經熄滅的救護車停在家門前。純江很快地向他說明了一遍，原來是昭三慌慌張張地想去追衝出門的鳴海，但一時沒抓穩立在水泥牆邊的拐杖，結果從門檻上摔下去，跌了一跤。

慎一大吃一驚，探頭往救護車裡瞧，只見昭三的一頭白髮被染得赤紅，人躺在狹窄的小床上。還慎一還來不及開口，昭三便揮著手掌對他說，「沒事、沒事。」

——是我自己太大意了……我喝多了。

昭三臉上掛著苦笑，一直瞪著救護車的車頂。白光下，他的眼睛濕濕的，閃著淚光。

那時慎一總算明白了，為什麼今天昭三酒會喝得那麼凶。他或許是很害怕要和鳴海見面吧。所以他才會喝下那麼多的酒。

——我真是對不起鳴海啊。

他每說一句話，尖凸的喉結都會像異種生物般不停蠢動。

——明兒我得向她道個歉才行。

只可惜昭三無法如願。那晚純江一起坐上救護車，陪他去醫院，兩小時後純江一個人回家了，她告訴慎一說昭三得住院。

慎一並沒有告訴鳴海昭三住院的事，純江也認為這麼做比較好。不過就算媽媽沒交代，慎一也不打算告訴鳴海。

昨天，醫生告訴純江，在昭三的頭骨發現了裂痕，雖然詳細的檢查結果還沒出來，但他的傷勢很可能會影響到腦部。

「春也，你走慢一點啦。」

「為什麼？我的速度和平常差不多啊。」

走在前頭的春也只扭過頭來看了他們一眼，立刻又把視線轉回前方，腳下的速度也沒有放慢。

「妳還好嗎？」

「我沒問題。不過這山路真不好走耶。你們每天都是這樣爬上去嗎？」

雖然鳴海的興趣是騎車，她的腿卻不算有力，一路上她停下來喘口氣好幾回，比較難走的路段還得靠慎一拉她一把。

和慎一他們第一次上山的時候比起來，頭頂的枝葉變得翠綠許多。不知何時山櫻都謝光了，花瓣也被風吹得一乾二淨，如今已經分辨不出哪些樹是山櫻了。

三人總算爬上了山頂。

經過鳴海的解說，慎一才知道石頭旁邊那些長著十字葉子的白花，名字叫「一人靜(註)」。因為那花的姿態看上去就像是靜御前在翩翩起舞。

註：台灣稱「銀錢草」。

「是我的舞蹈老師告訴我的。……就是那塊大石頭嗎?」

鳴海喘得上氣不接下氣,離開慎一的身旁,朝石頭走去。春也蹲在石頭前面,撤開遮陽的樹枝和網子,動手將凹洞裡的水汲出來。

「春也,怎麼樣了?」

「當然都死掉了啊。全死光了。」

一如所料,九隻寄居蟹全都死光了。牠們的身體鬆垮垮地拖在貝殼外,已經開始腐爛了。凹洞的水有些發臭,裝飾在石頭上的色紙也散落了一地,只剩下用麻繩編的注連繩勉強還在。

慎一和春也一起把水舀出來,並將新鮮的海水和八隻寄居蟹倒進凹洞。

「我們就把寄居蟹養在這裡。」

慎一回過頭對鳴海說明。

「這個網子可以防止牠們逃走,然後再把樹枝蓋在上頭。這是春也想出來的點子。一開始我們用的是塑膠袋,結果裡頭的水變得很燙——」

「要抽嗎?」

春也打斷了慎一的話。

「一人還剩一支。」

鳴海似乎沒聽懂春也這句話的意思,她看著他們,表情像在等待慎一把話說下去。慎一轉頭看春也，但他已經繞到石頭後方，不久手上拿著香菸盒和打火機回來。他抽出兩支菸，並把空菸盒揉成一團，隨手扔到灌木叢裡。他叼起一支菸，然後一言不發地將另一支菸遞向慎一。

「你沒跟我提過香菸的事啊？」

鳴海表情僵住了。但春也並不理會她，又把手上的菸遞向慎一。

「我們又不是真的抽，只是抽好玩的啦，春也把他爸爸的菸拿來——」

春也把香菸湊到慎一的唇邊，慎一反射地叼起來。春也從口袋掏出打火機，用一隻手擋風，點著了菸。他吐出一大口煙，把還未熄滅的打火機湊到慎一嘴邊。

慎一也點上了菸。

鳴海的嘴唇緊繃成一條線，死瞪著他們。煙自菸頭升起，隨著一陣微風飄到了鳴海面前。鳴海眉頭蹙起，退開身子，但是並沒有走開。

「你在幹嘛啦。太浪費了吧？」

春也注意到慎一沒有抽菸，只是把香菸夾在手指間。慎一尷尬地應了一聲，不得已地含住濾嘴。接下來他只在春也看著的時候才吸上一口，春也沒在看的時候，他則做做樣子，只把香菸湊近嘴邊。鳴海什麼話也沒說，佇立在一旁。

慎一蹲在地上，在地上捻熄了手上那支還剩大半的菸。平常他都是把香菸扔在地上，用鞋底踩熄，但今天他不希望讓鳴海覺得自己已經很習慣做這種事。

慎一捻熄香菸後，春也把自己嘴裡的菸拿開，默默地遞向鳴海。他的眼底浮現惡作劇時的神色。鳴海訝異地瞪著他看，但春也像剛才對慎一那樣，把香菸濾嘴湊到了鳴海眼前。

看見鳴海伸手接過香菸，慎一吃了一驚。接下來的幾秒鐘，鳴海只是一直盯著在冒煙的菸頭看，接著，她將濾嘴湊近嘴邊。她的臉上並非帶著豁出去的神情，更像是低年級生或幼稚園的孩童接過了自己沒看過的玩具。儘管如此，當她近距離觀察香菸時，雙眼中浮現了一絲不安的神色。慎一屏氣凝神地看著鳴海慢慢地將白色的濾嘴，放進她害怕地噘起的雙唇之間。慎一此刻的感受甚至比自己第一次抽菸的時候來得更害怕，更擔心，感覺後背在發麻。當她從濾嘴把煙吸進嘴裡的那瞬間，鳴海發出了小聲的驚呼。她立刻放開濾嘴，但她不是選擇把菸拿遠，而是把頭退開。一陣白煙自她的嘴邊瀰漫開來。

鳴海雙眉蹙起，嘴裡動個不停，似乎是想用舌頭抹去嘴裡殘存的苦味。慎一第一次抽菸時，也是同樣的反應。春也從鳴海手上接過香菸，但他沒再繼續抽，把煙扔在地上，一腳踩熄。

「來把寄居蟹烤出來吧。」

春也正眼沒看慎一地說，逕自在水坑前蹲下。慎一才在他身邊蹲下，春也已經抓起一隻寄居蟹，站起身來，直接往石頭後面走去，慎一朝鳴海說了聲，「來這邊。」然後跟在春也屁股後頭。

三個人圍成一個三角形，蹲在石頭後面。

春也從口袋掏出打火機，眼睛看著鳴海說：

「妳可以幫我拿著寄居蟹嗎？」

他的口氣像在試探對方。

「咦？我要怎麼做？」

「慎一，鑰匙。」

春也用眼神示意慎一把鑰匙遞給鳴海。

「妳把寄居蟹放在上面，然後拿著鑰匙就行了。」

慎一和鳴海提過他們是怎麼烤寄居蟹的，所以她立刻就明白自己的任務是什麼。她順從地點點頭，把手伸向慎一。但是看到慎一遞過來的鑰匙後，她吃驚地說：

「咦？你家鑰匙這麼小啊？」

「我家大門是舊式的。」

「這樣手指不會燙傷嗎？」

「用葉子包住就行了。我向來這麼做。」

鳴海接過慎一家的鑰匙，撿起身旁的落葉纏住鑰匙柄。放寄居蟹的四方形小孔，離她捏住鑰匙的拇指指甲非常近。春也這時將濕漉漉的寄居蟹倒放在小孔上。

打火機咻一聲打響。但是淡淡的焰火才移到寄居蟹底下，鳴海就把手給抽了回去。

「妳幹嘛啊。」

「對不起，我只是嚇一跳。」

鳴海用左手扶住拿鑰匙的右手手腕，再次等著春也點火。春也把打火機湊過去。這一次，鳴海沒有縮手。但是當一陣微風將火苗吹向她的時候，她迅速倒抽一口氣，還是把手抽了回去。

「妳不用怕啦，不會燙傷的啦。」

「可是這鑰匙真的太小了，剛才好燙啊。」

慎一不禁為自己家裡鑰匙這麼小，感到有些過意不去。

「那妳可以用妳家的鑰匙啊。妳應該有帶吧。」

鳴海點了頭，但立刻又搖搖頭。

「妳到底是帶了還是沒帶啊？」

「帶是帶了……」

鳴海嘴唇緊閉，猶豫了一會兒後，把手伸向自己的運動包包，拉開了拉鍊。在包包裡頭還有一個小化妝包，她從化妝包裡拿出家裡的鑰匙。

慎一他們聽見「鈴」的一聲。

「可是我的鑰匙裝了這個。」

她的鑰匙一端用黃色的細繩綁了一個小小的陶鈴。不管是細繩，還是陶鈴，都已經舊得發黑了。

「那是什麼啊？」

「這是長谷寺的替身鈴鐺。」

這鈴鐺慎一也看過。據說當主人遇上劫難的時候，鈴鐺便會裂開，代替主人受難。長谷寺在賣這種鈴鐺。

「這原本是我媽媽的，後來變成我的。我一直別在鑰匙上。」

「拿下來不就好了。」

「不可以拿下來。」

「為什麼？」

嗚海沒有回話，只是搖了搖頭。

春也鼻子哼了一聲，顯得很瞧不起人，而且還故意表現給對方看。慎一已經猜到春也接下來打算說什麼了。

「反正那鈴鐺——」

「春也！」

在春也說完那句話之前，慎一趕緊打斷他。

「嗚海都說不行了，不要勉強她了。」

春也聽了別過頭去，沒再說下去，但是嗚海似乎已經聽出春也的意思。

「意外發生的那天，我媽媽沒帶這個鈴鐺。她一直別在錢包上，可是上船那天，她沒有帶錢包去。」

三人之間一陣沉默。慎一正想說點什麼時，春也以幾乎聽不可聞的音量咂嘴一聲。

「如果妳不拆鈴鐺，就用慎一的鑰匙吧。」

鳴海低著頭，沒有回話。

「春也，沒關係啦。今天還是我來吧。」

「算了，反正誰拿都沒差。不過是個打火機就怕成那樣……」

「不然，下次鳴海從家裡帶沒有掛護身符的鑰匙來吧。妳家至少應該有一支這樣的鑰匙吧？」

「應該有吧……」

鳴海沉思般地瞪著地面，不久「啊」地一聲抬起頭來。

「家裡的鑰匙是我和爸爸各拿一把，不過車鑰匙倒是有兩支，我記得備分鑰匙的鑰匙頭沒有塑膠殼，應該很適合。」

「這樣就行了吧？」

慎一扭頭看向春也，他不耐煩地點了點頭。

「那今天還是我和慎一動手。」

但是，那隻本來被三人包圍的寄居蟹此時不知跑哪裡去了。在四周找了找，發現牠爬到了稍遠的地方，謹慎地把蟹螯靠在一顆半埋在土裡的石頭上。慎一捉住牠，放在自己的鑰匙上。

春也拿著打火機從下方烤，但是寄居蟹就是不肯爬出來。再加上他們已經很久沒玩這個遊戲，所以當寄居蟹猛地從貝殼開口跳出來的時候，慎一不由自主地輕聲發出驚呼。不過他的音量遠比不上鳴海的尖叫聲。

「那邊，富永同學，跑到你那邊去了！」

「不用怕啦，我們常玩。」

可是當春也試圖抓起那隻往他左側爬去的寄居蟹時，身體一不小心失去重心。他的腿可能是因為蹲太久發麻了，只見他「哦」地一聲手肘抵在地上，他害臊地想趕快爬起來，可是這次運動鞋的鞋底又滑了一下。最後春也的左手肘和右膝整個摔在地上，右手和左腿懸在半空中，姿勢很滑稽。不過鳴海並沒看他，只顧著追寄居蟹。她踩著小碎步追上去，蹲下身來伸手去抓，被寄居蟹逃掉後又小碎步地追上去，蹲下來。在她第三次嘗試時，終於抓到了寄居蟹。鳴海一臉得意地回頭看向他們，但她的表情又突然轉為震驚。

「牠夾我！我被牠夾住了！」

她不知所措地用左手指著右手上的寄居蟹，交互看著春也和慎一。仔細一看，寄居蟹的蟹螯的確夾住了鳴海的手指。可是寄居蟹的力氣不大，被夾到雖然會有點疼，但驚嚇其實要大過痛感，並不是真的很痛。慎一很清楚這點，他冷靜地用一隻手撐住鳴海的手，捉住寄居蟹的蟹螯，把牠扳離鳴海的手。

「好痛啊……」

鳴海誇張地蹙起眉頭，撫摩著自己的指尖。為了讓鳴海知道寄居蟹夾人其實不痛，慎一側過身子，讓鳴海看他故意讓寄居蟹夾住自己的手指。當蟹螯咬進肌膚的瞬間，慎一才發現這隻寄居蟹力氣出奇得大。他「啊」地哀嚎一聲，腿像螃蟹一樣弓著，痛得伸長脖子，表情很猙獰，一排門牙都露了出來。

「你在幹嘛啊！」

鳴海驚愕地問道，朝他伸出手，但是慎一趕在她幫忙之前就把寄居蟹的蟹螯給扯下來。手上被夾到的地方已經發白了。

「嚇了我一跳……」

「你幹嘛故意讓牠夾啊？」

「因為之前的寄居蟹力氣都沒牠這麼大啊。」

「是嗎？」

兩人話說完了，轉頭看向春也。他正在拍掉手肘和膝蓋上的泥土，和慎一他們對上視線後，他別開目光。

「不過是被夾到手指，有什麼好大呼小叫的。」

很明顯的，春也取笑慎一他們其實是想避談自己跌倒時的怪姿勢。出糗的程度兩邊根本差不多，慎一雖然沒說什麼，但其實很想放聲大笑一番。

那天，春也和慎一燒死了一隻寄居蟹。

（二）

隔天放學後，慎一和鳴海一起走出校舍。他們以為先離開教室的春也會在校門口等待，但是並沒看見他。

「春也先走一步了嗎？」

「要等一下？」

「不用了，待會兒應該會在角角後門碰到他。」

兩人並肩走過沿海的路，來到角角後門一看，春也果然等在那裡。見到慎一他們，他站起身，一言不發地拿著塑膠袋從兩人身旁走過。慎一立刻追上他，和他一起去海邊裝水。

上山的時候，春也和昨天一樣，領先慎一他們幾步。

鳴海努力想追上春也，她抬著頭，拚命邁動雙腿。慎一不時打量著她的側臉。樹影迅速地在她汗濕的額頭上流動，自她仰著的喉頭發出偏快的喘息聲。如果這時候颳起強風，鳴海也會像春也上次那樣，背上的衣服歪斜地鼓脹起來吧。

三人穿過那片一人靜花海，蹲在石頭前面。他們舀出溫溫的髒水，注入新鮮的海水，然後春也挑出了一隻寄居蟹。

「我帶鑰匙來了噢。」

聽到鳴海的話，春也露出有些吃驚的表情。

鳴海從包包裡拿出來的鑰匙，要比慎一家的鑰匙長上很多，的確不必擔心會被燙傷。鑰匙頭的地方也有個四方形小孔，剛好可以用來擺寄居蟹。

三人移動到石頭後面去，和昨天一樣，圍成三角形坐下。春也從下方烤著鑰匙上的寄居蟹，期間鳴海穩穩地握住了鑰匙，她屏氣凝神地注視著自己的手邊。慎一則一直望著鳴海的側臉。一陣子以後，三人抓住逃出來的寄居蟹，把牠固定在台座上，三個人對著牠雙手合十。即使在這段時間，慎一仍是一直在看著閉上眼睛的鳴海。她雖然試圖裝出嚴肅的表情，但嘴角卻微微上揚，白皙細薄的眼皮不時跳動著。

（三）

隔天以後，三個人放學後會一起上山。

春也依然不願和慎一他們一起離開學校，都在角角後門等他們，但是他漸漸也不再鬧彆扭了。上山的時候，他不再一個人遙遙領先走在前頭，經常是三個人排成一行或排成一列，聽著彼此的呼吸聲朝石頭走去。碰到山勢比較和緩的路段，三個人也會閒聊幾句，但春也很少直接和鳴海對話。

慎一伸手拉鳴海一把的時候，比較了一下兩人的手，這才發現自己不知不覺間曬黑不少。這段日子放學後他和春也不是往海邊跑，就是往山上跑，所以才曬黑了吧。

幾天之後，慎一發現鳴海要爬上險坡時，如果慎一在她身旁，她會請慎一幫忙拉一把。但要是在她的身邊的是春也，她會不顧手弄髒，攀著樹枝或石頭，自己一個人爬上去。自從發現這件事之後，每次快走到險坡，慎一都會走到鳴海前頭等她。漸漸的，當快接近陡坡，慎一卻落在後頭時，鳴海自然而然地會回頭找他。慎一會豎起手掌向她道歉，連忙趕到她身旁。裝了海水的塑膠袋大都是由慎一和春也提上山，不過鳴海有時也會幫忙。不過鳴海提水袋的時候，總是走沒幾步就看一下塑膠袋，走沒幾步就看一下，結果每次都會和走在前頭的春也拉開距離。

三個人有時會在石頭後面把寄居蟹烤出來，有時候則不烤。某天，慎一提到曾和春也一起在這裡吃草莓的事，結果隔天鳴海從家裡帶來了一盒草莓。三個人坐在石頭前面吃草莓，草莓因為一早就被放在包包裡，果肉損傷得很嚴重，但是和上回的草莓比起來，味道倒是別有一番風味。和春也一起品嚐的草莓，就像在吃一種陌生的水果，感覺很刺激；而鳴海帶來的草莓，吃起來卻像是在品嚐從前自己最喜歡的水果。三個人看著扔了一地的草莓蒂，鳴海取笑他們兩個扔下的蒂上頭一點果肉都不剩。她的嘴唇之間，可以看見被草莓染紅的滑嫩舌頭。

鳴海想出一個點子。她把寄居蟹的貝殼摁在黏土上，結果留下了一個貝殼形狀的小洞。貝殼上頭的紋理，就連比較細緻的地方都清清楚楚地印在上頭，慎一看了大吃一驚。鳴海和慎一在壓扁的黏土上，摁出了許多小洞，結果黏土變得像在課本上看到的月球表面。他們倆抓了幾隻螞蟻，讓牠們在黏土上爬。春也似乎對這個遊戲沒興趣，他一直背對著兩人，瞪著石頭上的水坑看。

「富永同學，是不是很討厭我啊？」

某天放學，兩人走在前往角角後門的路上，鳴海突然歪頭問慎一。

「為什麼這麼說？」

「因為他很少跟我講話啊。」

「春也本來就話不多。」

「為什麼富永同學會對我爸爸的工作感興趣呢？」

一瞬間，慎一沒有聽懂鳴海話中的意思，但他立刻想起來自己曾用春也當藉口，向鳴海打聽他父親的事。

「沒為什麼啊，只是有點好奇吧。」

慎一隨口回了一句，結果鳴海立刻把臉轉向他。

「為什麼會好奇呢？」

「這……我也不知道啦。」

慎一擔心自己說溜嘴，趕緊看向前方。

鳴海有段時間沒說話，但是隨著愈來愈接近角角，她的話也愈來愈多，而且不管跟她說什麼，她都會笑個不停。慎一覺得很納悶，搞不懂這是怎麼回事。那天在山上的時候，鳴海一句話也沒對春也說。可是當春也在石頭前靈巧地拉平那些捲起來的網子時，她一直望著他的背影。

隔天在教室碰面的時候，慎一發現鳴海的髮型和平時不大一樣。就像在八幡宮舞殿旁看見她的樣子，只留下劉海和耳旁的頭髮，其餘的全在頭頂上綁成兩個丸子。而且盤起來的丸子，各綁上了一個附有玻璃飾品的橡皮筋。下課時間鳴海和同學聊天時，每次發笑或吃驚，都會摸一下自己的髮飾，像是很在意。慎一悄悄看向春也。春也的眼睛被劉海遮住，無法確認他的眼神，但他似乎在看著鳴海。

放學後，因為凹洞裡的寄居蟹沒剩幾隻了，慎一和春也又去抓新的寄居蟹。鳴海坐在海邊的岩石上，捧著雙頰等待兩人。慎一雖然想盡可能多抓一些寄居蟹，卻故意裝出一副幹勁缺缺的樣子在岩岸上閒晃，檢查海水窪的時候也沒有蹲下身子，一直站著找寄居蟹，結果抓到的寄居蟹比春也要少。兩人一共抓了十隻寄居蟹以後，春也說應該夠了，慎一只好默默點頭答應，把三隻寄居蟹放進裝滿海水的塑膠袋裡。

「我們不裝飾那顆石頭了嗎？」

來到山頂後，慎一和春也兩人合力為水坑換水，那時鳴海突然這麼問道。

「之前我和春也一起裝飾過，可是一下子就弄壞了。如果是用透明膠帶或漿糊固定，一下子就剝落了。」

「可以用其他東西試試看啊。聽利根同學提起裝飾石頭的事以後，我一直很想試一試。」

「其他東西……」

慎一沉思著。有什麼東西不會被風雨打壞呢？

「如果是用絕緣膠帶應該行得通。」

聽到春也提出的意見，慎一立刻回以冷笑。

「用絕緣膠帶也一樣啦，一下雨不就剝落了。」

「不，我不是說要以普通的方式貼。」

春也的意思是先把膠帶貼在石頭上，然後再用打火機烤一下。

「這麼一來，塑膠就會融化，會緊緊地黏在石頭上。裝飾物不要用色紙做了，也用絕緣膠帶來做。為了不讓膠帶黏成一團，我們就把膠帶對著膠帶貼，做成像彩帶那樣。正面和背面還可以貼不一樣的顏色，各種顏色組合起來，我想應該可以把石頭裝飾得很漂亮。」

鳴海瞪著空中猛點頭，看來正在推敲春也的這個主意。她從唇間輕輕嘆出一口氣，看了看春也，綁在頭上的玻璃飾品輕輕晃動，發出了微弱的響聲。

「就這麼辦吧！明天我們三人各自帶一些絕緣膠帶來吧。」

「可是，誰有這麼多絕緣膠帶啊。」

慎一意識到自己的臉上又浮現冷笑，他也很清楚自己的嘴角甚至比剛才還要扭曲。慎一想要放鬆臉上的力道，但臉頰卻不受控制地上揚，在嘴唇之間製造出討厭的空隙。

「我知道哪裡有。在工藝教室最裡面的架子上，放了超級多的絕緣膠帶。老實說，我是因為知道那裡有東西，才會說要用絕緣膠帶。」

「你是說要偷拿？」

鳴海一臉不安地看著春也。

「不用怕啦，我知道西鄉隆盛哪些時段不會在工藝教室。就算真的被抓到，到時候再煩惱就行啦。」

那天，他們沒有烤寄居蟹就下山了。

三人在角角前面道別的時候，鳴海舉起手向他們說，「明天見。」但慎一總覺得她的眼神並不是看著他們兩人，而是一直盯著春也看。

「這個星期六，我可能要晚點才能回家。」

純江把味噌湯的碗放在餐桌上，這麼說道。

自從昭三住院以後，純江不曾再晚歸。慎一心裡還在期待，或許今後再也不會有那樣的情況發生。此時聽到純江這麼說，慎一突然有種被背叛的感覺，他抬頭看著媽媽。

「我又有聚餐得參加了。爺爺也不在家，真是對不起啊。不過，我想應該不會拖太晚。」

慎一努力想按捺住內心的激動，但是話語仍是脫口而出。

「妳要去哪裡？」

「去哪裡……？」

純江手中的筷子懸在半空中。

「不是啦，我是問妳要去吃什麼啦。」

「哦，這還不知道。大家好像還沒有決定。」

純江回答後，視線落在自己的手上，又補一句：

「是辦公室的同事要聚餐。」

慎一的目光自媽媽臉上移開，一言不發地動著筷子。

他想起念幼稚園時偷蠟筆的事。那是在很久之前——他還在東京念幼稚園，那堂課大家在畫自己的家人。在老師發下的畫紙前，慎一打開了扁扁的蠟筆盒，發現裡頭少了白色的蠟筆。放白色蠟筆的位置是空著的。可能是他自己把蠟筆忘在什麼地方，也可能是被人偷走了。慎一沒想太多地看向坐在隔壁的朋友。朋友正在專心畫圖，臉和畫紙湊得老近，於是慎一從對方擺在屁股旁邊的蠟筆盒裡，拿走了白色的蠟筆。他並沒有意識到自己是在做壞事。他只是認為，自己的蠟筆盒裡沒蠟筆，可是朋友的有，乾脆拿來用好了。慎一用那支白蠟筆畫下拿著平底鍋的純江身上的圍裙。用完以後，他把蠟筆放到自己的蠟筆盒裡。但是因為蠟筆的品牌不一樣，這件事立刻就被發現了。那天放學的時候，純江一如往常到幼稚園來接慎一，他已經忘了當時班上的女老師叫什麼名字，只知道她告訴了純江這件事。她是笑著報告這件事的。大人要慎一低頭向對方說，「對不起。」純江也一起低頭向老師賠禮，之後他們便離開了幼稚園。在回家的路上，純江教訓慎一說：你做出這種事，就算你幫媽媽畫圖，媽媽也不會開心。

我才不會開心……

「嗯？」純江看向慎一。

慎一這才發現自己的嘴唇不由自主地動作了。

「星期天我們會去看爺爺嗎？」

慎一隨口問道。純江眼底的不安頓時消失了。

「嗯……會啊。我們買點甜食帶給爺爺吧。」

會話再次中斷，房間裡只聽得到一直開著的電視聲，以及兩人動筷子的聲響。

昭三住院以後，純江吃飯時不再忙著進出廚房了。可能是因為現在只要做兩人份的飯菜，工序減少了吧。但是看著餐桌上的菜肴，做起來又不像會比從前輕鬆。慎一不禁心想，媽媽之前或許是故意裝出來的？她可能只是裝得很忙，一直來往在廚房和起居室之間。

吃完飯，慎一把空餐盤搬進廚房，看見那只擺在窗台上的玻璃海豚。海豚被擦拭得很乾淨，看起來閃閃發亮。在海豚旁邊，還有一個不知何時扔在那裡的、布滿油污和灰塵的啤酒蓋。

（四）

「稍微重疊側邊，把膠帶黏在一起，就能做出比較粗的膠帶。然後，再把那些粗膠帶對貼，這樣就能完成比較粗的彩帶。」

「這樣嗎？」

「不是啦，尾端完全重疊在一起就沒有意義啦。」

因為慎一一直聽不懂他的意思，春也實際示範給慎一看。他並排著兩段不同顏色、同樣長度的膠帶，然後稍微重疊側邊，將兩段膠帶黏在一起。接著再做一組同樣的粗膠帶，將兩條粗膠帶有黏性的那一面對貼，如此一來，正反面一共用上了四個顏色，完成了色彩繽紛的粗彩帶。

「富永同學，你真的好厲害啊。」

春也沒有理會稱讚他的鳴海，從他的運動包包裡拿出更多的絕緣膠帶，有紅色、綠色、黃色、白色、黑色、咖啡色，春也一共從工藝教室拿了六種顏色的膠帶。剛才用來剪膠帶的剪刀，則是鳴海從家裡帶來的。

「只要用這個方法，不管多粗的膠帶都做得出來。膠帶顏色也很多，可以做出好幾種組合。」

「可是春也，藍色和黃色不大適合吧？」

「嗯，也是啦。畢竟是做給神明的，顏色還是簡單一點比較好。那就用白色和黑色……還有紅色來做吧。用這三個顏色做，效果應該會挺不賴的。」

春也的手驚人地靈巧。他目測剪出來的膠帶，每段都一樣長；把膠帶黏在一起的時候，也不會弄出半點皺褶。慎一和鳴海也一起幫忙，三個人合力做了很多膠帶彩帶。鳴海也不是手巧的人，不過失敗幾次以後，她漸漸抓到了訣竅，愈做愈上手。唯一的一把剪刀放中間，三個人輪流使用，不過春也用剪刀的時候，往往不會讓慎一他們等太久，就會把剪刀放回原處。鳴海也會看準時機，她會仔細觀察春也和慎一的進度，趁兩人用不到剪刀的時候使用，不會耽誤到他們的時間。只有慎一，他剪膠帶時一下子讓膠帶黏在手上，一下子又黏到地面，占用了很多時間，常得讓春也和鳴海等上一陣子。雖然他們兩個嘴上沒抱怨，卻會一臉無聊地望著慎一。感受到他們的視線，令慎一更加手忙腳亂，好幾次都把膠帶黏成一團，搞得不可收拾。

要把做好的彩帶裝飾在石頭上時，碰到了一個麻煩。他們原本計畫要用火燒膠帶，讓膠帶融在石頭上，可是實際操作起來，並沒有春也想像的那麼容易。因為膠帶融化後雖然會貼在石頭上，但附著力很低，輕輕一扯就會鬆脫。不過後來春也輕而易舉地解決了這個問題，他把要黏在石頭上的膠帶，貼上了三層。貼出厚度後再燒，膠帶便能意外牢固地黏著在石頭上。

有一次，膠帶加熱過頭，結果融化的膠帶沾上了春也的左手手指，他哀嚎一聲。鳴海看到了，從自己的包包裡掏出車鑰匙。

「用這個吧？」

「為什麼？」

「用鑰匙壓住膠帶一角再用火燒，比較方便吧。」

「哦，真的耶。」

春也使用鳴海遞給他的車鑰匙，更有效率地進行作業。

在慎一的胸口，潮濕的泥沙漸漸愈堆愈高。每當他驚豔於春也的手巧，或是對鳴海的稱讚有同感時，他胸口的泥沙便會增加。

「成果比想像中來得讚耶。」

春也一臉滿足地眺望著被夕陽映成橘紅色的石頭。三色的彩帶將石頭妝點得很美麗。之前兩人用麻繩編的注連繩則繼續保留。

「時間不早了啊。」

鳴海回頭看了一眼身後的太陽。

「我們回家吧。天都快暗了。」

「對啊。」春也回應。

慎一和春也開始撿起散落一地的膠帶碎片。鳴海把自己帶來的剪刀收進包包後，一直盯著地面像在找什麼，不久她臉上浮現苦惱的表情。

「哎，你們有沒有看到我的鑰匙？」

「剛才我沒還妳嗎？」

「你還我了嗎？」

結果兩個人都扭過頭看向慎一，尋求他的附和。慎一默默地搖搖頭。

「那還是先找找看吧。」春也說。

「不好意思了。」

三個人弓著背，在石頭周圍的地面找過一遍，但並沒有發現鳴海的鑰匙。他們各自檢查過自己的口袋或包包，也翻過剛才收集起來的垃圾，但就是沒找著。不知不覺間，太陽逐漸西沉，地上的小石子也拉長了鋸齒狀的影子。

「夠了啦，我放棄了。」

鳴海不安地轉頭望向天空中的晚霞。

「這怎麼行？」

春也似乎是覺得自己有責任，三個人裡頭，他找得最積極。

「鑰匙一定就掉在石頭附近啦。」

「可是天都快黑了。下次來再找就好了，而且找不到也沒關係，反正這支備用鑰匙平常都用不著，我爸應該不會發現。」

「不行。」

春也轉頭對她說完，目光又落回地面。

「不過，你們兩個可以先回去，我一個人找就行了。」

春也緊盯著地面的側臉顯得很嚴肅，雙眼浮現焦急的神色。他就連那些遍地生長的一人靜的葉子都翻過來檢查，雙腿和兩個膝蓋上頭都是泥土。鳴海一直默默地望著春也，但不久她再也忍不住，朝他身後走去。

「已經夠了啦。」

鳴海隔著T恤碰了碰春也的肩膀。

「真的沒關係啦。」

春也轉頭看了鳴海一眼，又鬧彆扭似地別過目光。

「那我明天再幫妳找。」

鳴海默默地點了頭。

「對不起。」

風裡已經帶有一絲夜晚的氣息。西方天空開始發紅，石頭和後頭的樹木都變成黑影，往相反方向望去，白色的月亮已經朦朧地浮現在海面上空。

因為忙著趕路，下山的路上三人都沒有說話。他們下山的時間比平時短很多，回到角角後門時三個人都已是氣喘吁吁。天空已經暗下來了，因此他們簡短道聲再見就各自踏上歸途。

走在回家的路上，慎一又想起幼稚園時偷白色蠟筆的事。他瞪著愈來愈暗的前方道路，右手伸進了口袋。

而他的指尖摸到了一塊堅硬的金屬。

（五）

「八……三壘手，原選手。」

昭三噘著嘴巴，伸長脖子，在數自己拔下的眉毛。

「爺爺居然也知道他。」

「我當然知道原選手啊。他守三壘，背號是八號，前天還打了一支全壘打。」

「這裡有電視看嗎？」

慎一環顧病房。這是間三人房，但是另外兩張病床的簾幕都拉上了，看不到裡頭。簾幕另一頭偶爾會傳來感覺比昭三歲數更長的老人發出的無力咳嗽聲。

「我是用你之前帶來的收音機聽的，戴耳機聽。偶爾會有雜訊啦，不過這裡是二樓，音質還算清楚。」

慎一第一次探病時帶來的收音機，天線伸得老長，就擺在病床旁邊的小冰箱上頭。冷箱旁邊，斜靠著慎一那天一起拿來的拐杖。

「爺爺，你改成中午拔眉毛了嗎？」

「不，早上也拔了一回。不過一看到你，我又想拔了。只是啊，也不知這叫什麼桌。」

昭三指頭敲了敲從病床旁邊移到床中央的小桌。他的眉毛在上頭擺了一排。

「這桌是白色的，所以白眉毛就不容易看見。家裡的倒是黑眉毛比較難找。」

昭三說著，搖晃著瘦骨嶙峋的肩頭笑了。眉毛旁邊擺著從家裡帶來的茶杯，裡頭裝了半杯茶，已經不再冒熱氣了。慎一總覺得這杯茶似乎很久之前就不再冒熱氣了。

此時是星期六的下午。慎一中午放學回家，吃過純江早上為他準備的飯團和鹹鮭魚後，騎著腳踏車到醫院探望昭三。

「哎……是為了鳴海的事嗎？」

昭三雙眼瞪著小桌上的眉毛，突然問道。

「什麼事？」

「就是你此時在想的心事。」

昭三呼了一口氣，吹散了眉毛。眉毛四散在被單上，白眉毛同樣不大好找。

見慎一不吭氣，昭三摸了摸自己罩著紗網的頭，嘆了口氣。

「我也真是……不離開這兒，就沒辦法去向鳴海道歉。不然受傷的事會被她發現。」

慎一剛才確實是在想鳴海的事，不過內容並不是昭三以為的那樣。

「都怪我，害你也要一起傷腦筋，這樣下去會遭報應的啊。」

慎一的右大腿根部感覺得到塞在口袋裡的鑰匙硬度。

一開始，他並沒有打算要偷鑰匙。

裝飾完石頭，春也為了檢查細節，隨手把這把鑰匙擱在石頭水坑的邊緣。他沿著石頭打量一圈後，一臉滿足地欣賞自己的成果，並沒有把鑰匙還給鳴海。看樣子，他似乎連把鑰匙放在那裡的事都給忘了。慎一拿起鑰匙，轉頭看鳴海，打算替春也把鑰匙還給她。但當時她臉上也和春也一樣，掛著滿意的表情，欣賞著春也的得力之作。

慎一有種自己一個人被拋下的感覺。

這個地方是慎一和春也一起發現的。拉鳴海加入的人，也是慎一。但為何此刻他非得嘗到這種被拋下的感覺呢？為什麼他得看著他們兩人露出同樣的表情呢？慎一無法理解。他也不想理解。

當他回過神時，鑰匙已經落在他的口袋。

糗。

他這麼做，可能是讓他們兩人傷腦筋。也可能是想設計春也，害他弄丟鑰匙，讓他出

現在鑰匙也在慎一的口袋裡。那天之後，他一直帶在身上。即使換褲子穿，他也沒忘記要將鑰匙收在褲子的右邊口袋裡。他在考慮，是要在學校遇見鳴海時，向她道歉還她呢？還是等三個人去石頭那裡時，偷偷將鑰匙扔在灌木叢的樹蔭裡。他可以假裝是自己發現了鑰匙，逗鳴海開心。但慎一又害怕自己的謊言會被拆穿，因此一直不敢付諸行動。

「真想早點回家，和你一邊看電視，一邊吃自家飯啊。不過我不在，純江應該會比較輕鬆吧。……哎，現在這句話，你可別告訴你媽。」

昭三豎起食指，貼在唇邊。

「我不會說啦。」

二年級的時候——在慎一搬到這個小鎮前，他趁暑假到昭三家玩，第一次在海邊釣魚。昭三教他怎麼把當魚餌的磷蝦裝上魚鉤，結果他不小心讓魚鉤刺進了拇指的指腹，他還記得當時痛得不得了。魚鉤的前端又尖又細，所以刺進去的時候並不太痛，可是魚鉤上有倒刺，拔出魚鉤時慎一疼得忍不住大喊出聲。魚鉤拔出後，那股痛感仍然遲遲沒有退去。

此時此刻，慎一微微感覺到了魚鉤的存在。他覺得那魚鉤就刺在自己身上的某處。

「……怎麼，要回去啦？」

看到慎一從椅子上起身，昭三驚訝地問。

「我和朋友約好了。」

慎一是因為想見爺爺才到醫院來。但此時，他又想一個人獨處。

「是上回來家裡的春也嗎？」

「……對。」

「小孩子和朋友真是玩不膩啊，這也真奇妙。長大以後，和朋友連續見面個兩、三天就煩了，奇怪的是，小時候的朋友卻不會。這到底是哪裡不一樣呢？」

昭三噘起下唇，蹙起眉間，歪著頭說。

慎一沒有回答，逕自離開床邊。

「你可得好好珍惜這樣的朋友啊。」

「我會再來看你。」

要踏進走廊時，慎一想起了爸爸臨終前，他最後一次去探病要回家的時候。那時慎一還不知道爸爸死期將近，他最後一次回頭望向病床，看見躺在窗前的爸爸撐起了上身，身影宛如一支枯萎的草莖，他還記得自己當時大吃一驚。

「爺爺有沒有什麼東西，要我下次一起帶來？」

一股莫名的不安驅使慎一忍不住回頭，但他發現病床上的昭三並沒有在望著自己。他以為昭三沒聽見，又問了一次，但昭三完全沒有絲毫反應。

「爺爺？」

慎一心想爺爺是不是在逗自己玩，又走回床邊，但才走到一半，昭三突然看向他，發現慎一還在後，他露出驚訝的表情。

「爺爺，你在幹嘛啊？」

慎一站定問道。昭三瞪著慎一看了數秒數，不久他露出苦笑，擺了擺手說：

「我在想事情啦。沒事，你早點回去吧。」

昭三的態度和方才截然不同，似乎是真的希望自己回去，於是慎一再次轉身走出病房。隔著簾幕，自旁邊的病床傳來細微的咳嗽聲，「咯咯咯」地，就像雞啼似的。

下了樓梯，來到大廳。大廳很寬敞，明亮的陽光自出入口的玻璃門射進來，灑在地面的磁磚上。一個年紀和死去的父親差不多的男子，一面拄著丁字枴走路，一面和他身旁看似妻子的女人在說話。男子輕聲說了句什麼，他的夫人似乎沒聽清楚，把臉湊近他。男子又說了一遍，這回女人仰起頭笑了，拍打著丈夫的肩膀。玻璃門外陽光炫目。搬到這塊土地後的第三個夏天正逐漸接近。身後傳來汲著拖鞋的腳步聲，節奏像在打拍子，拖鞋的主人應該是小孩子吧？接待櫃台的另一頭，坐了一個穿襯衫、眉毛很粗的事務員，他身後一個年輕的事務員說了什麼，遞了一份文件給他。粗眉事務員頭也不回，手伸過肩接下文件，放進自己面前的扁平盒子。

大家都不一樣——突如其來地，這個念頭湧上慎一的腦海。一直以來，慎一並沒有清楚地意識到這一點，但這個念頭始終微微帶著熱度跟著他。那個人也好，這個人也是，他們全都跟自己不一樣。

走出玻璃門，沐浴在白晃晃的豔陽下，慎一走向腳踏車停放處。他無處可去。他沒有可以去見的朋友，回到家中也沒人等著他，只有純江一早就準備好的、冷冰冰的晚飯。和公司同事聚餐。為什麼大人要對小學生說謊呢？為什麼做媽媽的要騙自己的兒子呢？

慎一正要跨上腳踏車時，發現一隻小小的毛毛蟲在座墊上爬動。牠扭動細長的身體前進著。一棵枝葉茂密的樹底下正好有塊樹蔭，慎一便把車停在那裡，看來這個決定是錯誤的。慎一噘起嘴巴想吹開牠，但是毛毛蟲牢牢攀附在座墊上，撐著不動。慎一再吹一次，牠還是一動也不動。無可奈何之下，慎一只好用指甲彈開毛蟲。毛毛蟲掉在地上，迅速蜷縮成一團，就像遠古時代的菊石形狀。

慎一的下腹突然一陣發熱，結果他還來不及有所意識，身體便已經行動，慎一大腳一踏，踩扁了毛毛蟲。就連他的踝骨都能感覺到陣陣刺痛。慎一在水泥地上抹了抹鞋底，跨上了腳踏車。他全身的身體彷彿都變成了心臟，撲通撲通地在跳動。眼前那片白日風景，也隨著他的鼓動閃閃爍爍。自己什麼都做不好。什麼事都無法如願。彷彿只有自己一個人被拋下。大好風光就在眼前展開，慎一卻覺得那一切都和自己無關。自己心裡如此苦悶，都快喘不過氣了，住在這世上的其他人卻眉頭也不皺一下。慎一的腳踩在踏板上，踩動腳踏車，感覺一陣劇痛突然竄過體內。是那枚看不見的魚鉤引起的。他每吸一口氣，都感覺得到身體的某一處在抽痛。慎一緊緊握住車頭，咬緊了牙關。

——這個星期六，我可能要晚點才能回家。

媽媽究竟要到幾點才願意回家？她到底想在外面待到什麼時候？她又要去做什麼？回到家以後，她又會久久待在浴室裡頭不出來？毛玻璃另一頭的白影，是否又會像那一天那樣一動也不動？

慎一騎上沿海公路。這裡離家還有很長一段路程。慎一一逕瞪著前方，不停踩動腳踏車。然而，踩著踩著，踩著踏板的雙腿突然感覺不到阻力，座墊下方傳來咔啦咔啦的鬧人聲響。看來是鍊條又掉了。慎一咂舌一聲，跳下腳踏車。這輛車可能是因為舊了，鍊條經常會鬆脫，但要裝回去倒也不難。慎一在褲子上抹了抹被機油弄黑的手指，再次踩動腳踏車。

慎一騎了很久很久，很久，終於騎過了出現在左手邊的角角店門，但他也騎過了回家時應該拐彎的那個路口，他直直地往前騎去。汗水顫動著沿著胸口淌下。他明明迎著風前行，但臉上就像包了一塊熱毛巾，感覺很窒悶。當慎一來到那間正方形的餐廳時，他朝左手邊轉彎。

大樓就在眼前，牆上整齊排列的玻璃窗反射著陽光。底大廣闊的停車場停了無數台車，每輛車的引擎蓋都閃著陽光，讓人看得眼底發疼。慎一停下腳踏車，走在這片刺目的光亮中。他看到好幾台裝設了貨架的車，每發現一台，他就會上前確認，但沒有一台是那輛客貨車。他沒看見鳴海父親的車。上次來的時候，那台車是停在哪裡呢？慎一循著記憶深入停車場，走到上次看到那台車的位置。那裡只有一個車位是空的。慎一站在那個空出來的車位的正中央，抬起了頭。大樓上空飄著幾抹半透明的雲。僅此而已。除此之外，什麼都沒有。記得第一次和春也一起上山的時候，他在天空中看見了許多的東西。第一次帶鳴海上山的時候也一樣，接下來的那些日子也是，天空都比此刻更多采多姿。

突然間，慎一聽見了汽車的引擎聲。

他直覺地彎下身子，低下頭。

引擎聲愈來愈接近。那台車開進停車場，似乎正朝這裡駛來。要是被發現自己隨便闖進來，很可能會挨罵吧。慎一趕緊蹲在旁邊那台轎車後頭，躲了起來。引擎聲愈來愈大。那台車在離慎一非常近的地方，他聽見車子換擋的聲響，又聽到引擎聲，接著是連續幾次催油門的聲音——然後，四周突然恢復寂靜。

車門打開了，慎一聽見鞋底摩擦水泥地面的聲音，砰地一聲，車門關上了。

慎一悄悄站起來。剛才停下的車，正是鳴海父親的那台客貨車。慎一隔著貨架，目送著那個穿襯衫的修長背影愈走愈遠，直到對方消失在大樓裡。

慎一轉向那台客貨車。他把鼻尖盡可能湊近車窗，觀察車裡。引擎的餘熱沿著車身蒸騰而上，烘暖了他的臉。

他伸出右手，碰了碰銀色的車門把手。

他拉動了一下把手，但是車門並沒有動靜。他不耐煩地加重力道再拉一次，結果車身微微晃動一下，但除此之外，車門依然沒有動靜。

這時，慎一突然想起一件事。

此時此刻，能夠打開這輛車車門的鑰匙就在自己的口袋裡。鳴海從家裡帶來的鑰匙，就是她家車子的備分鑰匙。

慎一右手伸進口袋，指腹摸到了那塊堅硬金屬的一角。

當他把鑰匙掏出來，插進鑰匙孔的時候，他有種錯覺，覺得自己彷彿是將一把刀插進一隻可怕怪物的側腹。他鼻尖感覺到的引擎餘熱，就像怪物的體溫；當他轉動鑰匙時，不禁擔心那怪物會隨時大聲咆哮地扭過身子瞪視他，令他不由得屏住氣息。

咔答。一個短促的響聲傳來，窗子另一側的細長按扭彈了起來。

慎一再次伸手去拉門把，這次輕輕拉一下，車門就開了。

他極少有機會坐一般的小客車。昭三不會開車，住在東京時家裡也沒有車。雖然去參加法事的時候，他和雙親一起坐過計程車，但他從不曾有機會像現在如此近距離地觀察空無一人的駕駛座，那和隔著窗子看的感覺完全不同。慎一把頭探進打開的車門之間。——有一股芳香劑的味道。此外，空氣中還混雜著另一股味道，是罐裝咖啡的甜味。裝設在在冷氣出風口前的杯架上，有和上次慎一見到的相同品牌的飲料罐。在開口前方，還殘留了一些褐色的咖啡，但是嗅著那些咖啡散發出來的甜香，慎一不禁覺得就連鳴海父親的體臭和氣息彷彿也跟著一起深入了自己的體內。他關上車門。

拔出鑰匙，慎一繞到車子的另一側。他拉開副駕駛座的車門。因為剛才轉動鑰匙時，副駕駛座的車門也一起解鎖了，車門毫無阻力地開啟了。副駕駛座的座椅調得比駕駛座要陡，已經將近是直角。慎一伸出汗涔涔的手，摸了摸椅背。摸起來很高級，指腹感覺像被吸住了似的。慎一伸長了脖子，鼻子湊近椅背。他同時聞到了兩種氣味。一種很顯然就是純江頭髮的味道，她家裡的棉被和枕頭都是這個味道。至於另一個，那氣味更接近肥皂，像是剛洗過衣物的氣味。上山走在鳴海後頭的時候，有時會有這種味道飄進鼻子裡。每次聞到這股香氣，慎一都會產生一種來到高處時下腹浮在空中的感覺。

慎一悄悄爬上座椅，關上車門。他不是坐在座椅上，而是雙膝跪著，正對著椅背，盯著汽車頭枕看。頭枕後面有一排座位，最後頭則是一個偏大的行李廂。慎一把臉湊近座椅的頭枕處，純江的味道和鳴海的味道又在心中擴散開來。不過這一次，他發現純江的氣味要強烈許多。不知道媽媽坐在這裡多少次了？也不知道她曾多少次把頭靠在這個地方？今天她一定也會這麼做。說什麼要和同事聚餐，她一定是要坐上這輛車，把頭靠在這裡吧。每當鳴海的父親說了什麼有趣的話，媽媽會大笑、會誇張地點著頭，她會像鳴海綁不一樣的髮型到學校來時那樣，擔心自己的髮型被壓亂了，動不動就伸手去攏整頭髮。

慎一從內側鎖上副駕駛座的車門，然後探身向前，將駕駛座的車門也一併鎖上。他留心不讓鞋子弄髒椅墊，用膝蓋前進，爬過兩個座椅之間。來到車子後座後，他撐起腹部，靠著雙臂的力量爬過椅背，藏身在行李廂。行李廂裡雜亂擺了幾條被機油弄得髒兮兮的毛巾、工具箱，還有一個不知用途的細長筒管。筒管接著一條軟管，想來應該是攜帶式的腳踏車打氣幫浦，汗水沿著耳朵旁邊淌下，在下巴滴落。慎一蜷起身子，躺在行李廂裡。這麼一來，從外邊就看不見他。駕駛座或副駕駛座上的人也看不見他。但是，他可以從行李廂的縫隙打量外頭，聽得見兩人說了什麼話，看得到兩人在做什麼。

然而，沒過多久，慎一便發現這個辦法行不通。

因為車內的溫度漸漸升高了。

慎一感覺就像有人拿了一塊浸飽熱水的海綿硬壓在自己臉上，他的胸口、腹部和背上全是汗水，襯衫緊緊黏在身上，彷彿整個人會融化在汗水之中。車裡又變得更熱了。愈來愈熱。慎一感到呼吸困難，不管再怎麼吸進空氣，感覺都不夠用。咚，咚，咚，咚，他的耳朵聽見了自己心臟鼓動的聲音。狹窄的行李廂，感覺每一秒都在變得更狹窄。慎一不用多久便很清楚自己再待下去會有危險。更何況，要是被兩人發現了該怎麼辦。不，他們當然會發現自己。不可能瞞得過去的。

慎一坐起身，準備要翻過後座椅背。他真想打開車門，把頭伸出門外，吸飽一大口空氣。然而，就在這時候，他看見一個穿襯衫的人影正朝車子走來。慎一猛地縮回身子，再次躲進行李廂。

有人從外側解開了門鎖，拉開了駕駛座的車門。一陣風吹了進來，與車內的空氣混合在一起。駕駛座上多了一個成人的體重，整輛車微微晃動了一下。下一瞬間，引擎啟動。規律的顫動從壓在底下的右半身傳到了慎一的全身。

慎一隱約聽見了空氣從冷氣出風口流出的聲音，他卻沒心情為這件事高興。自己沒辦法逃走了。只要鳴海的父親打開行李廂拿東西，自己就會被發現。或者他走到車外，從後窗玻璃往裡頭瞧，自己的身影也會無所遁形。

傳來車子換檔的聲響，客貨車往前開動。

車子先是右轉，再右轉一次——然後，整個車身晃動一下。看樣子是車子駛出了停車場。上方的後窗玻璃外，天空中的景色開始流動。

他要去哪裡呢？車子行駛了很久都不見要停下的跡象。不，他們也可能才離開停車場沒多久，只是因為慎一眼前在動的東西只剩天空，他無從判斷時間的流逝。

咔嚐，整輛車晃動一下，車速立刻減緩。下一瞬間，車子暫時停住，檔位被切換成倒車檔。車子稍稍後退一段距離便完全停定。手煞車拉起的聲響傳來——引擎熄火了。慎一聽見沙沙的聲響，鳴海的父親似乎是在整理文件，然後他下車了。車子可能是停在某處的停車場吧。

慎一想逃走。他想爬出行李廂，拉開車門逃走。但是他擔心自己會被人發現，這樣的不安束縛了他的手腳，使他無法起身。就算他能不被發現，順利逃出車外，但這裡八成是他所陌生的地方，他沒辦法靠自己的力量回家。慎一依然橫躺在車裡，抱著膝蓋，一動也不動。

腳步聲漸漸接近，車門被打開。

車子的主人隨手把包包扔在座位上，發動了引擎。

後窗玻璃外頭，天空再次流動起來。沒想到鳴海的父親這麼快就回到車上，這下子慎一更確信自己是絕對逃不出這輛車的。待會兒，鳴海的父親很可能又會離開車子，但是自己絕對無法逃出去。因為慎一很清楚，他連起身的勇氣都沒有。

同樣的情況又重演了幾次。鳴海的父親熄掉引擎，走出車外，然後沒有耽擱多久便又回到車上。慎一一直保持著同樣的姿勢，屏住氣息。滲進毛巾裡的機油臭味，彷彿漸漸在染黑他的胸口和眼睛深處，但是慎一甚至不敢伸手拿開那條毛巾。就在不知是車子第幾次開動時，慎一的右半身感覺著引擎的顫動，人慢慢地闔上了眼皮。滲進毛巾的機油味，令他的大腦變得昏昏沉沉。一種近似睏意的感覺籠罩住他的全身。他覺得自己正無聲無息地掉進一個深洞裡。

「……」

突然，慎一聽見了純江的聲音。

他緊張地睜開眼睛，發現後窗玻璃外的天空是一片赤紅。人在行李廂的慎一全身緊繃。

他沒聽清楚媽媽剛才說了什麼，但那的確是她的聲音。

砰地的一聲，車門關上了。慎一聽見鳴海的父親說了什麼，純江回了他的話。雖然兩人在車上說話，但慎一耳邊的引擎聲蓋過了他們的聲音，以致慎一聽不清楚他們談話的內容。

換擋聲傳來，引擎聲變大了，車子開動。

天空又開始流動，但流動的速度要比白天慢。不知道鳴海父親是故意開慢，還是因為路上車流變多。慎一幾乎聽不見兩人的說話聲，但是只要天空的畫面靜止下來，鳴海父親低沉的嗓音，純江的聲音，還有兩人的笑聲，便會斷斷續續地傳進他的耳裡。慎一已經很久沒有聽到純江發出如此開朗的笑聲了。難道這才是純江一直藏在心底的真面目嗎？還是說，她和鳴海父親還不是真的很熟，她為了顧及氣氛，才故意發出開心的笑聲？慎一想看媽媽的臉。他有自信只要看一眼，自己就能知道此刻坐在副駕駛座上的是不是真正的媽媽。但慎一也害怕和媽媽對上視線，因此他只能抱著膝蓋，一動也不敢動。

車子停了下來，傳來某邊車門打開的聲響。下車的應該是純江吧。大約五分鐘後，她回到車上，慎一聽見了塑膠袋的窸窣摩擦聲。是她買了什麼東西嗎？

車子再次開動，不久天色逐漸暗下，四周愈來愈暗，當光線所剩無幾的時候，車速慢了下來，慎一聽見輪胎緩慢駛過碎石子路的輕聲，然後，車停下了。

手煞車被拉起了，不過引擎仍繼續轉動。慎一不知道這是為了要繼續開冷氣，還是不久車子又會再度開動。

這裡是哪裡？慎一只能確定他們在室外。後窗玻璃外，天空開始閃現星光。慎一可以聽見他們的窸窣說話聲，但氣氛不像剛才車子行進時那樣，兩個人都不再笑出聲了。他們在說什麼呢？為什麼都不笑了呢？

對話聲愈來愈模糊。

不久，兩人不再說話了。

很長一段時間，兩個人都沒有出聲。但慎一知道，兩人並非完全沒有交流。此刻存在於慎一看不見的那兩人之間的不是全然的沉默，而是一種無聲的強烈交流。他們可能正凝視著彼此，也可能是在看著同一個畫面，安詳地對彼此點頭。總之，兩人之間的氣氛並不是分散的，是凝聚在一起的，而且就在慎一的不遠處。

這時候，慎一聽見一種黏質的聲響。

然後，鳴海的父親輕聲說了什麼，純江以同樣微弱的聲音也說了什麼，之後恢復寂靜。但在這片寂靜中，慎一又聽見剛才那種黏質的聲響。

慎一橫躺在行李廂裡，他說不上來此刻擴散至全身各個角落的感覺是什麼。他雖然不明白，但他覺得自己的氣息和體溫在他眼前的後窗玻璃上，漸漸覆上了一層白霧。

這時候，純江的聲音突然清楚響起。

「……不行。」

純江不像是生氣，也不像在責備對方，她短促的那句話竟顯得無比哀傷。

一陣沉默之後，引擎突然熄火。

那股傳到身體的顫動消失後，慎一聽到了一聲嘆息。那似乎不是純江的嘆息。

沉默持續了一陣子，不久鳴海的父親以故作開朗的語氣提議：

「要不要出去走走？」

他的語氣聽上去，就像上回他在八幡宮呼喚鳴海的口吻。

慎一沒聽見純江的回話。車門砰地一聲關上，片刻之後，另一邊的車門也發出響聲。

車裡一片寂靜。慎一就像潛入了大海的深處，一面意識著鼓膜深處的寂靜之聲，一面坐起身來。他的目光看向擋風玻璃，只見兩人在另一頭並肩走著。他看得見星點散落的天空，看得見遠處的街燈，除此之外，四周一片漆黑。一瞬間，慎一有種錯覺，以為眼前開了一個大洞，但仔細一看，才發現那是大海。

兩人踩著緩慢的腳步，愈走愈遠。他們似乎是在沙灘上漫步。穿著白襯衫的純江身影看似被腳下的沙子絆倒，搖搖晃晃地靠向她身旁的人影，兩個人影靠得非常近，接下來的那段路，他們沒有再分開。

慎一扭身爬過了後座的椅背，他長時間抵在車地板上的右肘和右肩都抽痛不已。身體右半邊的襯衫，已經被汗水浸潤得濕濕冷冷。他拉動門把，試著推門，但門沒有開。他解開門鎖再試一次，這回門開了。大海的氣息覆上了慎一的臉龐。在漆黑景色的底端有白影在跳動，他聽見了波浪的碎裂聲。

車子停在沿海公路上。

但慎一不知道是在哪個路段。

他安靜地關上車門，朝著與車頭相反的方向邁出腳步。他一次也沒有回頭。在他的肚皮底下，一種不知底細的黑色情感正在捲起漩渦。彷彿他的視力在逐漸衰退，不管是星星是月亮，還是沿路的街燈，他愈走愈覺得暗淡。慎一瞪著夜色的另一頭邁出腳步。對向的車道旁邊，不時會出現小酒館明亮的電子招牌。在不知是第幾個的招牌底下，有橘紅色的小點顯示著日期和時間。下午七點四十分。慎一這才知道時間還不是太晚。還有，他記起了今天是自己的生日。

(!)

第五章

（一）

「星期六晚上，利根同學家在幹嘛啊？」

下課時間，鳴海在教室裡問慎一。

「沒有啊，就待在家裡，怎麼了？」

「全家人一起？」

「對，三個人一起。」

慎一之所以說謊，是為了隱瞞昭三住院的事，而且他也不想再回憶起那天晚上的事。

然而，如果真能不想起那些自己不願回憶的事，不知該有多輕鬆啊。事實上，自那天之後，抱著膝蓋躺在狹小的行李廂聽見的一切對話和聲響，都像在播放跳針的唱片般，反覆地在慎一的心中不斷迴響。不管是在他走路的時候，吃飯的時候，看電視的時候，還是上課的時候。

「是嗎？」

鳴海的聲音裡帶有一絲失望。

「為什麼問？」

「沒有啦。只是很好奇你們家在假日的前一晚都在做什麼。」

「我家不會特別做什麼啊，頂多就是看看電視。」

門口有個其他班的女生在喊鳴海，於是她走出教室。

星期六晚上，慎一花了很長的時間走回鳴海父親的公司，騎上了丟在那裡的腳踏車，回到空無一人的家中。廚房的鍋子裡有味噌湯，冰箱裡有包著保鮮膜的烤鮭魚和煮羊栖菜，深處還擺了一個玻璃碗，慎一拉近一看，原來裡頭的是他喜歡的罐頭水蜜桃和糖漿。慎一從櫃子裡拿出一個塑膠袋，把烤鮭魚和煮羊栖菜、水蜜桃給倒進去，再裝了一碗量的白飯和味噌湯，綁起袋口，丟到廚房門外放廚餘的塑膠桶。他沒有胃口吃晚飯，但也不希望待會兒被純江逼問為什麼沒吃晚飯。

慎一坐在起居室，等著純江回家。他想盡可能表現得跟平常一樣，於是打開了電視，但他的目光並沒有落在電視畫面上。他等了三十分鐘，等了一小時，純江依然沒有回來。當牆上的時鐘指針超過十點時，即便媽媽回來了，這時間還沒睡的慎一也沒辦法再佯裝無事。慎一關掉電燈，在房間鋪好棉被，像要逃進去一般鑽進被窩。他閉上眼睛沒多久，聽見玄關的門鎖被打開的聲響。拉門靜靜地被拉開，慎一隔著眼皮也感覺得到走廊上的燈光。

——你睡了嗎？

慎一沒有回應，但純江似乎起了疑心，她沉默地站在門前好一會兒。慎一知道純江一定是在聆聽自己的呼吸聲，在看著自己還穿著襪子的雙腳。不久，純江的腳步聲走近，她跪在他身旁，好一段時間沒有動作。

慎一聽見她衣服布料摩擦的聲響，感覺到她放了一樣東西在自己的枕頭旁邊。然後就像進來時那樣，純江靜靜地離開了房間。

聽見拉門關上的聲響，慎一悄悄地睜開眼睛。他扭過身子，望向枕畔，看到一個長寬十公分的白色小盒子。他試著拿在手上，感覺裡頭有東西在晃動。慎一撕開貼住封口的透明膠帶，打開盒蓋。

盒子裡的是個玻璃擺飾品。藉著從窗簾縫隙射進來的微弱月光，慎一看出是以玻璃做的棒球手套、球棒和球的模型，並排固定在一個木製台座上，細節都製作得非常精巧。翻過底部一看，上頭刻有那家廠商的名稱，底下還刻上一行「To Shinichi（給慎一）」。

看到紙盒外沒有包裝紙，慎心胸中彷彿被挖出一個冷冷的缺口。因為顯然這東西並不是買來的，恐怕是從鳴海父親那拿到的。是純江告訴他慎一生日的事，請他事先準備的嗎？還是鳴海的父親之前聽純江提起過慎一的生日，自作主張塞給她的？無論是哪一種情況，慎一心裡都認為純江這麼做，等同於不說一聲就把鳴海的父親帶到這個家裡來。黑暗的房間裡，慎一緊閉著嘴唇。他感覺肌膚表層正在逐漸發燙，但相反的，他的胸口中心卻漸漸愈來愈冷，呼吸都快喘不過來。純江並不知道爸爸在病房裡和慎一約好了要去買兩個棒球手套。他們做這個約定的時候，媽媽有事離開了病房。這是慎一心中的一絲救贖。

慎一把玻璃擺飾放回盒子裡。他的手上留有一種討厭的觸感，就像剛才握住的是過熟發爛的水果，他把右手在肚子上的T恤抹了抹。慎一把玻璃擺飾的紙盒一直留在榻榻米上，就在純江擺下的同一個位置。一夜過去，星期天的早晨，他們面對面吃早餐的時候，純江一臉疑惑地看著慎一，但他什麼都沒表示。

吃完早飯，純江從冰箱拿出一只盒子，裡頭是一個小小的圓形蛋糕。

——我昨天買的。我本來能早一點回來的。

——沒關係啦。

慎一之所以回答，其實只是想打斷媽媽的話，不讓她繼續說下去。純江眼神突然變得怯懦，一連眨了好幾次眼，好像想回問他什麼。

純江是什麼時候買蛋糕的？昨晚她回家時已經將近十點，還有蛋糕店開著嗎？載純江去海邊的路上，鳴海父親只短暫停過一次車，那次只有純江一個人下車。她可能就是在那時候買的。兩個人在海邊下車散步的時候，這個蛋糕或許就孤零零地被留在副駕駛座上。

——我待會兒再吃，現在肚子很撐。

純江看著地面點了點頭，把蛋糕放回冰箱。

之後兩人離開家門，搭上開往昭三所住醫院的公車。純江鞋子上的黑色蝴蝶結黏了一些海邊的沙子。

——你不喜歡那一類的東西嗎？

在公車上時，純江問道。她沒有具體指出是什麼，但慎一知道她說的是榻榻米上的玻璃擺飾品。慎一不吭聲地點點頭。其實他並不想這麼做，但心裡實在太不甘心了，他很想給媽媽一點教訓。慎一雖然別過臉去，但眼角餘光瞥見了純江一臉遺憾地微微點頭。慎一被自己的行動刺傷了心。他抬起下巴，假裝在看窗外，在到醫院的這段路上，他一直努力忍住淚水。

為什麼媽媽沒有注意到呢？為什麼慎一都把她準備的生日禮物留在榻榻米上，還說不想吃生日蛋糕，可是媽媽還是沒想到那可能是自己的錯呢？還是她其實已經察覺了？她雖然察覺了，可是決定什麼都不說？為什麼她不向慎一道歉呢？——慎一想過這件事好幾次，可是每次一碰到這個問題，他腦袋就會打結。究竟媽媽該為什麼事向自己道歉呢？自己又希望媽媽為了什麼理由而道歉？

鳴海回到教室了。她和慎一對上視線，但立刻別過頭去。看到她的舉動，慎一突然想起了鳴海剛才的問題。

——星期六晚上，利根同學家在幹嘛啊？

因為煩心純江的事，剛才慎一沒聽出鳴海這個問題的言外之意，但搞不好她真正想問的是：星期六晚上純江在做什麼？她在家嗎？

或許鳴海也已經察覺到他們兩人的事了？

前兩週鳴海突然說要到家裡來，其中一個理由或許就是她想見一見純江，她想用自己的眼睛確認純江是什麼樣的人，會做出什麼樣的菜，平常又是怎麼說話的。

然而，慎一無從確定自己的推論是不是正確的。

因為他絕不可能開口問鳴海這件事。

那天午休，慎一又收到信了。和之前一樣，信是以筆記本的內頁紙寫的，同樣直接擺在他的抽屜裡，但上頭的字比之前更醜了。內容在調侃他每天都「和鳴海兩個人去玩。」寫了一些慎一也聽過的不堪入目的字眼，內容很沒意義。

慎一對這封信早有心理準備了。要上山的時候，慎一都會和鳴海一起離開學校，和春也在角角後門會合。一直以來，慎一都很喜歡那段和鳴海並肩而行的路程，每次快接近海邊，他心裡甚至會暗自覺得可惜。尤其是鳴海和春也交情變好之後，更是如此。

今後我得一個人走了——慎一這麼決定。雖然慎一也考慮過要春也加入他們，三個人一起離開學校，但他知道即便他們這麼做，結果一定還是一樣。那些信絕對還是會出現在他的書桌抽屜裡。

「……你怎麼表情這麼陰沉？」

第五節課結束後，春也難得走來慎一的座位旁邊。

「沒有啊。」

慎一沒辦法說出又收到信的事。「沒辦法告訴春也」和「收到匿名信」這兩件事，幾乎以同樣的力道在打擊他的心。

「今天也會上山吧？」

「會去啊……」

慎一原本還想告訴他自己不再和鳴海一起行動的事，但轉念一想，這種事即使不特地說出口，等到在角角後門會合時，春也自然會知道。於是慎一不再說下去。

「聽說她老爸還沒發現鑰匙的事，不過那只是備分鑰匙，就算被發現，我想她老爸八成也不會太生氣。」

那兩人是什麼時候討論這件事的？

「不過，還是別讓她老爸發現比較好。」慎一回答。

「那當然啦。不過我真是搞砸了，我完全想不起來我把那鑰匙怎麼了。是隨手擱到哪裡去了嗎？還是不小心被我一腳踢飛了？之前我不是也把寄居蟹的殼不小心踢飛了，鑰匙該不會也是這麼弄丟的？」

春也一口氣說完這些話，低下了頭。但在下一秒，他很快地看了一眼慎一的眼睛，就像在確認什麼似的。

不，這應該是自己多心了，只是自己想太多罷了。慎一心想。

第六節課一結束，慎一急急忙忙地衝出教室。在走廊上時，慎一曾回頭望了一眼，剛好看到春也走出教室。不過教室裡似乎有誰在喊他，只見他嘴巴說著什麼又走回教室。沒多久，教室門口被一口氣湧出來的班上同學給擋住，慎一看不清楚了。剛才叫住春也的人，是鳴海嗎？

慎一在角角後門等著，結果先現身的人是春也，又過了一會兒，鳴海也來了。

「利根同學，你怎麼先跑掉了？」

鳴海的表情並沒有怒意，她像是單純感到納悶。慎一曖昧地搖搖頭，回答說：

「一不小心就忘了。」

「我買我喜歡的東西來了。」

鳴海說著，拉開了運動包包的拉鍊。

「妳喜歡的東西？」

鳴海拿出來的是一盒零食。扁平的紙盒上，印著用巧克力和餅乾排出來的動物圖案。

「我想和你們一起吃，中途繞去買的。我不喜歡吃洋芋片那種鹹的零嘴，所以選了巧克力。」

鳴海看了看慎一和春也，像在詢問兩人的意見。

「甜食我也愛吃啦。春也也不討厭吧？」

春也沉默地點頭，從包包裡拿出裝海水用的塑膠袋。

「我們去裝水吧。」

慎一和春也一如往常去裝了海水，但他們並沒有抓新的寄居蟹。三人最近烤寄居蟹的次數愈來愈少了，水坑裡還有好幾隻。

太陽下山前，慎一回到家，他撥開廚房牽牛花圖案的布簾，看見純江的背影。她一直呆站在流理台前面。她的背挺得老直，臉對著窗子，似乎並不是在做飯。她應該是在看那只玻璃海豚吧？純江像要轉身，慎一趕在她還沒將臉轉過來之前放下布簾，他走進房間，把包包扔在榻榻米上。那個白紙盒還在原來的位置。

「今天我被醫院叫去了。」

聽到純江的聲音，慎一扭過頭去。一看到站在房門口的媽媽的表情，慎一就知道她是在擔心自己接下來要說的話會打擊到他。慎一的下腹瞬時緊繃起來。

「醫院……是爺爺住院的那間醫院嗎？」

「中午我在辦公室接到電話，醫院的人說有件事要盡早和我們說。媽媽很擔心，就提早下班去了趟醫院。」

純江說，醫院的人在幫昭三檢查頭部所受到的衝擊時，在他的大腦發現了血塊。

「血塊？」

「好像是在頭的後方。這種事媽媽一點都不懂，所以我請醫生盡量簡單地說明給我聽——醫生說，爺爺的大腦在出血，而且血塊愈來愈大了。不過，那似乎和爺爺這次所受的傷無關。」

「血塊愈來愈大的話，會發生什麼事？」

也不知道是她沒問醫生這問題，還是她在猶豫要不要告訴慎一，只見純江頓了一秒，微微搖頭。慎一心中有種莫名的不安，以致他不敢再問一次，於是他提出其他的問題。

「只要在血塊變大之前治好爺爺，應該就沒事了吧？在血塊變大之前就先治療。」

「醫生說，很困難。因為部位在腦後方，而且爺爺也上了年紀。」

聽到媽媽嘴裡一再重複說著「醫生說」、「醫生說」，令慎一感到很焦躁。媽媽都已經是大人了，怎麼話還說得這麼不清不楚呢？

兩人面對面站著，好一陣子相對無言。昭三不在，這個家變得很安靜，他們彷彿連彼此的呼吸聲都聽得見。

「不過……我想應該不必太擔心啦。」

純江突然改變語氣，臉頰微微擠出微笑。

「媽媽聽人家說過，醫生先生向來都會把病情說得很嚴重，這樣病人發生萬一時才不會惹麻煩。」

慎一並沒有回話，他只是一直盯著媽媽看。不久純江說要去準備晚飯，回到了廚房。媽媽走出房間時，臉上還帶著那抹不自然的微笑。

那晚慎一做了一個夢，他夢見有隻血紅色的螃蟹將牠的蟹螯一揮，粗暴地撕破了一張薄薄的，卻很重要的膜。

（二）

進入六月後，放學後的陽光變得益發炙熱，這天也是一個大晴天。慎一走在小巷裡，瞪著自己腳下濃密的影子，加快了腳步。他的襯衫緊黏背上，一面趕路，他一面用手摸了摸頭，發現頭髮都被曬燙了。

「利根同學。」

鳴海的聲音從身後傳來。她的這聲呼喊很宏亮，慎一很難假裝沒聽到。但是當他回過頭去，才發現鳴海和自己的距離比想像中遠多了，只見她一隻手捏著手帕，氣勢洶洶地走向他。

「你怎麼一個人先走了？」

她在慎一面前停下，瞪著他說。她的氣息有些喘，每次呼吸，大汗淋漓的咽喉中央便會往下凹陷。

「沒為什麼啊，」

他不由自主地觀察一下左右，附近不見班上同學的身影。
「是不是有人說了什麼？」
鳴海微仰著頭，表情像在說，「怎樣，被我說中了吧。」她嘴唇緊抿成一直線，慎一聽得見她尚未平復下來的鼻息。
「沒有啊，不是這個原因啦。」
慎一轉身向前邁出腳步，鳴海走到他身旁，和他並肩而行。慎一知道鳴海正盯著他看，但他佯裝沒注意到，沒有停下腳步。
「有什麼關係嘛，別管別人怎麼說。」
「都說不是這個原因了。」
慎一其實很想告訴鳴海有人寫信調侃他們，而且信裡用了很多下流字眼的事。可是他又認為，倘若把這件事告訴鳴海，自己就輸了。雖然他不知道是輸了什麼，又是輸給了誰，但就是有這種感覺。
「利根同學，你最近怎麼了？」
「沒什麼事啊。」
「總覺得你怪怪的。你最近都無精打采的。」
這陣子，慎一心裡都在操煩昭三的事，以及純江和鳴海父親的事。其實現在的他放學後根本無心上山，但他又擔心如果自己不去，春也和鳴海會兩人獨自去山上玩。

「沒有啊，我好得很。」

這幾天，昭三就要轉院到橫濱的大醫院去了。

——純江啊，我說不用換醫院了吧。

昭三苦笑著說。

——轉到大醫院去，要多花不少錢吧。

但純江仍堅持勸說昭三，要他遵照醫生的建議轉院。

——還是去有新儀器的醫院住，養病起來比較安心。

慎一也希望爺爺能住進大型醫院，好好接受檢查和治療。

——還說什麼儀器，純江，我又不是腦袋裡摔出了問題。

醫生似乎並沒有告知病患本人腦部血塊的事。

不告知病患真正的病情，這情況慎一並不陌生。因為他爸爸一直到臨終前都不知道自己的病名。正好是一年前的這個情候，慎一的父親始終不知道有螃蟹在自己皮膚底下爬竄，一一咬破自己的內臟，便閉上了雙眼，並且再也沒睜開過。

「有件事，我一定要跟利根同學道歉才行。」

鳴海突然說道。

「所以我才來追你。因為富永同學在場的話，就不方便說了。」

說到最後，鳴海聲音愈來愈小，腳步也隨之放慢。鳴海是為了什麼事要向自己道歉呢？慎一想了想，但是沒有頭緒。總不可能是為了到慎一家吃晚飯那天的事吧。這陣子他們一起去山上玩，但慎一從沒聽鳴海提起過那件事，他不認為現在鳴海還會舊事重提。

只見鳴海略微低著頭，沉默地走在慎一身旁。不久兩人來到海邊的那條路，再不用多久就能抵達角角，這時鳴海望向另一條岔路。

「我們可以在這附近繞一圈嗎？」

慎一他們從那家看不出來是否還在營業的釣具行的店旁穿過，走進一條小巷。就在第二次左轉的時候，鳴海終於開口了。

「我爸爸這陣子都在和某個人碰面，是和一個女人。」

慎一覺得他們的腳步聲頓時變得模糊起來，他沒有附合，也沒有接話，但鳴海似乎並未起疑，只聽她接著說：

「我一直以為那個人就是利根同學的媽媽。」

鳴海說完，停了幾秒，像在等待慎一的回話。這一次，慎一沒辦法再保持沉默了，因此他盡可能留心以平常的語氣反問一句「為什麼？」

「因為前陣子我爸爸經常聊到利根同學媽媽的事，聽他這麼說，我就猜是這麼回事。」

慎一忍不住看向鳴海，而她也正在看著他，兩人直接對上視線。

「妳爸是怎麼提到我媽的？」

「他沒說什麼要緊的事啦。就說你媽媽每天從早工作到晚上，回家還要做家事，很辛苦。還說你媽媽不是在這一帶長大的，他告訴她一些關於魚的小知識時，她都聽得很好奇，反應很好玩之類的。」

「妳爸怎麼會認識我媽呢？」

如果不問這個問題，反倒顯得不自然。慎一其實一直都很好奇，純江究竟是如何認識鳴海父親的。

「他們第一次碰面，好像是在我媽媽的法會上。你媽媽好像是和你爺爺一起來我家。我當時倒是一點都沒發現。」

慎一沒說話地點了頭。這答案他也想像過。

「那之後，我爸爸工作時在路上遇過你媽媽幾次，每次碰見他們都會閒聊幾句。上次也告訴過你，我爸爸的工作常得開車跑來跑去嘛。……不過，看來他們的關係就僅止於此，我還以為他們會更那個一點的說。」

「那個一點？」

兩人又回到海邊的那條路，於是他們又多走幾步，像剛才那樣繞進釣具行旁邊的小巷子。

「我還以為他們的關係會更親密呢。」

鳴海的語氣聽起來有幾分遺憾。

慎一感到困惑不已。鳴海在懷疑父親和純江之間的關係——但現在，她似乎認為那只是自己誤會了。這究竟是怎麼回事？

在慎一沉思的期間，鳴海也一言不發。小巷中他們只聽得見彼此的腳步聲。

慎一有很多問題想問，但又不能隨便問出口。他謹慎地斟酌用字問道：

「妳怎麼知道妳爸在和女人約會？」

剛才鳴海說，在她爸爸在家提起純江之前，她就已經知道他和某個女人在來往。是她父親自己說的嗎？做父親的會和女兒聊這種事嗎？慎一並不清楚父女之間的相處情況。自己是純江的兒子，純江也不是昭三的親生女兒，慎一也許多年沒去純江福島的娘家拜訪了。

然而，鳴海的回答令他感到非常意外。

「為什麼呢？我也說不上來。我也沒什麼特別的根據啦。」

沒有特別的根據，鳴海為什麼能知道父親在和女人約會呢？慎一實在無法理解。不等慎一回話，鳴海又繼續說下去：

「不過，只有上個星期六，我發現證據了。之前我不是問過利根同學，問你星期六你家在幹嘛？」

那時候慎一對鳴海說了謊。

「就只有那一晚，我很確定爸爸是去和女人見面。你猜，我為什麼會知道？」

鳴海把臉轉向他，臉上掛著惡作劇般的笑容。慎一沒說，「不知道。」只是搖搖頭，鳴海彷彿在期待他的反應，嘴角頓時上揚。

「我爸爸嘴巴上沾了口紅啦，真是笑死人了。我爸爸很少照鏡子，他一定是沒注意到吧。他洗澡出來以後，口紅印不見了，但我想他在洗掉之前應該也沒發現。他嘴巴上沾了口紅，一看就知道，那個女人怎麼不跟他說呢？」

說到這裡，鳴海突然歪起了頭。

「該不會，是她故意不告訴他？」

慎一同樣無法理解，鳴海怎麼會生出這種想法。

一回想起那晚的事，慎一就覺得五臟六腑被人揪住一般，他說：

「是因為太暗了吧。」

「什麼？」

「他們見面的地方太暗了。」

鳴海一聽，訝異地看向他。

「利根同學，你真聰明。沒錯，一定是地方太暗了。原來如此啊。」

鳴海撫著下巴，頻頻點頭，像在開心地想像那個場景。為什麼她可以這麼平靜地想像父親和別的女人做那種事呢？

一想到純江早上在兩人共用的房間對著梳妝台塗上的口紅，竟被鳴海的父親給帶回自家，慎一心中湧上一陣難以言喻的懊惱。不，應該不是她早上塗的口紅。純江下班後，在見鳴海父親前，一定重新補過口紅吧。就像她要去比較講究一點的地方時那樣。

「聽利根同學說你媽媽上個星期六沒出門時，我有點失望。因為我一直以為之前和我爸爸約會的人，還有星期六晚上在他嘴唇留下口紅印的人，都是利根同學的媽媽。」

「為什麼會失望？」

「因為你媽媽人超好的啊。長得漂亮，做菜又好吃。之前去你家吃飯的時候，我心裡在想：還好有來。我很高興能見你媽媽，和她說說話。……老實說啊，那天除了想和利根同學的爺爺聊天，我也很想見你媽媽，很想見見她。」

鳴海把兩鬢的頭髮塞進耳後，但她沒把手放下來，擺出像在聆聽什麼的動作，盯著自己的腳尖看。

「還有啊，我也想讓爸爸發現，我知道他和利根同學媽媽的關係。因為我討厭他這樣偷偷摸摸的。因為有這些理由，我才會去利根同學家。」

「為什麼到我家來，妳爸爸就會知道呢？」

「因為下回他們兩個人見面，一定會聊到這件事啊。利根同學的媽媽一定會把我去你家的事告訴我爸爸吧？她一定以為我爸爸也知道這件事。」

「哦……也是，如果他們真的見了面。」

「對啊，如果他們真的見了面。……這麼一來，我爸爸就會發現我其實不是去女同學家，而是去利根同學家吃飯。然後他不就會想到，我可能已經注意到他們兩人的關係了？他總不會以為這只是巧合吧。」

原來是這麼一回事。慎一總算聽懂了。

「我想要嚇他一跳，以這種方式讓他知道。」

鳴海聲音帶笑地說完，抬頭仰望天空。

「原來，是我誤會了啊。」

慎一的動作和鳴海相反，他一直瞪著地面，邊走邊尋思。他在想實際情況又是如何？純江真的和鳴海父親提起了鳴海來吃晚飯的事？她也交代了之後發生的事嗎？——她不可能什麼都沒說。搞不好慎一躺在車子行李廂的時候，她正好在和鳴海父親說起這件事呢。

「因為我一直以為我爸爸的交往對象是利根同學的媽媽，所以那天之後，我一直很介意。」

鳴海的語氣，聽上去比剛才輕鬆許多。

「你也知道的，畢竟我最後那樣跑掉嘛。我一直很擔心，如果因為我害他們的關係變得很彆扭，那該怎麼辦。不過，看來這和利根同學的媽媽沒什麼關係。總覺得我現在心裡既失望，又鬆了一口氣啊。」

他們又走上海邊的那條路。一輛小卡車從兩人身旁開過，貨架上的啤酒瓶搖搖晃晃地弄出一堆聲響。小卡車的引擎聲遠去之後，鳴海再度開口說道：

「哎，如果我爸爸和利根同學的媽媽結婚了，我們就會變成一家人呢。」

鳴海是笑著這麼說的，但這句話令慎一心頭突然一涼。他必須強忍住衝動，不轉過頭去看鳴海。

「妳爸提過這種事嗎？」

慎一逼自己把這個哽在咽喉裡的問題給問出口。

「什麼事？」

「我是說，不管那個對象是不是我媽，妳爸說過要和現在交往的那個女人結婚嗎？」

鳴海語氣平淡地說，「對啊。」

「不過他沒有說得很具體啦。我爸爸只是問我，如果爸爸要再婚，我有什麼感覺。不過我很清楚爸爸問出這個問題時，心裡已經有一個特定對象了。我爸爸這個人啊，腦袋裡想的事全寫在臉上，藏也藏不住。」

結果，兩人在同一條小巷繞了三圈。在第三圈的路上，兩人已經沒什麼對話了，走在慎一身旁的鳴海，臉上帶著一種讓人無法看透的神情。只有一次，她像在自言自語一般，怔怔地望著路的盡頭低喃：

「我爸爸的女朋友，到底是怎麼樣的一個人呢？」

慎一凝視著鳴海的側臉，想起那天她到家裡來的事。當時鳴海換上了樸素的上衣，也沒騎腳踏車來，搞不好她是因為顧慮到純江的感受才這麼做。她不想讓純江看見她那些看似昂貴的上衣和腳踏車。

她會想和自己怨恨已久的昭三建立交情，或許也是為了父親和純江。那天衝出慎一家的鳴海在橋上說過：

——不過，我還是沒辦法原諒慎一的爺爺。

當慎一問她，「現在也是嗎？」她的回答是：

——可是，最近有些不一樣了。

那可能是因為鳴海察覺了父親和純江之間的關係吧。而她之所以改變心意，或許是因為昭三和慎一一樣，未來都可能會變成她的家人。

「你們好慢啊。」

兩人一來到角角的後門，坐在台階上的春也頭也不抬地說。

「對不起，你等很久了吧？」

春也沒有回應道歉的慎一，他從包包裡拿出塑膠袋，站起身來。慎一看見台階前的地上掉了一根二十公分長的樹枝，而一旁的泥地上，被寫上了很多很多的「ね」字。

（三）

爬過護欄，接近岩石區，水面反射出來的陽光曬得人肌膚發疼。從這星期開始，陽光突然變得螫人。

「快來看，我發現了好奇怪的寄居蟹噢。」

慎一和春也兩人一路檢查著海水窪，突然聽見鳴海的聲音從遠處傳來。只見她已經脫了鞋子，光著腳，撩起裙子，正在望著他們。這陣子兩人到海邊抓寄居蟹的時候，鳴海經常會像那樣子在淺灘上散步玩耍。

「她說發現了奇怪的寄居蟹耶。」

聽到慎一的話，春也一言不發地點了頭，轉身朝鳴海走去，身體擦過了慎一的襯衫袖口。

鳴海發現的寄居蟹真的很怪。

她找到的那隻灰色寄居蟹竟然在抱著另一隻體型較小的白色寄居蟹，只見牠用右邊的蟹螯夾住對方的貝殼開口，在水底不停爬動。但由於兩隻寄居蟹的大小懸殊，與其說是抱著，看上去更像是大的帶著小的一起走。

「牠們從剛才起就一直這樣走，只要我把手伸過去……」

鳴海彎下膝蓋，把手伸進水中，示範給他們看。只要她的指尖一接近，大寄居蟹就會立刻躲進殼裡，但牠並沒有放開小寄居蟹。結果，小寄居蟹恰好堵住了大寄居蟹的貝殼開口。

「只要等一下子，牠們又會探出頭來。那隻大寄居蟹一直不肯放下小寄居蟹，你們覺得是為什麼？」

「小的那隻應該是牠的小孩吧？」

慎一說出自己心裡所想的答案。

「你也這麼想嗎？我也是這麼猜的。」

「另一隻寄居蟹還小，放牠到處亂爬太危險了，所以大的才會像這樣子保護牠。」

「那大的那隻是媽媽嘍？」

「我是這麼認為——啊，探出頭來了。你們看，牠們像不像在牽手？雖然牠們牽的不是手啦。」

「可是寄居蟹媽媽為什麼要像這樣帶著孩子出來？」

「我剛不是說了，牠是不想讓孩子爬到危險的地方去啦。」

「寄居蟹一次只會生一個小孩嗎？」

鳴海這麼一問，這下慎一也回答不出來。春也就像在等待這個時機，一直沒有吭氣的他突然開口說道：

「那是一隻公的和一隻母的。」

確認另外兩個人都轉過頭來看著自己，春也繼續說下去。

「大的那隻是公的，小的是母的。牠們會先像這樣子一起走一段路，待會兒就會交配。寄居蟹怎麼可能會照顧小孩嘛。」

春也的最後一句話顯然是針對慎一說的。他彎下腰去，抓起那兩隻寄居蟹。公的那隻大寄居蟹縮回了殼裡，但仍是不願放開小的母寄居蟹。母寄居蟹也縮回殼裡，又成了公寄居蟹的貝殼封蓋。

「你們看看吧，可好玩了。」

春也抓住母寄居蟹，慢慢地扯開牠。公寄居蟹起初堅持不願放開母寄居蟹，但後來似乎是放棄了，鬆開了蟹螯。春也把被折散的大小兩隻寄居蟹放進水中。三個人都蹲下身去，觀望事態的發展。不久，兩隻寄居蟹都慢吞吞地從殼裡探出身子。母寄居蟹不大爬動，但是公的那隻開始慌慌張張地在水底爬起來。牠來到母寄居蟹附近後，迫不及待似地爬過去，像剛才那像用蟹螯抓住對方貝殼的開口，然後又抱著母寄居蟹爬動起來。

「這隻公的就算靠近其他母寄居蟹，也絕對不會抓住對方。一定得要是同一隻母寄居蟹才行。」

「富永同學，你懂得真多呢。」

慎一沉默無語地將視線落在水中的寄居蟹。公寄居蟹一直抱著母寄居蟹，也不知道牠清不清楚自己該去哪裡，只見牠踩著不確定的腳步在水底亂爬。有一次牠突然改變方向，朝鳴海所在的方向衝去，嚇得她趕緊抽回腳。鳴海周圍的海水頓時一片白濁，泥沙沉澱之後，一些沙子還黏在她白皙的趾縫之間。

「差不多要開始了吧。」

春也把臉湊近水面。

「什麼要開始？」

慎一問道，但春也沒有回答，而是豎起食指湊到唇邊。慎一雖然不知道那兩隻寄居蟹接下來要做什麼，但從春也剛才的說明判斷，牠們可能是要交配了。慎一很清楚水中的寄居蟹不可能聽見他們的聲音，春也一定也知道這一點，卻還是要慎一保持安靜。

那隻公寄居蟹又朝鳴海的腳邊爬去，這次不等她抽回腳，春也迅速地叮囑她，「妳不要動。」

鳴海遵照春也的指示。

不久，那隻公寄居蟹恰好在圍成一圈的三個人之間停止爬動。牠改變了抱母蟹的姿勢，現在兩隻寄居蟹呈現面對面的體位，只見公寄居蟹用空出來的那隻蟹螯，開始輕輕敲打母蟹的殼。牠重複了好幾次同樣的動作。終於，母蟹從小小的殼中探出身體。兩隻寄居蟹蟹螯蟹腳開始不停動作，像在各自探索對方的身體。三人屏住氣息，入迷地看著牠們的一舉一動。不知不覺間，慎一的臉已經湊到了寄居蟹的正上方。而鳴海的臉龐就在旁邊，從她蓋住耳朵的鬢髮飄來一陣乾爽的陽光氣息。在慎一的視野中央，兩隻寄居蟹在探索彼此的身體；在慎一視線一隅，是鳴海略微撩起的裙角。自裙角露出的膝蓋宛如第一次接觸空氣一般，白皙又光滑。鳴海的膝蓋底下，兩隻寄居蟹花很長一段時間觸碰著彼此的身體。這時，慎一的下腹突然產生一種懸浮在空中的感覺。每當他看一眼水中的寄居蟹，每當他意識到身旁那對白皙的雙腿，那種感覺也變得愈來愈強烈，慎一甚至有種自己身體自腹部以下正在消失的錯覺。

「啊，牠們分開了。」

鳴海喊出聲後，看了春也一眼，怕挨他罵。春也可能是為了讓鳴海安心，只聽他「啪」地一聲拍響了手，拉大嗓門說：

「交配結束！母寄居蟹的身體裡現在應該有卵了。」

「牠會生出小寶寶來嗎？」

「當然啊。」

「哎，要不要把牠帶到那個石頭水坑去？」

鳴海的這個問題不是在問兩人，而是只問春也。

「這麼一來，母寄居蟹就會在那裡生下小寶寶對吧？」

「應該是這樣。」

「寄居蟹的小寶寶是什麼模樣？」

「長得像蝦子，大概這麼小一隻。」

春也在指尖比出兩公釐左右的大小。

「只帶走媽媽太可憐了，也把那隻爸爸一起帶走吧。」

慎一和春也都同意鳴海的提議，那天把兩隻交配過的寄居蟹都帶上山去。換過海水，他們把兩隻新成員放進水坑，鳴海一直蹲在水坑旁邊觀察牠們。

（四）

「爺爺看起來完全沒事了嘛。」

從醫院回家的路上，慎一坐在搖晃的橫須賀線電車上，雙眼一直盯著窗外。昭三被純江說服，終於住進了橫濱的醫院。今天是轉院後的第一個星期天。

「醫生怎麼說？」

慎一轉頭望向坐在對面的純江，只見她眨著眼睛，彷佛覺得慎一的目光很刺眼，垂下了視線。

「醫生說，爺爺腦中的血塊還是繼續在變大。至於血塊膨脹的速度，還要做進一步的檢查才能知道。」

「他說得不是和之前的醫院差不多！我們都特地轉到這麼遠的醫院來了。」

「轉到大醫院是為了以防萬一。」

這點慎一也清楚，只不過他就是無法不抱怨幾句。因為抱怨得愈多，他心裡漸漸產生一種彷彿真有其他更好辦法的感覺。那個辦法可以使昭三的病情有戲劇性的好轉。這樣的想法，為慎一帶來了一絲沒有根據的安慰。

昭三在抱怨新醫院的烤竹筴魚魚乾，尾巴的魚鱗沒去乾淨。

——那些魚乾又不是醫院的人處理的。

聽到慎一這麼說，昭三的鼻孔翕動，愈說愈生氣。

——可是我的牙齦都被那些魚鱗給刺傷了啊，你自己看。

昭三將手指伸進嘴裡，翻開下唇給慎一看傷口。慎一覺得爺爺的老邁彷彿一下子赤裸裸地呈現在眼前，根本沒有勇氣在爺爺顏色暗沉的嘴巴裡，找出那個不知位在哪兒的傷口。慎一雖然眼睛望向嘴三的嘴，但並沒有真的在看，他只是一味地等待昭三放下翻起的嘴唇。

電車開過鎌倉車站後，慎一的雙眼依然望向窗外。太陽還沒完全下山，但已經有人家點亮了燈。純江說過陣子就是紫陽花的花季，到時電車會塞滿那些來長谷寺的賞花客，他們探病的路程會更辛苦。慎一本想要回話，但這時那座山突然出現在車窗的另一端。

慎一想起幾天前在山上欣賞的鳴海的舞蹈。

放學後，他們像往常那樣換過凹洞裡的水，確認過體內懷著蟹卵的母蟹是否安好，調整著石頭上用絕緣膠帶做成的裝飾，春也突然說道：

——妳還在學舞嗎？

當時鳴海正蹲在石頭前面，觀察水坑裡的情形。

——還在學啊。

鳴海的視線沒有離開水中，但回話時的尾音上揚，像在回問春也這麼問的意圖。春也沉默片刻後，終於開口：

——我想看妳跳舞。

慎一從沒看過鳴海的表情那麼慌張，只見她瞪大雙眼，猛地抬起頭，微張的嘴唇嘴角僵便地上揚。

——你說什麼啊？

她的聲音中半帶笑意。

——妳就是為了跳給別人看，才學跳舞的不是嗎？

春也的態度和平常的他並沒有不同。他轉頭看向鳴海，手上還在修補石頭上翹起的膠帶，他說話的口氣就像在閒聊學校裡的瑣事，平淡地問：

——妳現在可以跳給我們看嗎？

——怎麼可能嘛。公演時我會和大家一起跳，只有一個人不能跳啦。

——大家一起跳和一個人跳，不都是一樣？

——完全不一樣，好嗎！

說到這裡，鳴海的表情顯得有些動怒，但慎一也看得出她此刻臉上的怒色只是用來掩飾心中的害臊。慎一討厭鳴海露出這樣的表情，他寧願她單純表現出羞怯或憤怒，他不喜歡鳴海刻意在春也面前掩飾內心的感覺。

——有什麼關係嘛。

——我不要。

慎一想起在八幡宮聽過的靜御前的故事。當時靜御前不願跳舞，但源賴朝硬是逼迫她在舞殿跳舞。慎一突然覺得眼前的春也就像一個非常陰險傲慢又自私的人，感覺鼻腔一陣發熱。

——鳴海都說不願意了，算了啦。

慎一本想把話說得更不客氣一點，但說到一半，語氣又軟了下來。這一點令慎一很受傷。他看向鳴海，對方也在看著他。但是出乎慎一的意料，鳴海的眼神裡不見感激之情，反倒流露出一種發現自己期待已久的電視節目比想像中無聊的神情。

——哎，不跳就算了。

春也輕輕點頭，又把注意力放在石頭上。鳴海也將臉轉回水坑。

春也似乎已經把跳舞的事給拋諸腦後，繼續專心修補膠帶，但鳴海卻不同。只見她的嘴唇有些緊繃，人雖然望著水坑，心卻不在那裡。她白皙的臉頰微微泛紅，整個人彷彿陷入了沉思，很長時間一動也不動。

——有沒有鈴鐺之類的東西？

鳴海突然抬起頭問。

——什麼？

——鈴鐺。就像那天我在八幡宮手上拿的那種。

慎一想起那個玉米形狀的鈴鐺。

——沒有鈴鐺不能跳嗎？

——有比較方便。

聽到這裡，慎一終於明白鳴海是打算跳舞給春也看。

——那種東西，我現在就做給妳。

春也離開石頭，從那幾棵幹身扭曲、樹形像在跳舞的樹底下撿起一根枯枝，只見他三兩下就把上頭的細枝給折去。

——妳帶了家裡的鑰匙吧？

——是帶了……

嗚海從包包裡拿出鑰匙，上頭的陶鈴發出叮鈴的響聲。

——可以用膠帶黏住嗎？

一見嗚海點頭，春也用膠帶把鑰匙固定在樹枝前端，然後把樹枝後端的灰塵吹去，讓對方握住。

嗚海接過樹枝，揮動了兩、三次，試了試手感。她每次揮動，固定在前端的長谷寺替身鈴都會發出清脆的音色。

——我先說好噢，我舞跳得很差勁。

——沒關係啦，反正我們也看不懂。

之後，嗚海便跳起了舞。

她可能是因為害臊，手腳的動作都做得很隨便。慎一看了有些安心，覺得心中那股苦澀的落敗感稍微被沖淡了一些。然而，在跳了十秒、二十秒後，嗚海的動作愈來愈細膩，手腳的伸縮也愈來愈見大方自然，不久她開始專心跳舞，表情嚴肅得像是忘了春也和慎一也在場。但畢竟只是小學生的表演，就連對舞蹈一竅不通的慎一也看得出來，嗚海的舞技和那天在舞殿跳舞的靜御前天差地遠，不過是一連串稚拙的動作。但也正因如此，慎一更確定此時此刻在眼前跳舞的人是自己的同學嗚海，隨著她的一舉手一投足，以及每個扭頭的姿勢，這樣的感覺也益發強烈。慎一覺得就像有人從身後猛力抓住了自己的頭，他的視線無法自鳴海身上移開。長谷寺的鈴鐺隨著她的動作，叮鈴叮鈴地響著。鳴海的腳尖時而踮起，鞋底時而在地上拖行，但是很不思議的，她竟一次也沒踩著那些遍地生長的一人靜，頂著小白花的草葉就像在簇擁著鳴海的小小舞群。慎一不知道那個動作帶有什麼含意，他看見鳴海將貼有鈴鐺的樹枝搭在肩上，雙膝微屈，頭略微斜傾，目光瞥向了春也，像在確認什麼似的。和她四目相對的春也，一瞬間低下了頭，但立刻又抬起下巴，直視著鳴海。鳴海半轉過身，臉龐緩緩地轉向慎一，但她的視線並沒有在他身上停留。叮鈴，叮鈴，陶鈴發出了聲響。鳴海的雙腳在遍地生長的一人靜之間穿梭移動，鞋底在泥地上發出細微的摩擦聲。

鳴海的舞蹈結束後，首先鼓掌的人是春也。

看他的表情，似乎是對鳴海的表演相當驚豔。

鳴海宛如剛從午睡醒過來，怔怔望著春也幾秒鐘後，她像是突然覺得害臊，僵著身子，衝著春也笑了笑。她被劉海遮擋的額頭浮出一層薄薄的汗水，耳垂因為發熱，被染成了粉紅色。

那天三人臨別之際，鳴海向春也道謝，說她是第一次獨自在人前跳舞，而且觀眾竟還是自己的同學，這使她得到了一些自信。慎一站在一旁，感覺自己的體內就像是水被倒空的黑洞，變得空盪盪的。

自那天之後，慎一覺得鳴海和春也的交情似乎變得愈來愈好。

（五）

這陣子雨下個不停，三個人沒辦法上山。就在班上同學忍不住在下課時間的教室裡談論起這場雨的時期，班導吉川以有稜有角的字體在黑板寫下「走梅雨」這幾個字。聽說這是用來稱呼梅雨季前的這種陰雨綿綿的日子。課堂上，慎一邊聽著像電視機的雜訊、沒完沒了的雨聲，側眼打量著鳴海和春也。他們倆雖然坐得很遠，但一直在互傳小紙條，強忍著笑聲相視而笑。

某個星期二，天空中終於出現睽違已久的陽光。

上完第一節課後，春也和鳴海一起走到慎一的座位旁。今天可以上山了。石頭水坑裡的寄居蟹不知道怎麼樣了？該不會都死掉了？山路還很濕，鞋子可能會弄得很髒耶。就在兩人你一言我一語地說個不停的時候，慎一臉上始終掛著他已習以為常的假笑。不管是點頭附合的時候，還是回話的時候，彷彿有雙無形的手在挑起他臉頰上的肌肉，使慎一無法抹去臉上的笑容。

放學後，三個人一起走出學校。事後，慎一試著回想那天究竟是誰在等誰，卻始終想不起來。不知不覺間，慎一、春也和鳴海已經一同走在教室外的走廊上。慎一的心中充塞著混濁的意念，臉上的肌肉被一雙無形的手給撐起。

現在上山遇到陡峭的路段時，鳴海已經不再借助慎一的力量，也不再回過頭等待慎一。慎一不記得事情是從什麼時候變成這樣的。他甚至在想，握住她汗濕的手，拉著她爬上岩石，或許就只是在最初那幾天的事。

「哦，還活得好好的耶。都這麼久沒換水了。」

第一個去檢查凹洞水坑的春也放聲說道。鳴海聽了立刻衝過去，在春也身旁蹲下，她的手扶在凹洞邊緣，探頭望進水中。

「那隻寄居蟹媽媽呢？」

「牠看起來也不錯。妳看，就在那裡。」

「哪裡？」

「那邊。就在那個角落。」

慎一站在兩人的身後。春也從水中抓出那隻白貝殼的母蟹給鳴海看。寄居蟹立刻把身子縮回貝殼裡，這代表牠還很有精神。虛弱的寄居蟹身體會軟趴趴地掉在貝殼外，這點慎一已經再清楚不過。

「我還在擔心雨水會稀釋掉海水……」

春也舔了一口裡頭的水，說是比想像中要鹹一點。

「太好了，幸好那隻蟹媽媽沒死。」春也說。

「真想看牠的小寶寶。」

慎一的視線看向水坑。因為春也才剛把手伸進去，水面有些搖晃。水面反射著陽光，使得慎一的視野時不時一陣發白。他在水底看見幾隻寄居蟹，有的在爬動，有的一直在觀察四周的動靜。這時，慎一注意到在晃動炫目的水中有群奇怪的小蟲。牠們在凹洞中敏捷地游著，唰、唰地在水中游動，牠們先是直線衝刺，然後立刻轉換方向，再次直線衝刺，重複著這樣的動作。水裡有很多這樣的小蟲，牠們的身體是黑色的，但又不是全黑，而是半透明的。定睛細看，慎一才發現那些小蟲的形狀很像蝦子。這時候，慎一終於搞懂牠們是什麼了。

「生出來了……」

慎一不禁脫口說出。

春也和鳴海像是機器人般同時把臉轉向慎一，接著動作迅速地接近水坑。

「真的耶！小寶寶已經生下來了！」

春也話才說完，就把手伸進水坑，掬起一把水。他的動作十分流暢，幾乎沒激起任何水花。春也像洗臉時那樣以雙手捧著水，水裡有兩隻寄居蟹的小寶寶在迅速游動，長度大約是一、兩公釐。牠們的身體雖然不像成年的寄居蟹那樣扭曲鼓脹，但在頭的兩側確實長了一對像是蟹螯的東西。

鳴海望了春也的手中一眼，緊接著自己也把手伸進水坑，掬起一把水。第一次雖然失敗，但第二次她順利撈到一隻寄居蟹的小寶寶。鳴海的手比較白，她手中的小寶寶看起來比春也手裡的要黑。

「好可愛耶，超級可愛！」

鳴海這麼一說，春也從鼻子哼笑一聲。

「牠們長得像蝦子，哪裡可愛嘛。」

鳴海把臉湊近雙手。

「牠們住在這裡長得大嗎？」

「我想沒問題。這裡沒有魚，反而比海裡頭安全。」

「魚？」

「如果養在這裡，牠們就不怕被魚吃掉了。」

鳴海聽了開心地點點頭，輕輕地把寄居蟹的小寶寶放回水坑裡。

三人觀察了一陣子寄居蟹的小寶寶之後，春也和慎一開始更換坑裡的海水。現在舀水難度很高，因為不能把寄居蟹的小寶寶也一起撈出來，但春也的動作依舊很俐落。慎一很希望春也能犯下之前把蝦虎魚撈出來的錯誤，但沒想到搞砸的人反倒是他自己。慎一把手中的水灑在地上後，注意到潮濕的泥地上有個黑黑的小東西在掙扎，他想趁春也和鳴海還沒注意到之前，趕快把牠弄回去。慎一本想用手指捏起牠，但是小寶寶實在太小了，始終沒辦法成功。最後他只好改以指甲前端掐住牠，結果手上感覺到一陣把纖薄的東西給掐碎的震動，就像上自然課的時候把顯微鏡的載玻片弄破時的手感。然而，慎一仍佯裝無事地把右手伸進水坑，鬆開手指。他看見一個不動的小黑點輕飄飄地落在水底。鳴海輕輕發出一聲既像驚呼，又像在嘆氣的聲音，轉頭看向慎一。但慎一依舊緊盯水面，他一臉僵硬地假裝沒注意到，繼續動手舀水。不久鳴海別開視線，但慎一覺得自己的那側臉頰留有一種燒灼般的痛感。在他繼續汲水作業的期間，那種痛感漸漸蔓延至他的整張臉，最後擴散到他全身的每個角落。慎一強忍著那種燒灼感，繼續把水坑裡的水掬出來。

那天他們久違地烤了寄居蟹。

起初，春也選中的是那隻母蟹，但鳴海表示反對。

「牠才剛生下小寶寶，這樣太可憐了啦。」

春也把母蟹舉到鼻子前，盯著看了一會兒，不久又噗通一聲把牠放回水中。

「蟹爸爸也不行噢。」

「我知道啦。」

春也另外選了一隻又黑又大的寄居蟹，抓著牠走到岩石後面，慎一和鳴海也跟了過去。

他們用慎一的鑰匙和春也的打火機把寄居蟹烤出來。藏在石頭後面的黏土已經硬掉了，但要捏個台座倒還不難。逃出來的寄居蟹掉到地上後，被鳴海一把抓住，她把寄居蟹固定在台座上。

現在即便三個人一起閉上眼睛，雙手合十，慎一也感覺不到從前心中的那種昂揚感。他一直在擔心，如果現在睜開眼睛，會不會看到春也和鳴海兩人悄悄地相視而笑，因此始終沒有睜開眼睛。但是即便沒有睜開眼睛，他心裡還是一樣難受。他聽見春也摩擦雙掌的聲音，一秒之後，從鳴海所在的方向也傳來同樣的擦掌聲。這段期間慎一一直在忍耐心中的窒息感，他覺得彷彿就要被自己的感情給活埋了。

慎一閉著眼睛，不知不覺開始專注地許起願來。

他在心底許下了一個願望，他祈求的力道甚至比希望寄居神讓蒔岡遭遇不測時更加強烈。

他愈認真許願，心底的那份殘酷的喜悅便如同碳酸飲料般愈鼓躁。慎一感覺到一種陌生的悸動開始束縛住自己的全身。他愈是集中注意力，那股悸動的輪廓也愈明確，逐漸籠罩住他的全身。

（六）

隔天，春也沒有到學校來。

「富永同學怎麼了嗎？」

第一節課的下課時間，鳴海望向春也的座位問道。

「昨天回家的時候，富永同學不像身體不舒服啊。」

「他看起來和平常差不多。」

班導吉川對這件事並沒有做任何說明，上午的課就這麼結束了。吃完營養午餐，慎一發著呆度過午休，第五節課開始前他去了一趟廁所，走回教室的時候看到吉川拿著捲成筒狀的教學海報從走廊另一頭走過來。鳴海走在吉川身旁，在和老師說些什麼。鳴海後來從後門走進教室，吉川則是直接走向靠講桌的教室前門。

鳴海見到慎一在教室，匆匆走向他。

「老師說還沒聯絡上富永同學，打電話到他家裡也沒有人接。」

鳴海額頭不安地緊繃著。

「我想不會有事啦。明天他就會來上學了。」

慎一這麼一說，鳴海臉上瞬間閃過異樣的表情。但她很快就掩飾過去，露出微笑說道：

「說得也是。」

慎一站在原地，目送著鳴海的背影朝她的座位走去。

直到放學，春也都沒有出現。

班上同學三三兩兩地離開教室，慎一拿著書包走到鳴海座位旁邊，說出他在最後一節課時在心中反覆練習的句子。

「春也沒來，我們要兩個人上山嗎？」

但鳴海輕輕地搖了頭。

「我今天不行。我得去練舞。」

那雙無形的手又將慎一臉頰的肌肉給撐起來。

「妳之前不是說星期六、日才練舞嗎？」

「原本是這樣啦……不過上次，我不是在山上跳舞給富永同學看嗎？那天我不是還說一個人表演舞蹈給同學看，讓我變得比較有自信？後來，我拜託爸爸和舞蹈老師，讓我多上幾堂課。如果多練習，發表會上我或許能跳比現在更難一點的舞碼。……所以啊，以後我可能不行常常上山了。」

鳴海一口氣說完，便閉上嘴巴。這些話像是她早就準備好的說詞。猶豫片刻後，鳴海再次開口：

「利根同學，你會去換水坑的水嗎？」

「今天？」

鳴海說是在擔心寄居蟹的小寶寶。

「小寶寶比較脆弱，我想海水還是保持新鮮比較好。牠們好不容易才出生的，希望牠們能健康長大。所以，如果利根同學方便的話，可以去一趟嗎？」

「我想一天不換應該不會有事啦。」

「或許吧……可是也不能保證，畢竟我們都不清楚寄居蟹小寶寶的事。早知道應該先問富永同學的。」

慎一像嚥下石頭般，把湧上喉頭的反感給強壓下去，回說：

「那我去一趟好了。」

鳴海的眼睛裡滿是欣喜之色。

「反正我也滿擔心牠們的。」

慎一和鳴海走出校門沒多久，便向彼此道別。慎一瞪著腳下的柏油路走向角角，但最後他直接通過店門前，回到空無一人的家中。他打算明天告訴鳴海，他去換過水了。

話說回來，春也今天到底是怎麼了？昨天分手的時候，他看起來不像身體不舒服，難道是突然感冒了?如果真是這樣,就算只是巧合,慎一昨天向寄居神許下的願望還真的實現了。春也明天會不會也不來上學呢?真希望他的病情惡化下去,得到重病。慎一坐在寂靜無聲的房間裡,久久想著這些事。

(七)

「我被車撞了。」

隔天慎一進教室,有人站到他身後這麼說。慎一嚇得回過頭去,發現春也就站在自己身旁。兩人臉龐之間的距離只有三十公分左右,但即便他們站得那麼近,春也卻沒有看向慎一。

「我手臂骨折了。」

春也的目光瞥向下方。由於兩人靠得實在太近,慎一得退一步才能確認春也在看什麼。

「這是……」

春也的左臂被一條白布給吊起。因為白布很薄,慎一看得見他的手腕至手肘之間都纏上了繃帶。繃帶內側的是石膏，露出來的只有他沾了一些白色石膏屑的左掌，以及有些骯髒的手指。春也的手皮膚很乾燥，指甲也沒有血色，看起來就像人造的。

「前天我一個人走回家，有輛車突然從後頭衝過來，我完全沒注意到。」

春也自言自語一般，語氣平淡地說明意外經過，期間他一次也沒看慎一的眼睛。他私毫不帶任何感情、空洞洞的兩顆眼珠，一直瞪著慎一的胸口一帶。

「有幾個大人在馬路對面的海邊釣魚，他們高聲嚷嚷著，好像是釣到超大隻的魚，『噢噢──』地喊著。我很好奇他們釣到什麼魚，想走過去看，結果剛要過馬路，耳邊就聽到汽車的喇叭聲，還有煞車聲。」

春也一口氣說完，用右手慢慢撫摸著吊在脖子上的左臂。

「不過，好險只有手臂受傷。」

春也仍舊沒有看向慎一，他臉上掛著的笑容，與恐懼的情感同時深植在慎一的心中，始終無法消散。只見春也薄薄的唇角吊起，門牙微微露出，雙眼一直瞪著空氣中什麼都沒有的地方，上眼瞼整個翻起，就像眼球的皮膚都被剝除了。

「真不錯啊……願望實現了。」

慎一覺得自己就像站在漆黑的洞口。腳底踩的是堆成小山的啤酒籃，很不穩固，慎一深信只要自己稍有不慎，一瞬間就會被那個黑洞給吞噬。──春也輕輕放下撫摸著左手臂的右手。光是這麼一個動作，慎一就全身緊繃，他的緊張傳到雙腿，使他感覺腳下變得更不安穩。雙耳彷彿被灌進了冷水，他的腦袋裡一陣發冷，舌頭就像被凍住了，一句話也說不出。他甚至無法吐出剛才吸進的空氣。慎一感覺自己的下巴不由自主地顫動起來，他反射性地咬緊牙關，但他的臉和下巴都已失去知覺，他無從判斷自己是否真的咬緊了牙。

「就是這麼回事啦，所以，這陣子我沒辦法上山了。只剩一隻手臂，我想爬山也沒辦法。」

春也唇角還殘留著一點笑意，低下頭仔細觀察他自己的左手。春也的這些舉動不過是發生在幾秒鐘的事，但慎一卻覺得彷彿已經過了數十秒鐘。在這段漫長難捱的時間，慎一拚命壓抑著自己的身體，不敢動彈半分。

「你應該也沒興趣拉我的手上山吧？」

突然，表情自春也的臉上消失。就像被水沖過似的，消失得一乾二淨。然後，春也頂著那張完全看不出表情的臉，這天第一次直視慎一。

如果不是這時候鳴海正好走進教室，就算只有幾秒鐘，如果自己和春也對上視線……或許自己身上某個看不見的地方會因此崩壞吧。事後，慎一如此回想。

「你的手臂怎麼了？」

鳴海拿著書包穿梭在課桌之間，以最短的距離走近兩人。春也瞥了她一眼，立刻別開目光，說道：

「妳問慎一比較快。」

全白的教室裡，慎一眼裡只剩臉上像能劇面具般毫無表情的春也，以及瞪大雙眼、臉上寫滿擔心的鳴海，除此之外，慎一什麼都看不見。

「你受傷了嗎？難道是摔斷骨頭了？」

春也沒有理會鳴海，一言不發地逕自朝教室外頭走去。

「哎，富永同學。」

「我要去尿尿。」

春也一消失在走廊上，鳴海轉身問慎一：

「他的手臂怎麼了？」

宛如條件反射一般，慎一的雙頰再次鼓起，把春也告訴他的意外經過原原本本地轉告給鳴海知道，過程中他的臉頰一次也沒有放鬆。除此之外，他還能怎麼辦呢？聽著慎一的話，鳴海不管是眼神、表情，甚至就連眨眼時，都流露出擔心不已的神色。

「真的耶，幸好只有手臂受傷。」

她轉頭望向春也剛才走出的教室門，語帶嘆息說道。

「馬路真是可怕。我也得提醒我爸爸才行。」

不對的人是過馬路不看路的春也，是他自己走路發呆不對，搞不好那時他就在想鳴海的事，可能在想下次要用什麼方法勝過慎一……春也一從眼前消失，慎一心中的恐懼也略微減緩，對春也的反感也如乾冰般蔓延開來。煙霧愈多，他的恐懼彷彿也變淡，面對著鳴海，慎一不知不覺之間半是刻意地去意識對春也的怨恨與怒火。但他也知道，這些念頭絕對不能表現出來。慎一還清楚記得，昨天他對缺席的春也表現出不關心的態度時，鳴海臉上瞬間閃現的表情。

「他說因為手臂受傷，這陣子不能上山了。」

「這樣比較好啦，在手臂痊癒之前他還是老實一點。」

慎一以為鳴海會問他寄居蟹小寶寶的事，但等了一會兒，她還是沒提起，於是慎一開口問：

「春也的手骨折了，以後換水的事怎麼辦？」

「我也得去練舞，可是不是每天都要上課啦。」

兩人不約而同閉上嘴巴，片刻之後，鳴海瞥了慎一一眼，說道：

「要不然，今天我們兩人去吧？我今天不用練舞。」

慎一沉默地點了頭後，鳴海微微一笑，走回自己的座位。同時間，春也回到教室，吉川就跟在他屁股後面進門，他們開始上第一節課。

一面聽課，慎一的心中就像筆筒的水一般逐漸變色。起初是透明無色，但漸漸染上了一點明亮的藍色，那是他和鳴海流著汗仰望天空時所看見的顏色。藍色一點一點地摻入了其他的顏色，有葉片的綠色、泥土的褐色、膝蓋的白色、太陽的黃色，最後變成了令人目眩神迷的鮮橘色。慎一想像著自己和鳴海一面聊著天一面走在那片鮮豔的橘色之中，感覺自己的胸口像有人在用指尖輕敲，砰砰作響。

但是當慎一無意中望了春也的座位一眼，心中所有的色彩頓時一掃而空。

這倒不是因為春也做了什麼事。他就坐在椅子上，左臂被白布吊在脖子上，右手乖乖地擺在課桌上，一動也不動。只不過，這時候從教室的後方傳來了蒔岡的說話聲。蒔岡的聲音並不清楚，還不至大到會驚動班導吉川，慎一也不知道他是在和誰說話。……然而，當因為車禍骨折的春也的身影和蒔岡的說話聲，兩者重疊在一起的時候，慎一突然想到了某種可能。

——真不錯啊……願望實現了。

自己的心思被春也看穿了，這也是沒辦法的事。畢竟慎一也不認為自己把心事隱藏得很好。春也說出口的那句話，就是對慎一這種心態的報復。一直到剛才為止，慎一都是這麼認為。然而，事情真的是這樣嗎？春也的報復，真的就只有那句話而已嗎？

春也該不會把他對蒔岡所做的事，也如法炮製在自己身上？

為了實現慎一的願望，春也該不會是自己故意衝到車子前面的？他或許認為，這麼做才是對慎一最殘酷的報復？

一根冰冷的長針，悄無聲息地刺進了慎一的背脊。那根針直直貫穿過他的脖子，直刺腦門，令慎一不由得屏住氣息，手腳發僵。握著自動鉛筆的右手和擺在課本上的左手，都滲出一層汗水。沒錯——要說是巧合未免太湊巧了。為什麼自己沒注意到呢？慎一許願希望春也遭遇不幸，之後春也立刻就發生車禍，這未免過於巧合了。可能性當然不是零，但若是和春也主動衝到車子前面比起來，是巧合的可能性太低了。

那天，慎一再也鼓不起勇氣轉頭去看春也。即便下課時間他聽見春也和鳴海說話的聲音，他也沒有轉頭去看他們。

最後一節課一結束，教室裡就不見春也的身影。

「富永同學說他等一下要去醫院。」

鳴海拿著書包走到慎一的座位。

「哎，上山前我可以繞去超市嗎？我想買點心。」

春也殘酷的報復伎倆奏效了。

現在慎一為自己對春也心懷怨念、希望他遇上不幸的事，感到強烈的後悔，氣都快喘不過來。對他而言，春也也成了比任何人，任何野獸，任何事物都來得可怕的存在。

慎一和鳴海去超市買了餅乾，上了山。他們換過水坑裡的海水，坐在石頭前各吃了一半的餅乾。事後，慎一完全想不起來自己當時是怎麼說話，又露出了什麼樣的表情。就連餅乾的味道，自己是不是真的吃了餅乾，他都無法確定。慎一只記得自己始終感覺得到那種像背上有東西在燒的焦急感，以及鳴海的話比平時要多上許多。但鳴海的話之所以變多，一定不是因為覺得開心，而是因為和慎一獨處令她感到窒悶的緣故吧。

「明天我又得上舞蹈課。」

傍晚兩人臨別之際，鳴海這麼說。但慎一認為這或許只是她編出來的謊言。

這天他們並沒有烤寄居蟹。如果他們烤了寄居蟹，對寄居神雙手合十時鳴海一定會為春也祈禱吧。她一定會祈求寄居神讓春也的手臂早點好起來，再和他們一起上山。

慎一回到家時，晚飯已經快做好了。

「後天星期六，我又得晚些回家了。」

純江隨意擦拭了一下桌面，說道。

「又要聚餐？」

「這次不是，我和別人有約。」

純江盯著自己的手邊回答。

她是覺得老是撒同一個謊容易被拆穿嗎？還是說，她想趁這次機會和慎一說清楚？純江在餐桌一角折好抹布，搖了搖桌旁的茶壺，確認裡頭的飲料剩多少。她拿著茶壺走向廚房，直到這時，她才終於轉頭看向慎一，說道：

「對不起啊，阿慎。媽媽會盡量早點回來的。」

「我無所謂啦。」

慎一打開電視，怔怔地瞪著電視畫面。

感覺有什麼東西正在步步近逼，即將包圍住自己。

(八)

隔天星期五，慎一覺得時間的流動很奇怪。以為才開始上課，下課鈴聲就響起：才去了趟廁所，下課時間就已經束；以為接下來是要上第四節課，結果看到午餐值日生在穿上圍裙。這天慎一一次也沒有和春也對上視線，和鳴海也只有在最後一堂課結束後簡單聊了兩句。

「我回家路上會去一趟。」

「對不起，讓你一個人去。明天要告訴我寄居蟹小寶寶都怎麼樣了噢。」

慎一背對鳴海走出教室後，對時間的感覺還是沒變，等他回過神時自己已經獨自走在沿海的公路上。

但在這段過程中，慎一始終覺得有東西在朝自己靠攏而來。

他把帶來的塑膠袋拿在手上，爬過護欄走到海邊。他踩在大石頭上，覺得自己既像在走路，又像在飄浮，感覺很奇妙。他在海水窪打了海水。水面下方，粉紅色的海葵隨著海水的流動，不斷擺動著觸手。慎一撿起一旁地上的一塊灰銳石頭，把尖角抵在海葵身上來回劃動。隨著他手上的動作，海葵變得四分五裂，粉紅色的碎片四散，沉入了海底。

慎一抬起頭，一陣暖風拂上了他的臉頰和額頭。在水平線一帶，慎一看見一艘漁船。他本以為那艘漁船是停泊在海上，但注視了一會兒之後，他發現漁船正緩緩地朝右方移動。

到底是為什麼？慎一覺得許多事都變得像是久遠之前的回憶，像是放學後和春也兩人來海邊檢查黑洞，在角角後門被埋在啤酒籃底下大笑；和春也兩人爬上建長寺的後山，在八幡宮的人潮中觀賞靜之舞。

慎一站起身，脫下鞋襪，捲起褲管。那個是在哪裡啊。最後一次是把它沉到哪裡去了？慎一一面回想，在淺灘來回走動，檢查水底。

他在一處曬得到太陽的水底，發現了黑洞。他們原本是放在岩陰處，黑洞可能是被潮水沖出來了。慎一把黑洞撈起來，起初他看不出來那些塞滿寶特瓶裡的東西是什麼，但是等他湊近一看，終於明白了。裡頭的是許多身體已經殘破不堪的鯷魚，牠們像是用來當魚餌的蚯蚓一樣擠在一起，已經死後多時。慎一把手伸進黑洞，抽出倒插在瓶身裡的寶特瓶瓶口。「啵」的一聲，鯷魚的屍體雪崩似地掉了出來，擦過慎一的右手掉在他的腳邊，在水中反射出白光，空氣中瀰漫著一股臭雞蛋的氣味。沒過多久，鯷魚一隻隻肚皮朝上地浮出水面，隨著潮水或聚集，或與同伴分離，落單，緩緩地漂動著。

慎一覺得有東西正在包圍自己。

他不知道那東西是什麼，只不過他覺得自己就快無法逃脫，心中的這種感覺一秒比一秒增強。但就算問他究竟是無法自哪裡逃脫，慎一也只能回答，「從這裡。」「這裡」對他而言是個嶄新的所在，從前一無所知的他所經歷的時間和情感，在「這裡」都顯得曖昧不清。

慎一覺得待在「這裡」感覺很自在。

慎一吸進四散在水面的鯷魚屍體的臭氣，儘管氣味不佳，但他並不覺得討厭。慎一剛上小學的第一個冬天，曾因為感冒而發燒病倒，他覺得此刻的感覺和那時很像。那時慎一躺在媽媽鋪在客廳的被褥裡，全身使不上力。他微睜著眼睛，一直盯著白色的天花板看，覺得這世上的一切事物都離自己很遠，不管是討厭的事，還是麻煩的事，彷彿全部都和自己無關。儘管身體懶洋洋的，但他卻覺得只要自己有這個意思，他隨時可以拔腿狂奔，又跑又跳，而且跑得比從前更快，跳得比從前更高、更勇猛。

在全身肌膚的內側，在皮膚與血肉之間，有什麼東西在騷動不安。慎一感覺雖然自己的體溫並沒有改變，血液卻在沸騰。慎一望向水面上漂浮的鯷魚，揮動右手，劃過水面。已經泡得軟爛的鯷魚瞬間在他的指間四散開來，他的手指觸碰到像是魚骨的尖刺物，在肌膚上留下沙拉油般的滑膩觸感。

慎一在海水中搓洗手上的油汙，回頭看向身後的山。

深濃的綠意，整體隆起的輪廓，山頂長著花椰菜形狀的樹木；樹的後頭，則是飄著薄雲的天空。眼前所見就像是一幅畫。慎一甚至懷疑，或許在那幅風景畫的前方和背後，根本就沒有其他東西。

慎一上了岸，為濕答答的腳板套上鞋襪。他提著裝了海水的塑膠袋，再一次仰望那座山。他一直望著山，邁步走在熟悉的岩岸上頭。他覺得自己不像在前進，反倒是山正在靠近自己。

他翻過護欄，穿過馬路，鑽到角角後頭。

慎一來到山頂，發現水坑裡的海水雖然變溫了，但寄居蟹的小寶寶依然顯得精力充沛，正在四處游動。他覺得牠們長大了一些，體色也變深一點。慎一汲出凹洞裡的水，輕輕注入新鮮的海水。水底有幾隻寄居蟹在爬動，其中也有這些小寶寶的父母——那對寄居蟹。他把手伸進水中，抓起那兩隻寄居蟹，兩隻都立刻把身子縮回殼裡。

如果牠們不見了，嗚海會很傷心吧。

慎一把兩隻寄居蟹又放回水裡，然後另挑了一隻寄居蟹，握在右拳裡，人繞到石頭的另一側去。他從石頭後面取出打火機，從口袋掏出家中的鑰匙。

慎一從不曾獨自烤過寄居蟹，不禁擔心地想：不知能不能順利啊。慎一把寄居蟹放在鑰匙的孔洞上，右手打響打火機，點起火焰，移近鑰匙。不過這時吹來一陣風，打火機的火苗晃動了。慎一改把鑰匙湊近傾斜的火苗前端，但風向變了，火苗的前端再度移位。經過數次與火苗的追逐遊戲後，風勢突然轉強，猛然吹熄了打火機。

慎一再次點著打火機，但這次情況也一樣。火苗不斷晃動，在烤熱寄居蟹的貝殼前就熄滅了。正當慎一打算放棄時，一個枯葉堆映入他的視野一角。只見灌木叢的樹根旁有一堆褐色的枯葉，那應該是被風吹攏在一塊兒的，但看上去就像是有人刻意收集的。

慎一拿著寄居蟹和打火機，朝枯葉堆走去。他把腳伸進灌木叢，用腳把一堆枯葉撥到自己面前。他再次伸腿，又撥了一些枝葉過來。慎一重複了這個動作幾次，在石頭旁了堆了一座枯葉搭成的小山。

慎一打響打火機，點燃頂端的枯葉。

火勢以驚人的速度蔓延開來，從第一片枯葉轉移到周圍的葉片，一直延燒至全體。白煙竄升，自石頭後面升起。打火機的火焰在白天的陽光下看不清楚，但是自枯葉燒起的焰火卻是深橘色的，慎一可以清楚望見火苗多處不斷像舌頭一樣擺動著。

伴隨著啪滋啪滋的燃燒聲，不久枯葉小山的火勢轉為穩定，煙霧開始筆直地升上天空。

慎一用右手拿著端坐在鑰匙上的寄居蟹，但由於火勢太大，怎麼想都不可能把寄居蟹湊到火堆上烤。苦思之後，慎一把貝殼的開口朝向自己，把寄居蟹擺在地上，然後用打火機的尾端把寄居蟹推到火堆旁。這麼一來，只要貝殼的前端被火烤熱，寄居蟹一定會從貝殼裡逃出來。

等了一會兒後，貝殼開始微微顫動。沒過多久，一隻頂著肥大蟹螯的寄居蟹探出了半個身子，但立刻又縮身回去。慎一姿勢保持前傾地蹲著，右手抬起，準備隨時出手去抓那隻寄居蟹。慎一又想，寄居蟹可能是知道前方有人類埋伏，打算從旁邊找出路吧。——但他又一次猜錯了。那隻寄居蟹迅速衝出貝殼後，竟立刻一百八十度轉身，逃兵似地試圖衝進山裡。只見牠左右甩著歪斜的腹部，一頭衝進枯葉堆裡。「啊」，慎一忍不住驚叫出聲，但寄居蟹已經身陷火場。就在這時候，儘管高度不高，慎一親眼目睹寄居蟹竟飛了起來。牠的姿態既像蜘蛛，也很像遭到雷擊的人，……只見寄居蟹在扭曲燒黑的枯葉上，在雄雄燃燒的火焰中，全身痙攣著。牠的身體擺動得最劇烈的是那對蟹螯，動作之快速使牠看起來像有二、三對蟹螯。不久蟹螯的顫動逐漸趨緩，不斷踢動的蟹腳也變得像影片中的慢動作鏡頭，幾乎在同時間停下了動作，只剩灰色的腹部還像芋蟲似的左右扭動。慎一瞪大雙眼地望著火堆裡的寄居蟹，雙手不知不覺在胸前合掌。寄居蟹趴在地上擺動著腹部，擺呀，擺呀——這時候，牠的腹部猛地迸裂，四周的火焰瞬間變得赤紅。在此同時，慎一閉上了雙眼。

火堆還在燃燒，慎一的額頭在發燙。寄居蟹在他的眼前縮得小小的，就像脫殼的蟬，在火焰底部愈來愈僵硬。牠的屍體想必會比之前的任何一隻寄居蟹都要來得僵硬吧。趁牠的屍體被燒成黑炭消失之前，慎一許下了心願。他將合起的雙掌抵在發燙的額頭上，一心向寄居神祈求著。

我想待在「這裡」，永遠都待在「這裡」。

我不想回去。

有很多東西都在燃燒，融化般消失在眼前的高溫之中。春也撫摸著吊在脖子上的左臂、在教室裡一直盯著自己看的眼神；慎一不替春也擔心時，鳴海那對宛如在譴責他的眼眸；昭三腿上光滑的塑膠義肢；純江靠在副駕駛座椅背上的側臉；父親坐在病床上的身影；昭三翻起的下唇；和春也一起去聽十王岩呻吟時心中的那股昂揚感；和鳴海還不熟之前，在夜晚的橋上與她相遇時，她被月光照亮的額頭，以及那乘著夜風拂來的柔軟香氣。當這些景象逐漸消失的同時，那些包圍住慎一的東西也開始無聲地漸漸增強，膨脹，填滿彼此之間的空隙。慎一感覺到隨著那些縫隙被填滿，他這些日子縮得小小的肺部彷彿漸漸回復成原來的大小，呼吸也變輕鬆。慎一雙手合十，閉上眼睛，感覺到一陣柔和的沉靜，就像即將要踏入夢鄉的前一刻。他覺得自己就像是潛伏在混濁溫暖的水中、靜靜過活的生物，知道自己待在此處就不會被人發現，心裡有種輕飄飄的安心感。

（九）

「寄居蟹的小寶寶都很健康噢！體型長大了一些，體色變深了，感覺就連游泳技巧都變好了耶。」

隔天星期六，慎一一早進教室就去找春也說話。春也見了他瞬間露出有些意外的表情，但立刻就點頭掩飾過去，別過臉去。

「那當然啊。牠們都出生那麼久了。」

「鳴海非常期待牠們長大呢。前天我們一起上山，她一面吃點心，一面盯著寄居蟹的小寶寶看——啊，她來了！」

一看到鳴海出現在教室門口，慎一立刻走向她，也和她說了一遍水坑的情形。

「看樣子牠們應該能夠順利長大。等牠們長到一定程度，可能需要去幫牠們找貝殼來吧。這得問一下春也。」

慎一轉頭看向春也，但春也幾乎在同時間低下頭去，額前的劉海遮掩住他的表情。只見他護著吊在脖子上的左臂，光靠一隻右手從書包裡拿出課本和鉛筆盒。慎一望著他一陣子，但春也始終沒有轉過頭來。

「利根同學，你今天也會去一趟嗎？我今天得上舞蹈課……」

「我吃完中飯就去，反正我也沒其他事。星期一我再告訴妳小寶寶們的情況。」

鳴海微笑地點點頭，但她只有嘴角帶著笑意，眼底浮現了明顯的困惑。

「妳練習要加油噢！下次再讓我見識一下吧。」

「什麼事？」

「當然是舞蹈啊。妳上次跳得真不錯。」

慎一什麼話都說得出口，他覺得自己什麼事都辦得到。從前那種為了一點小事就生氣、不耐煩，動不動就感到不安、埋怨的日子，彷彿都已成了回憶。慎一覺得此刻不管是身體、聲帶，還是耳朵、眼睛，似乎都不像是自己的了。他認為現在就算是被一群蚊子包圍，自己也能自在地深呼吸。

「你手指的骨頭還沒接好嗎？」

慎一甚至能開口和蒔岡說話。

「多喝點牛奶應該會好得比較快吧？或者吃點小魚乾。」

只見蒔岡板起了臉孔，似乎認為讓慎一對自己說話是件屈辱，他原本就不小的臉因此顯得更加肥大。蒔岡別開目光，一言不發地背過身去，他剃短捲髮的後腦勺看上去就像人工做的。慎一原想開玩笑地輕拍他的後腦勺一下，但最後還是作罷。

下課時間慎一去了趟廁所，回來後在抽屜裡看見摺起的紙條。慎一心想：果然收到了。他早就料到今天會收到信。

慎一拉開椅子坐下，把信攤在桌面上，用手掌仔細撫平上頭的摺痕。對方應該是用剪刀從筆記本剪下內頁，只見信紙一端留下了剪刀特有的鋸齒痕跡；信紙中央則寫著「去死」兩個字，字跡同樣很醜。慎一發現自己的鼻子和嘴巴同時噴出了什麼，他一開始沒有意會到是怎麼回事，但立刻便發現自己剛才原來是噗哧一聲笑了出來。……慎一悄悄地打量四周，教室裡就像舞台上的布景，班上同學宛如皮影戲的人偶一般面無表情。慎一揉爛了那張甚至稱不上是信的筆記內頁紙，扔向教室後面的垃圾筒，但紙團碰著了垃圾桶的邊緣，掉在地上，慎一臉上掛著苦笑走去撿起來，把紙團放進垃圾筒。

放學後，他向鳴海和春也簡單打了招呼，獨自離開學校。

慎一和鳴海說會去換凹洞的水是騙她的，他從沒打算要上山。反正放個一、兩天不管，那些蟹寶寶應該也不會死掉。萬一真死了，也只要說自己確實換過水，但牠們卻還是死了。反正又沒人看到，不會有人知道的。慎一感覺自己四周的空氣彷彿都變成了溫暖宜人的液體，身處其中身體變得格外輕盈。

回到家後，他看見廚房裡有味噌湯和燉魚肉的鍋子，純江留了一張紙條，要他吃這些和電鍋裡的白飯當午餐，晚餐則是在冰箱裡。慎一這才想起媽媽說過今天會晚歸。

熱過味噌湯和燉魚肉，吃完午飯，慎一先是躺在起居室看電視。但電視上播的淨是八卦節目，一點也不有趣，於是慎一轉到ＮＨＫ頻道，新聞節目正在播報棒球的消息。但不知道為什麼，慎一覺得今天主播說得彷彿是外國語，他盯著電視看半天，但內容就是看不進腦袋。儘管畫面上播出了慎一喜歡的棒球選手的訪問，但他一點也聽不懂那位選手在說什麼。最後慎一看煩了，用腳關掉了電視。

慎一翻了個身，仰躺著，把手枕在腦後，盯著天花板的木紋瞧，覺得天花板似乎漸漸朝自己壓過來。他納悶著挑起眉毛，再次細看，發現是自己多心了，天花板當然不可能會移動。

慎一依然覺得時間的流動很不對勁。他不過是看了一會兒天花板，但等他回過神時，腦袋下方的雙臂早已經發麻。他躺在起居室，雙手環抱在胸前，看不膩似地繼續打量天花板。

陽光從窗簾縫隙射進來，慎一每次看光線，光線的角度都不一樣，變得愈來愈長。等到影子變得細長，慎一用腳撐起身體，猛地跳起身來，他走出家門，跨上腳踏車。正當他準備踩下踏板時，發現自己忘了帶一個重要的東西。他回到家中，從房間的抽屜裡拿出嗚海的鑰匙。當他飛馳在小巷的期間，四周的風景就像是有台攝影機在運轉，淡淡地自他眼前流過。這點令慎一很開心。他覺得前後左右的風景彷彿都和自己無關，這令他開心無比。慎一嘴角微微上揚，使勁踩著腳踏車前進。他騎上沿海公路，騎過角角店門前，在那間像是飄浮在空中的餐廳的路口轉彎，一路直行。

（十）

「純江啊，這家醫院果然住不得，這裡的飯不能吃，難吃極了。」

翌日是星期天，下午慎一和純江去了一趟橫濱的醫院。

「爸爸，只要再忍一段時間就行了。」

「昨天的早飯啊，鯷魚乾附的蘿蔔泥裡頭，居然有這麼大塊的蘿蔔，這樣哪裡是蘿蔔泥啊。」

病床上的昭三撐起上身，用手指比出誇張的大小。

「煮羊栖菜也吃不出味道，就連黃豆都沒放。羊栖菜裡不放黃豆，這叫什麼，叫大都市的文化嗎？」

「爸爸——」

見純江頻頻看向隔壁病床拉起的簾幕，昭三哼笑一聲，抬著下巴說：

「大家都在抱怨飯不好吃啦。他們說大醫院根本不會真心為病人著想，所以才不端出像樣一點的伙食。不過啊，也沒哪個病人敢當面和醫院的人直講，要是惹醫生生氣了，難保看病的時候不會……」
昭三蹙起眉頭，不再說話，舉起兩隻食指在臉前比出叉叉的手勢。
純江似乎不知如何是好，只見她低下頭去。看到她這模樣，昭三可能是覺得過意不去，他把注意力轉移到慎一身上。
「怎麼了，慎一，你今天怎麼不說話？」
「哪有？」
「雖然這裡是醫院，但也用不著大氣都不吭一聲啊。你既然是來探病的，也多說幾句吧。」
慎一其實只是忙著在回想昨晚的事，但被昭三這麼一念，他笑了笑，點點頭。
「爺爺，下次我們買點那種用魚骨頭炸的點心過來吧。配這個吃，爺爺應該比較吃得下飯吧？」
「魚骨煎餅嗎？哦，你也真機靈。吃那個補鈣質，搞不好我的傷也可以快點好。」
昭三用手指著他頭上用紗網罩住的紗布。
「不過，再過不久就是盛夏了，我總不會要待到那時候吧。醫院盛夏的伙食，應該比現在還難以下嚥吧。」
昭三說到最後，轉頭徵求隔壁病友的同意，但簾幕另一頭並沒有回應。
「夏天真想來點岩牡蠣，冰得透心涼的，一面看電視新聞一面吃。」

純江嘴角露出一抹微笑，點了點頭。她耳後的頭髮掉到臉旁，純江伸手把頭髮又塞回耳後。慎一總覺得她今天的動作，和昨天之前的她截然不同。還是，這只是慎一自己多心？

「慎一，你幹嘛一直站著，快坐下。這裡有椅子。純江妳也坐。」

慎一和純江拉開病床旁邊的摺疊椅，並肩坐下。接下來的時間，昭三又開始抱怨起醫院，說還是之前的醫院好，並在納悶自己為什麼非得住院這麼久。純江則回了他一些不痛不癢的安慰。在這之間，慎一又開始在腦中回想剛才的心事。

昨夜，慎一又躲在鳴海父親的車裡。

但慎一的心境和前一次截然不同。他一點也不擔心會被鳴海父親發現，也不介意車子會不會開到自己不知道的地方。他的腦子裡大部分的位置充斥著「總會有辦法」的想法，剩下的一部分則是純粹的好奇。今天媽媽一定也會坐上副駕駛座，那兩人一定會在海邊的那條路上輕聲說話，然後一定又會製造出那個黏答答的聲響吧。慎一的腦袋裡淨是在想這些事。

結果事情的發展，真如慎一的預料。

客貨車載著躺在行李廂裡的慎一，駛出了停車場，一路上他們曾在好幾個地方停下，每次停車，鳴海父親都會帶著包包離開駕駛座，但十五分鐘或十分鐘左右就會回來，有時甚至時間更短。慎一橫躺在車子的行李廂，一面嗅著滲入機油味的毛巾，等待純江上車的時刻來臨。

黃昏時分，純江坐上了副駕駛座。雖然引擎聲蓋過了兩人的說話聲，慎一聽不清楚他們的對話，但他聽出兩人今天話變多了。

客貨車在路上跑了一段路，當車子停下來時，太陽已經下山了。慎一偷偷爬起身，迅速看了一眼後窗玻璃外的風景，確認四周的環境。他雖然不知道此處是不是上次那個地方，但眼前同樣看得見宛如洞穴的漆黑大海。

兩人的對話聲愈來愈模糊，慎一又斷斷續續地聽到那黏答答的響聲。等了一會兒，他心想那聲音差不多也該停了，但聲音仍在繼續。

不久鳴海父親壓低嗓門說了什麼，但純江並沒有回應。他以同樣的語調再問了一遍，慎一原以為這次純江也不會回答，但一段時間以後，聽見純江小聲回應。接下來兩人又聊了幾句話。

今天兩人也會下車在海邊散步嗎？

然而，出乎慎一意料的是引擎突然發動了。客貨車先是倒車，然後駛上了馬路。車子一路上不曾轉彎，似乎是直直地開在沿海公路上。他們要去哪裡呢？慎一躺在行李廂，隔著後窗玻璃眺望星空。

等了好一陣子，車子終於轉彎，並且放慢了速度。車子保持低速行進，車身左右晃動一下，似乎是駛過了一段有高低差的路面。慎一看見一道亮著黃光的拱門在後窗玻璃外一閃而過。

建築物的牆壁不時在窗外一角掠過，星點散布的夜空已然消失，四周突然暗了下來，但下一秒日光燈管的白光刺痛了慎一的雙眼。隨著車子前進，亮晃晃的日光燈管開始規律地出現在後窗玻璃的另一側，令慎一看得有些頭暈眼花。

慎一感覺車頭朝右方拐去，他以為車子已經減速停下，誰知車身立刻又開始後退，但速度愈來愈慢，不久完全停了下來，慎一聽見手煞車拉起的聲響，引擎也熄火了。

喀嚓，喀嚓，慎一聽見兩次這個響聲。那是解開安全帶的聲響嗎？

兩人之間沒有對話。兩扇車門幾乎同時開啟，但駕駛座那側的車門先關上，遲了幾秒鐘，副駕駛座的車門也關上了。咔答一聲，四扇車門同時被鎖上了。

為了小心起見，慎一在原地靜靜等候了一分鐘。

慎一心想時間應該差不多了，悄悄地爬起身，發現自己身在某處的室內停車場。停車場裡車並不多，空車位要比車子多。兩人已經不在停車場裡，四周也不見其他人影。眼前有一扇裝了毛玻璃的門。鳴海父親和純江是走進那扇門了嗎？門上不見門把和拉桿，看樣子應該是自動門。

慎一小心不讓鞋底碰髒椅墊，翻過後座椅背。他打開右側車門的門鎖，以肩膀抵住車門，輕輕推開。空氣中瀰漫著一股汽車廢氣的臭味，此外，慎一還聞到了四周水泥牆的冰冷氣息，灰塵的味道。這兒是哪裡？那兩人是來買東西的嗎？

慎一再次確認四下無人，便下了車。他原本打算朝那扇毛玻璃自動門走去，但是又擔心門後有人。搞不好純江和鳴海父親現在就在門後。慎一想先確定這兒是什麼地方，他穿過停車場，四處尋找通到外頭的出入口。慎一很快就找到了。他看見牆上有個四方形的洞，角度恰好可供兩輛車錯車而過。洞口外很昏暗，他看見一道像是圍牆的東西，前面還有一排植栽。慎一穿過洞口，回過頭來，仰著身子抬頭望向自己剛走出來的那棟建築物——有白牆，四方形的窗子整齊排列。從窗子的數目來看，應該是棟五層樓建築。這兒不是商店，也不是餐廳。難道是公寓大廈嗎？

慎一沿著圍牆朝聽得見車聲的方向走去，心想馬路應該是在那個方向。在他的前方，一道看起來質感很差的拱門在發光。慎一心想車子剛才應該就是從那底下穿過的。他看見有一排亮著黃光的四方格，每個四方格裡都有一個紅字，那排字寫著「謝謝惠顧」。穿過拱門，回頭一看，這一側則是寫著「歡迎光臨」。

慎一從圍牆的缺口看到馬路，他走到那裡，轉身回頭。

哦，原來是這裡啊。慎一心想。

慎一很清楚人到這地方來的目的是什麼。

「……純江啊，妳方便走開一下嗎？」

昭三的聲音打斷了慎一的回想。

爺爺的視線不是落在純江身上，而是在盯著慎一。

「我和慎一有點事。」

「有什麼事嗎？」

「爺爺，怎麼了？」

昭三並沒有回答，他轉頭對純江說：

「不會太久的……我有點話想對慎一說。難得妳跑來一趟，不好意思啊。」

「沒關係的。」

純江說話的尾音微微上揚，似乎是有些納悶。她自摺疊椅上起身，離開了床邊，經過時緊身裙底下裹著絲襪的膝頭輕輕擦過了慎一的腿。純江準備走出房門時，回過頭看了一眼，和慎一對上視線後，她露出了有些為難的微笑，然後便消失在走廊的右方。只聽腳步緩慢的拖鞋聲愈來愈小。

「……慎一。」

聽見昭三的呼喚，慎一回過頭望向爺爺。昭三的表情好似在研讀細小的文字，只見他蹙起眉頭，一直瞪著慎一的眼睛。爺爺到底想幹嘛？由於昭三一直不吭氣，慎一正準備主動發問，這時昭三終於發話了。

「你昨晚睡得好嗎？」

這麼說來，慎一想起自己好像是天亮才入睡的。

「很好啊。」

「這樣啊。」但昭三只有聲音在表示贊同。

昨夜慎一走出那棟建築物的大門後，在沿海公路上走了很久。他走回鳴海父親的公司，騎上停在那裡的腳踏車，回到空無一人的家中。

回家的路上，慎一腦中一直在想像同一個畫面。

他在想像鳴海的父親被一隻形狀詭異的螃蟹給啃得全身是血，整個人奄奄一息。他反覆在腦中描繪著這個畫面，一點也不以為苦地騎完那段漫長陰暗的路程。

「你是不是有話想和爺爺說？」

昭三臉上還是剛才的那種表情。

「沒有啊。」

慎一笑著回答他，但昭三的表情仍是沒改變。

「我可是看著你長大的。有什麼事你就說，和爺爺說說看。」

「沒有啦。我沒事。」

見慎一咂舌一聲，昭三的表情像是受到打擊。他瞪大雙眼，縮起了嘴唇，彷彿是孫兒的臉上爬了一隻小蟲。

「爺爺，你搞錯了啦。而且爺爺你根本就不了解我。上次鳴海的事也一樣，你不也不了解她？就是因為不了解，爺爺的頭才會弄成那樣子，不是嗎？」

慎一抬了抬下巴，示意昭三罩著紗網的頭。

「爺爺你不用說那種話啦，太麻煩了。」

每當慎一以半開玩笑的語氣說話，胸口就會激動得發疼，那種感覺就像有人硬是在扳動自己鬆動的乳牙。慎一回望著昭三，等待他開口。如果昭三又說了什麼，慎一打算繼續回嘴。但看樣子昭三似乎是放棄了，只見他的目光落在雪白的棉被上。

「你啊，腦袋瓜可不要胡思亂想。」

昭三的口氣聽來不像是在和慎一說話，更像是在對著棉被講話，或者是他擱在棉被上的那雙皺巴巴的手。這句話從腦中血塊愈來愈大的昭三口裡說出來，聽在慎一耳裡，簡直就像笑話了，但現在慎一就連笑都嫌麻煩。

「你記得我們的約定嗎？」

昭三又抬起頭，直勾勾地看著慎一。其實慎一根本想不起來是什麼約定，但還是點點頭，他只希望盡快結束這個話題。

昭三似乎根本不相信慎一，只聽他接著說：

「如果發生了什麼事，你一定要找大人商量。要找我也好，找純江也行。」

「我知道啦。」

慎一鼓起雙頰，笑瞇了眼，點點頭。昭三盯著慎一的臉看了幾秒鐘後，自己也點點頭，別過視線。

「純江應該還在附近吧。突然把她趕出去，真是對不起她啊。」

「我去叫她。」

慎一站起身，走出了病房。

自慎一大腦的深處響起耳鳴般的響聲，但慎一覺得那聲音似乎在自己的腦袋裡迴盪很久了。那是一種持續不斷的金屬聲，因為聲音很尖銳，慎一聽不出頻率，但那聲音沒有起伏，就像一根長長的針，一直保持在同樣的高度。純江就坐在走廊盡頭的長椅上。她的表情像在思考什麼，也像在回憶什麼，一直怔怔地望著自己大腿上並攏的雙手指尖，私毫沒有察覺慎一在接近她。以兩人現在的距離，純江應該聽得見慎一的拖鞋聲，但她並沒有望向他。慎一又走近了一些。她依然沒有察覺。慎一就快來到她面前了。純江還是沒有注意到。

這時，慎一感覺到那些最近一直聚集在自己身邊的東西變得稀薄起來，就快出現一條裂縫。但就在事情發生的前一秒，慎一注意到這件事，立刻停下腳步。站定之後，變稀薄的地方又漸漸轉為濃厚，再一次牢牢地包覆在慎一四周。

純江抬起臉來，看向慎一。

「爺爺說妳可以進去了。」

慎一微笑著走近純江。

（十一）

寄居蟹的小寶寶在凹洞的水坑裡健康地長大。

牠們的體長已經接近五公釐，唰，唰，唰地在水中游泳，並開始做出在水底找東西的動作。慎一猜說牠們會不會是在找藏身用的貝殼，但春也搖著頭說，「還早。」

「牠們只是在吃青苔啦。」

說完，春也眉頭緊蹙地別過頭去，一副很後悔和慎一說話的表情。

這天，春也久違地和慎一一起上山。

自從手臂骨折以來，春也還是第一次到山上來。

後來鳴海為了要練舞，放學後經常都是一個人離開校門。但偶爾遇上她不用練習的日子，她會和慎一兩人一起上山替水坑換水，觀察寄居蟹的小寶寶，有時她還會帶點心來吃，和慎一一時消磨時間到傍晚。

慎一現在已經很習慣那種在自己感官外頭覆上好幾層青苔的朦朧感覺，因此和鳴海在一起時，他不再像從前那樣動不動就心跳加速，因為她的一個小動作就看得入迷。不僅是慎一覺得輕鬆，鳴海似乎也比較喜歡和這樣的他在一起。鳴海一直很在意她父親交往的對象，有時候會心煩地說想知道對方是什麼樣的人，但慎一並不打算告訴她真相。

那些信大約以兩天一次的頻率出現在慎一的抽屜裡。信都是用以剪刀裁下的筆記本內頁紙寫的，內容千篇一律都是「去死」、「不要來學校」、「殺人兇手的孫子」之類的字句。每次收到信，慎一都會把信紙揉成一團，扔進垃圾桶，但後來他連這麼做都懶了，最近收到的三、四封信都還擺在抽屜裡。上課時即使瞥見了那疊信，慎一也不再感到悲傷或懊惱，他甚至還有點開心，很高興知道自己已經不會再受那些信影響。

「好像有點起風了。」

慎一轉頭對春也說，但對方並沒有回話。只見春也喉頭緊繃，嘴唇抿成一直線，一副吃了什麼難以嚥下的難吃東西的表情，始終低頭瞪著水坑。

今天，是慎一硬邀春也上山的。

——雖然你手臂骨折了，但是每天待在家一定很無聊吧？不如跟我一起上山吧。

起初，春也以他只有一隻手沒辦法爬山為理由，拒絕了慎一的邀約。但慎一不肯放棄，說如果遇上不好走的路段，自己可以拉春也一把，或者推他一把，但春也依然不願答應。

——我無所謂啦。我才不想去那種地方。

——你覺得膩了？

聽到慎一這麼問，春也想了幾秒鐘，回答：

——對啦，我膩了。

——你膩了也沒關係，就陪我一下啦。鳴海今天要上舞蹈課，應該也不能上山。

春也劉海下的眼睛不耐煩地瞪了慎一一眼。大約有五秒鐘左右，春也一動也不動。慎一今天之所以邀春也上山，其實是另有目的，但如今慎一很有自信，他知道無論春也再怎麼瞪他，也絕對無法從慎一臉上看出他的意圖。

——只要今天就好，陪我去啦。

春也最後終於死心了，心不甘情不願地點了頭。

放學後，他們一起走出了校門。

結果這天在爬山的過程中，春也一次也沒有借助慎一的力量。好幾次慎一想出手幫忙，但春也都以動作拒絕了，最後他全身髒兮兮地靠自己的力量爬上了山頂，就連左臂的繃帶都沾上了泥土。

「今天石頭不知道會不會呻吟呢。這麼說來，我們好久沒聽到這石頭呻吟了。」

春也點了頭，但他的動作很小，不仔細看難以察覺。

打剛才起，慎一一直在衡量說出那件事的時機。

究竟要在什麼時候、以什麼樣的方式說出來，最能夠達到效果呢？我應該裝作若無其事地說出口？還是該嘴角上揚，邪邪地笑著，以瞧不起人的口氣直接說？要不然，索性我突然站起來，直直地瞪著春也，食指指著他破口大罵？——春也一直瞪著水坑，悶不吭聲，臉上甚至不帶一絲表情。慎一看了漸漸按捺不住自己的心情。

「哎，春也。」

慎一向春也搭話，但春也並沒有反應。見到春也的態度，慎一心裡反倒有些開心。因為慎一知道春也一定做夢也猜不到自己接下來要說什麼，所以他才會擺出那樣的態度。慎一覺得自己的身體彷彿變成了一個貝殼，正被打火機給烤熱，一隻肚子被燙著的寄居蟹就要從自己嘴裡飛出來。牠將會高舉著尖利的蟹螯，赤裸裸地撲向春也。

然而，慎一突然又改變心意，他決定要先亮一下銳利的蟹螯給對方瞧瞧。

「寫那種信，好玩嗎？」

春也依然沒有任何反應。

慎一在心中納悶地歪起了頭。春也是在勉強忍耐嗎？還是說他是太過震驚了，嚇得一動也不敢動？

經過了一段時間，春也的臉終於緩緩地轉向慎一，只見他的黑眼珠滑向一旁，盯住慎一。慎一並沒有看漏春也的臉頰一瞬間變得有些僵硬。

「……你說什麼？」

「我是說你寫的信。」

慎一說話時的表情不帶怒意，也沒有笑意，顯得很平靜。

「對我做那種事，好玩嗎？」

一陣風吹動了兩人的襯衫衣角。在慎一的視野一角，水坑裡的水面泛起了淺淺的波紋。他們注視著彼此，兩個人都沒有說話，最後是春也率先別過頭去。慎一為了讓他回頭，又繼續說下去。

「做這種事，感覺很噁心耶。」

慎一以一副教訓人的口吻說話。因為他認為這麼做能為對方帶來更大的傷害，與更多的恥辱。慎一覺得自己彷彿是在用鋸子割劃對方的心臟，心頭湧上了一陣殘酷的悸動。

自己是什麼時候察覺這件事的呢？

慎一望著嘴唇緊抿著一直線的春也，在自己的記憶中回溯。

慎一覺得自己似乎早就對此知情，但也可能是最近才猜到的。對方原本都是用手直接撕下筆記本的內頁，一天卻突然改用了剪刀。那天，慎一第一次察覺不到勁。因為那和春也一隻手臂受傷的時間點恰好一致。不，他並不是在那天察覺到的，而是在那天確定了這件事。那他第一次對春也起疑是什麼時候？又是從什麼時候開始假裝對此不知情，選擇睜一隻眼閉一隻眼？——事到如今，這些事都已經無所謂了。現在的慎一只想恨恨地報復眼前的春也，給他重重一擊。

「一直做這種事，你不覺得丟臉嗎？」

慎一半帶嘲笑地說，等待春也惱羞成怒的那一刻來臨。春也會滿臉通紅地瞪著我嗎？

還是正好相反，他會一臉慘白地別過臉去，一句話也不說？

但這兩種情況都沒有發生。

春也依然面無表情，右手輕輕伸進了水坑。

春也把手抽出水中，舉到臉前，打量著自己的手。

「哎，春也——」

「寄居蟹還是小寶寶的時候啊，身體形狀很漂亮呢。」

「我還不曾這麼仔細地觀察過牠們。在之前的學校，放學後我經常一個人跑去海邊玩，那裡一天到晚都看得到寄居蟹的小寶寶。不過遠看和近看還是不一樣。」

春也在敷衍慎一，試圖要帶開話題。慎一絕不容許春也這麼做，他深吸一口氣，打算說些話來攻擊對方，但被春也搶先了一步。

「我一直覺得寄居蟹是一種好奇妙的生物，你不認為嗎？牠們究竟是從什麼時候開始需要那些貝殼的？還是小寶寶的時候，牠們身上不都沒背貝殼？大家都能像這樣輕快地游水。背上貝殼後，牠們的安全雖然比較有保障，卻也因此再也不能游泳了。到底哪一種生活比較好呢？」

一隻寄居蟹的小寶寶在春也的手心上掙扎跳動，尋求著水源。春也把手舉到鼻尖，直盯著牠看，但他的目光卻更像在看著極端遙遠的事物，視線迷離。

「我小的時候也跟牠們一樣。」

春也究竟想說什麼？

「我看了以前的照片，每張照片裡的我身上都沒有半點傷，總是一副笑得很開心的模樣。」

這些事和我又沒關係，慎一心想，他現在要談的是那些信的事。那些春也塞進慎一的抽屜裡的，一封又一封令人作嘔的信。

「春也——」

慎一話說到一半，看見春也突然握緊了右手，用指尖捏碎寄居蟹的小寶寶。春也再次鬆開手掌時，手心裡只剩下一些支離破碎的黑色殘塊。

「我不會再那麼做了。」

春也說到最後，聲音變成了嘆息。

「你不必擔心了。」

春也依然沒有望向慎一，又把右手伸進水中。他攤開抽出來的手掌時，上頭多了兩隻寄居蟹的小寶寶，牠們都在掙扎跳動。很長一段時間，春也都沒有說話，他只是以疲倦的眼神一直眺望著手心上那兩隻笨拙跳動的寄居蟹小寶寶。

「一切都令人好厭煩啊。」

不久，春也突然冒出這麼一句。

「家裡的事也好，在學校也一樣，同學都不和我說話。」

慎一聽了回說，「這只是你的藉口。再說，家裡的事姑且不提，在學校裡有我會和你說話啊。」慎一和春也感情一直很好。

春也沉默片刻後，點了點頭。

「這我要謝謝你。我一直都很感謝你。」

「那你為什麼要做那種事？」

「我也不知道。」

春也捏緊手指，同時壓扁了手心裡的兩隻小寶寶。

「我自己也不知道為什麼要把那種信放進你的抽屜裡，我沒有騙你，我是真的不知道。」

春也用手指搓弄著身體已經支離破碎的寄居蟹小寶寶，然後用吊在脖子上的白布擦了擦手。

「四年級的開學日，不是只有我和你背小學生用的那種硬皮書包嗎？雖然我隔天就換成了運動包包，但你卻沒有換書包。那時候，我很不希望在教室裡被你看到書包，我也不喜歡自己刻意不讓你看到書包的舉動。因為，你一直都對我很好。」

寄居蟹小寶寶的屍骸，在春也吊住手臂的白布表面留下了一條殘缺的黑線。

「我的這隻手臂會受傷，其實不是因為車禍。」

春也的聲音聽起來空洞洞的，彷彿他放棄了什麼重要的東西。

「是我爸弄的。他說討厭家裡有小孩子在，就對我動手了。當時真的痛斃了，我還以為自己要死了。」

春也把手伸進水坑，又抓了新的小寶寶。

「你在想什麼事，我很清楚。我知道你已經開始討厭我了。我們在這裡對寄居神閉目合十的時候，你心裡在想著我的事，對吧？你希望有壞事發生在我頭上，對吧？可是啊，如果就連你都討厭我，這下我真的是無處可去了。」

春也深深吸進了一口氣，就像是要把體內的空氣都抽換掉似的。只見他一面吐氣，一面繼續說：

「所以啊，當時我決定要實現你的心願。我故意反抗我老爸，讓他狠狠把我揍一頓。」

春也再次握緊了右手。

「嗯，不過現在想起來，這搞不好只是我給自己找的藉口啦。或許我早就想反抗我老爸一次，想把我心裡的話都說出來。」

春也緩緩鬆開拳頭時，寄居蟹的小寶寶在他的手掌上微微掙扎。但春也漫不經心地把手心往褲子上抹。

「我老爸的業績好像很差勁，工作一直沒起色。很久以前，我在半夜聽到他和我老媽提起這件事。……他們可能以為我睡著了，但是他們說話嗓門那麼大，誰能睡得著啊。」

春也弓著背，整個人像洩了氣似的，將手抵在水坑的邊緣。

「為什麼就不能順利一點呢？」

春也沒有意義地用手指輕彈水面一角，低喃著說：

「為什麼所有的事都這麼不順啊？」

說著，春也突然揮動握成拳頭的右手，朝自己臉上打去。慎一完全無法理解他的舉動。

「我到底該怎麼辦才好呢？我受不了了。」

春也再次抬起右手，用手背拍打自己的臉。這時慎一總算明白春也原來是在擦眼淚。由於春也始終稍稍背向慎一，他看不見春也的眼睛。

慎一不由得別過臉去。

在他覆滿青苔的感情中心，有個聲音在說話，但慎一並不想去聽那個聲音。他下巴緊繃著，嘴唇抿成一直線，一直死瞪著眼前的大石頭。他的目光隨著岩石表面的起伏前進，集中精神在這個沒有意義的行為上。

慎一想要憎恨春也。因為他愈是憎恨春也，事後回想起現在對春也的報復時，心情想必也會愈舒坦，心裡一定會更痛快。然而，在慎一心底響起的那個聲音卻愈來愈宏亮。雖然慎一無法聽清楚那聲音在說什麼，但是他知道那個聲音一直以同樣的抑揚頓挫，在他的耳朵深處不斷重複說著同樣的話。慎一不想聽都無可奈何。眼底深處，幾個畫面開始不斷播放。慎一在角角後門被埋在啤酒籃底下，兩人捧腹大笑，笑到肚子發疼的回憶；兩人一起爬上建長寺後山時所看到的風景；兩人並肩望著十王岩的情景；春也從海水窪撿起的五百圓硬幣；兩人像在競走似地直奔超市買來的草莓；春也用五百圓剩下的找零買下的洋芋片。——春也猛地把臉埋在膝蓋上的右手臂裡，不出聲地哭泣著。肩膀隔著T恤不時微微顫動，從手臂之間傳出他急促、不規則的呼吸聲。

為什麼所有的事都這麼不順啊？

春也的話依舊在慎一的心中反覆迴盪。就像起了共鳴一般，慎一的聲音不知不覺和春也的聲音交疊在一起，等到回過神時，慎一的胸口已經密密麻麻地塞滿了無數相同的心聲。這是為什麼啊？我該怎麼辦才好呢？我們究竟該怎麼辦才好？

這時，慎一的視線一角有個小東西在移動。

原來是一隻寄居蟹爬上了水坑的邊緣，探出頭來。是那些小寶寶的媽媽——那隻背著白貝殼的母蟹。

慎一看著那隻寄居蟹。他知道一旁的春也也抬起了頭，和他在看著同樣的東西。

慎一感覺在兩人之間有某種意念的交流。儘管那意念無法以言語來形容，但卻很穩固，擁有確實的形體。

不久，彷彿被引導出來似的，慎一聽見有聲音發自自己的口中。

「我們來向寄居神許願吧。」

春也的頭抖了一下。

慎一把相同的話又說了一遍，這次他確實是以自己的意志開口。

「我們來許願吧。」

經過一陣漫長的沉默，春也回說：

「誰要許願？」

不等慎一回答，春也又說：

「你也有願望想讓寄居神為你實現吧。」

自己想請寄居神實現的心願……

「我一直有這種感覺。」春也說。

兩個人都沒看對方的臉。

春也瞪著水坑邊緣的寄居蟹，繼續說下去：

「不管是什麼樣的願望，我想寄居神都會為我們實現的。」

不管是什麼樣的願望……

「你先來好了。等你的願望實現了，我再說出自己的願望。」

春也的低語呢喃，一字一句宛如毒液般透過慎一的耳朵滲入他的大腦中心。

「……你會怕嗎？」

儘管這是個意義不明的問題，但是對兩人而言，這句話的意思再清楚不過了。慎一下腹使力，操使著僵硬的下巴回答：

「我才不怕。」

我根本一點都不怕。要是害怕了，自己的願望就無法實現。永遠都不可能實現了。

視野一角，春也飛快地伸手抓起那隻背白貝殼的寄居蟹。慢了一拍的慎一轉過頭去時，春也已經將寄居蟹握在手中，站起身來。

「那就來吧。」

兩個人繞到石頭後面去。

他們肩碰著肩，不發一語地蹲下身去，小心不讓四周的風吹熄火焰。慎一把寄居蟹擺在鑰匙上，春也把打火機的火苗湊過去。雖然期間火苗一度被風給吹熄，但春也立刻又擦動了打火石。慎一用空出來的那隻手幫忙擋風，近得簡直就像要握住火焰。

「你的願望是什麼？」

自己的願望，希望有人能為自己實現的願望。

寄居神可以辦得到的願望。

「是我媽媽的事。」

慎一說話時，一小滴水掉了出來，灰色的蟹螯自白貝殼的開口探出來，但蟹螯立刻又縮回了殼裡。

「是我媽媽和鳴海爸爸的事。」

春也拿著打火機的手微微晃了一下，但他並沒有轉頭來看慎一。在慎一說話的期間，春也既沒有開口，也沒有點頭，只是一直以打火機的火焰烤著寄居蟹。

在沿海公路看見媽媽坐在鳴海父親車上的事，媽媽的舉止變得和從前不一樣的事，她變得經常晚歸的事，還有鳴海父親公司的地點，他開什麼樣的車——一句話引導出下一句話，一個詞連接到下一個詞，慎一將那些塞滿自己心中的千頭萬緒一個接一個說出來。慎一告白說鳴海掉的那把鑰匙在自己手裡，他用那把鑰匙潛進了車子的行李廂。他把自己當時所看到的景象，所聽到的聲音，全都告訴了春也，包括媽媽和鳴海父親進去的那棟建築物，以及那棟建築物的位置。慎一說話的速度愈來愈快，他一直瞪著眼前的火焰，就連呼吸都忘了地說個不停。星期六，媽媽總是和鳴海的父親見面。這個星期他們或許又會見面。那兩人或許又會開車進去那棟建築物。

兩隻蟹螯同時從貝殼開口探出來，一瞬間看似沒有動靜，但下一秒寄居蟹整個身體迸跳在空中。牠掉下地面後，慎一迅速地用左手蓋住牠。母蟹死命掙扎，掙扎，掙扎，彷彿要撕破慎一手上的肌膚，先是衝撞著他大拇指的指腹，之後又轉而攻擊他的小指根部，為了尋求出口，牠在慎一的手做成的牢籠中爬動亂竄。慎一漸漸收緊左手的手指，母蟹無路可逃，掙扎得更加激烈。

春也拿出藏在石頭後面的黏土，扯下一塊，光靠一隻右手便靈巧地捏出一個台座來。

「那麼，你希望怎麼做呢？」

春也一面說話，一面將做好的台座固定在地面上。慎一抓起不斷踢動著八條腿的寄居蟹，牢牢地將牠固定在台座上。母蟹沒有片刻停止靜扎，牠發瘋似地使出全身的力量扭動著身體，試圖從台座上逃走。

「你希望寄居神為你做什麼呢？」

慎一感覺自覆滿青苔的感官深處，猛地衝上一個宛如怪異腫瘤的塊狀物。他不由得咬緊牙關，死瞪著那隻掙扎的寄居蟹，屏住了呼吸。

我不怕，我什麼都不怕。

所有的事都會因此順利起來的。

慎一對著台座雙手合十。他閉上眼睛，緩緩地吸進一口氣……

「我希望鳴海的父親——」

他說出了自己的心願。

「可以從這個世上消失。」

之前一直吹拂而來的風，此時突然停了。四周靜謐無聲，彷彿這世上就只剩下自己、春也和那隻寄居蟹，其他的生物全都消失無蹤。慎一聽見自己的心跳從耳朵後方傳來。春也拿起打火機，咻地一聲擦動打火石。聽到這個聲響，慎一全身的血液彷彿一齊豎起了耳朵。

「燒死牠。」

火焰中，那隻母蟹全身扭動，依舊試圖逃下台座。慎一眼睛微睜，覺得眼前的寄居蟹彷彿生了一張人臉，牠猛烈揮動著一對蟹螯，正凶神惡煞地瞪視著兩人。即便置身在橘紅色的火焰之中，寄居蟹的動作依然沒有停下，反倒掙扎得更加激烈，但最後牠就像機器用光了電池，動作愈來愈小，最後只剩下腿部還在微微顫動。

沒多久，牠的腿也不再踢動了。

慎一把被燒燙的家中鑰匙收進口袋之後，拿出了從鳴海那偷來的鑰匙，擺在地上。春也瞥了一眼那把鑰匙，悄然無聲地站起身來。天色變得黯淡，樹蔭幾乎與地面融為了一體。

兩人下了山。

回到家後，純江告訴慎一，她星期六可能又得晚歸了。

（十二）

星期六的下午……

慎一在空無一人的起居室坐下，看著單薄的玻璃窗被風吹得晃動不停。

在廚房的鍋子裡，有純江昨晚事先做好的咖哩，但是打從慎一上完第四節課放學回家後，他還沒打開過鍋蓋。很奇妙的，他一點都不覺得餓。即便在起居室坐了那麼久，他的肚子還是一點都不餓。他甚至覺得，或許自己可以就這麼一直什麼都不吃。

昨晚做咖哩飯的時候，純江打開流理台下方的櫥櫃，發現水果刀不見了。之前那把水果刀就和萬用菜刀一起插在櫥櫃門內側的刀架上。

——阿慎，你是不是拿去用了？

慎一搖了搖頭，回問是不是她拿到醫院去給昭三削蘋果了。純江笑著說不記得有這件事。接下來好一段時間，只見純江打開大大小小的櫥櫃，檢查了瀝水籃，最後她來到起居室，跪坐在慎一身旁，盯著他的臉問道：

——你真的不知道水果刀在哪裡？

慎一認為當時自己的演技簡直是精采絕倫。他擺出有點不開心的表情，雙眼用力，直勾勾地瞪著對方幾秒鐘，像是不知該說些什麼，然後，他輕輕地咂舌一聲。

——我不是說不知道了嗎？我拿那種東西要幹嘛？

說完，慎一依然沒有移開視線，結果純江輕輕點了頭，向他道歉。

那晚，純江好幾次欲言又止地望向慎一，但他一點也不以為意。再半天——自己只要再演半天就好。到時候，一切都會開始好轉的。寄居神會為自己實現心願的。

其實廚房的水果刀不是昨天夜裡才失蹤，不過是純江晚上才發現。其實那把刀早上就不在刀架上了。慎一把刀帶去學校，放學後一個人爬上山頂，把刀子擺在石頭的後面，當作是給寄居神的供品。當時車鑰匙依然還在地上。不過想必那把鑰匙此刻已經和水果刀一起消失了吧。已經被寄居神給帶走了吧。慎一如此深信。

玻璃窗又在晃動了。

慎一望向牆上的時鐘，才剛過下午四點。偏偏今天時間過得格外緩慢。前些日子，慎一只要稍微發個呆，一、兩個小時就過了。不，今天其實也一樣。慎一以為自己才出家門，下一秒班導吉川已經指著黑板上的教學海報在講什麼，慎一看著看著就發現下課了。這樣的情形重複了四次，等他回過神時，發現已經放學了。自從在山頂焚燒寄居神以來，這三天轉眼就過了。但是今天慎一回到家後，時間的流速突然慢了下來。

快點啊——夜晚能不能快點來啊？

能不能快快實現我的心願啊？

然而，時鐘的指針彷彿出了什麼差錯，移動得很緩慢。慎一愈等愈不耐煩，實在無法坐著枯等，他雙手抵在餐桌上，猛地站起身來。

那天之後，慎一再也沒有和春也說過話。在教室裡他們也不曾對上視線。然而，他們兩人想必都不曾像這三天這般，如此強烈地在想著對方吧？

如果今晚慎一的心願實現了，接下來就輪到春也了。等到星期一，再和春也一起上山吧。在石頭的水坑裡還剩下幾隻寄居蟹呢？那些小寶寶的父親應該還在那裡。下次就和春也兩個人一起把那隻公的寄居蟹給烤出來吧。把牠固定在台座上，讓春也許下心願。春也的心願會是什麼呢？……不，這慎一已經很清楚。一定是他父親的事。除此之外，再沒有其他可能。

我不怕。我什麼都不怕。

慎一離開起居室，走進他和純江共用的房間。

他望向西邊那扇窗簾拉上的窗子。要再等幾個小時，橘色的夕陽才會從那窗簾縫隙間射進來？究竟要再等多久，西邊的天空才會像慎一第一次在客貨車的行李廂聽見純江的聲音時那般豔紅呢？

慎一索性躺在榻榻米上。他左邊的胸口在砰砰作響。慎一納悶著為何自己明明是仰躺著，呼吸聲卻彷彿是在耳畔響起。自己的心願就快實現了，所有的一切都會順利起來。慎一注視著天花板，感覺腰至後背一帶有種刺刺麻麻的感覺，就像有一股微弱的電流在自己身上流竄。

慎一的頭轉向一側，一只白色紙盒映入了他的眼簾。那盒子是什麼時候擺到牆邊去的？是純江擺過去的嗎？那球棒，手套，和棒球。慎一撐起上身，以屁股為重心翻過身去，用右腳的腳跟狠狠地踢了那紙盒一下。紙盒中玻璃碎裂的觸感傳回慎一的腳上，他感覺一股近似囓咬的刺激興奮感自下腹一帶竄過。

時間一定又過去很久了吧。慎一抱著這個期望，轉頭望向擺在純江梳妝台上的小座鐘，結果心中一陣失望。時間還不到四點半。從剛才到現在，時間還沒過去三十分鐘。夜晚真的會降臨嗎？慎一不禁起了疑心。他嘆了長長的一口氣，站起身來。

慎一拉開壁櫥的紙門。在壁櫥的上層，收著兩人份的被褥。

慎一用雙手摸了摸純江的被褥，把臉湊近，用鼻子和臉頰感覺著棉花柔軟的觸感，然後深深地吸進一口氣。純江的髮香在他的胸膛裡瀰漫開來。就是這個味道滲進了那輛客貨車的副駕駛座裡。慎一拚命地吸氣，吸氣，感覺喉嚨深處都在發疼了。他先讓純江的味道充滿自己的整個身體，再呼出空氣，接著立刻又把臉埋進被褥。這回他用比前一次緩慢的速度吸進空氣。不管是鼻腔深處，喉嚨，胸膛，腹部，他的背，甚至是他的指尖和腳尖，慎一的全身上下都沾染了那個味道。慎一閉上眼睛，試著像平常那樣呼吸。他把臉貼在被褥上，將全身的感官集中在這裡，他謹慎地呼吸吐納，不讓全身上下的味道散開。慎一感覺腰部以下開始變得軟綿綿的，沉浸在這比睡眠更加舒坦的快感中，直到這一刻，他總算得以忘了時間的存在。

就在這段時間裡，自己的心願將會實現。

就快了……就快了。

不知不覺間，慎一的眼底浮現了寄居神的身影。那景象是如此清晰，甚至比慎一打出生以來見過的任何光景都來得鮮明。寄居神拖著扭曲的腹部躲在停定的車子中，屏住鼻息地藏身在行李廂裡。日光燈管的白光穿過後窗玻璃，打在牠濕漉漉的灰色腹部上。那輛客貨車就停在那棟有著粗陋拱門的建築物的停車場裡頭。不久，鳴海父親和純江回到車上。兩人的行動都比下車時更憊懶一些，他們輕聲地和對方說了一、兩句話。純江把身體靠上副駕駛座的椅背，怔怔地用手指撫平有些蓬亂的頭髮。

引擎發動了。躺在行李廂的寄居神一側身子感覺到車子的震動。車子開動了。接下來車子會在哪裡停車呢？鳴海父親會在哪裡放副駕駛座上的純江下車呢？

不久，車速漸漸慢下來，車子停了下來，但引擎還發動著。兩人又短短聊了幾句話後，純江打開副駕駛座的車門。不過在那之前，或許又會聽到一、兩次那種黏答答的聲音吧。埋伏在行李廂的寄居神或許也會聽到那個聲音。

純江下了車，朝慎一在等待的家中走去，她纖細的背影在小巷中漸漸遠去。

客貨車在夜色上再次開動。鳴海的父親似乎在回想著什麼，一臉滿足地握著方向盤，嘴角或許時不時會向上挑動。在他那張討厭的臉後頭，寄居神緩緩起身。

寄居神無聲地拖著冰涼的腹部，翻過後座椅背。帶著腥臭的呼吸聲慢慢逼近駕駛座的後方，但鳴海的父親並沒有注意到，他握著方向盤，眼睛依舊盯著前方的夜路。寄居神從背後一直打量著他鬆開領帶的襯衫領口。用祂那雙像是蘋果糖的突出眼珠，緊緊盯住。不久車子駛近紅綠燈，鳴海的父親將腳擺在煞車踏板上，車速漸漸減緩，駕駛座後方的寄居神像是等不及了，抬起了右邊的蟹螯。車子繼續減速，寄居神的眼珠開心地顫動起來，鼓脹為原來的兩倍大小，長著無數觸手的嘴巴動個不停，寄居神出聲了，但祂發出的聲音誰也聽不見。四周沒有其他車輛，不管是前方還是後方，都不見任何來車的車燈。車子在紅綠燈前停下。鳴海的父親盯著擋風玻璃的前方看。寄居神靜靜地舉起蟹螯，瞄準他的脖子。祂像繃緊的彈簧般仰著身子，下一秒，銀色的蟹螯迅速地劃出一道圓弧。鋒利的刀刃一口氣切斷了襯衫領口下的脖子，伴隨著一聲短促的慘叫，鮮血四濺……

慎一感到興奮難耐，忍不住喊出聲來。

他把臉深埋在被褥裡，不斷地發出聲音模糊的吶喊。慎一簡直開心極了。他握緊雙拳，身子顫動，並不時鬆開手指交握在胸前，不住地高聲叫嚷著。一股尖銳又暢快的發麻感在他的全身上下來回流竄。就快了。自己的心願就快實現了。不，或許自己的心願此刻已經實現了也不一定。那之後又過去了多久呢？慎一的雙拳在胸前顫動，他想去座鐘前面確認時間。他轉過身，跪下去，探頭去看梳妝台上的座鐘，但是在慎一確認指針的位置前，他瞥見了鏡子，那是……

那是誰？

一個他從未見過的少年頂著一張五官扭曲的臉，正在鏡子中瞪著他看。那人的臉頰不自然地挑起，牙齒自雙唇間露出來，上下排牙齒間牽著唾液，雙眼瞪得老大，眼珠子都快掉出來似的。

除了那張臉以外，所有的東西都自慎一的視野中抹去。就像某條神經繃斷了似的，慎一失去了所有的感覺。

下一秒，一種情緒覆上了慎一的全身。

那是純粹的恐懼。慎一的下巴打顫，喉頭發出了沒有意義的喊聲。結果鏡中的少年也抖動著下巴，露出了牙齒後方宛如深洞般的咽喉。

慎一感到驚慌失措，直想別過臉去，但他就是做不到。他和鏡中的少年四目相對，一動也不能動。他全身的脈膊都在猛烈跳動，呼吸變得急促，宛如肺部突然縮小一般；尖叫聲自咽喉深處不斷湧上，彷彿隨時都要撕裂他的脖子衝出去。

玄關門外，傳來汽車的引擎聲。

搞不好就是鳴海父親的客貨車。他可能是送純江回來。慎一緊張地注意門外，鏡中的少年也在同時間移開視線。慎一轉過身，猛力撥開入口處半掩的拉門，光著腳衝出玄關大門。天空已經被染成了橘色。只見一台小卡車沐浴在夕陽下，停在隔壁鄰居的家門前，似乎是來送快遞郵件的。原來並不是鳴海父親的客貨車。

自己的心願不可能會實現的。心中的願望怎麼可能會成真呢。慎一心中開始萌生與剛才截然不同的想法。然而，寄居神的身影卻彷彿深深烙印在他的眼球之中，那些景象依然清晰鮮明。他聽見了聲音。他彷彿還聽得見在山頂上時的聲音。

——那麼，你希望怎麼做呢？

自己的心願不可能會實現的。

——你希望寄居神為你做什麼呢？

自己心中的願望怎麼可能會成真呢。

慎一感覺自己的感情——一直以來受到層層保護的感情，彷彿在心中赤裸裸地現身了。那鮮紅潰爛的，僅以一層薄膜隔開的感情，突然在自己體內發出了恐怖的尖叫聲。尖叫聲不斷拔高，在刺激著慎一的耳朵內壁，逼使慎一忍不住真的喊叫出聲，以試圖蓋過那些尖叫。慎一的尖叫在那堵無形的牆上劈開了一條裂縫，而他一直以來拚命壓抑住的情感洪流在瞬間衝開了裂縫，宛如大浪，雪崩似地傾洩而出。

在自己意識到之前，慎一已經衝進玄關。他的右手抄起腳踏車的鑰匙，人再次奔出大門。他一把拉過了腳踏車的車頭，順勢讓車身轉向，整個人跳上座墊。天空又添了幾分豔紅，四周景物的輪廓愈來愈模糊。慎一在夜色逼近的小巷中全速前進，急奔春也家所在的公寓。一抵達公寓前，慎一立刻放倒腳踏車，一口氣衝上公寓的階梯，跑到門牌上寫著「富永」的那戶人家門前。慎一毫不猶豫地摁下門鈴，但屋內沒有任何動靜。他再次摁下門鈴，這回等不及對方回應，便迫不及待地拍起門來。沒人應門。沒人為他開門。慎一從旁邊的小窗往裡看，屋裡一片昏暗。慎一忍住瞬間湧上眼眶的淚水，轉身跑下了公寓階梯。

他扶起地上的腳踏車，再次踩動踏板，走距離最短的路線來到沿海公路，一騎上公路，一陣強風從海上襲來，由下方吹起慎一的身子，他趕緊踩穩地面，在千鈞一髮之際穩住平衡。路旁的街燈已經亮起，但慎一趕在天色完全暗下來之前抵達了角角。聳立在眼前的大山已經化作一片黑影，像是被人從這幅景色中剪去。慎一拋下腳踏車，衝向店的後門，穿過那塊寂靜狹長的空間，鑽進樹林。從他微張的嘴裡，不斷冒出沒有意義的呻吟。慎一忘我地爬上山路，陣陣強風從他腳邊吹過，不時吹起他的身子。每遇強風來襲，慎一都趴下身去，穩住身子。在山的另一頭，太陽終於開始消失了身影，從身後悄悄逼近的夜色準備將周圍染得一片漆黑。月亮尚未現身。要不就是已經升上天空，但被雲層給遮蔽了光華。四周變得愈來愈昏暗，慎一仰頭打量前方的路。山勢和樹木的輪廓宛如一隻長滿粗大鱗片的巨大生物的背脊。

慎一腳下數度打滑，擦傷了手掌和手肘，但四周已經黑得使他無法確認自己的傷勢，不知道自己是不是流血了。慎一奮力擺動手腳，朝目的地前進。他氣喘吁吁，不管再怎麼吸氣都覺得氣悶。慎一不止一次地呼喊著春也的名字。不知何時，他的淚水混合了自額上垂落的汗液，在鼻子兩旁淌下。淚水止不住地泉湧而落。這時，一陣格外強勁的風從身後來襲，在慎一耳中激起陣陣轟鳴。強風一路竄上山坡，在慎一耳中的空氣浪潮消失的瞬間，他聽見一聲低沉的呻吟自看不見的山頂傳來。

心願不可能會實現的。

心中的願望怎麼可能會成真呢。

那把水果刀和車鑰匙一定還擺在那塊大石頭的後面。

當慎一來到樹根階梯處時，四周突然亮了起來。回頭一看，原來是白色的弦月自雲層後頭探出臉來了。慎一爬上階梯，來到那個地方。無數的一人靜沐浴在月光下，閃耀著白色的光輝。慎一跑過那片花海，又一陣強風吹來。花兒們一齊伏下身去，細長的葉片不住地大力拍打著。

石頭在呻吟，整個地面都在呻吟。那呻吟從地底沿著慎一的雙腿向上竄，在他的體內迸發開來。

慎一一面喘著氣，一面喊叫著衝到石頭後面。

——不見了。

鑰匙和水果刀都不見了。不過這可能只是因為天色暗了，自己沒看清楚。慎一趴在地上，大口喘著粗氣，在石頭四周察看著。心臟在肋骨內側狂暴地迸跳著，就像一隻試圖逃走，不斷以身體衝撞牢籠的猛獸。月亮在頭頂現出全部的身影，為慎一照亮了地面。哪裡都沒看見。原本擺在一起的鑰匙和水果刀都不見了。那是什麼？月光照耀下，慎一看見地面被畫上了一些線條。是字，是很多字。那是……

有人似乎用銳利的刀鋒在地面寫下了無數的「ね」字，由左至右，寫到一定的數量，又另起一行，繼續由左至右寫著「ね」字。寫到後頭，「ね」字的右側愈寫愈擠，就像寫字的人迫不及待地想寫下一個「ね」字，而縛住直線的繩索彷彿也愈收愈緊。

慎一蹬地轉過身，跑著離開了石頭後面。他快速跑下斜坡，結果趾尖被粗大的樹根給絆倒，他一腳踩空，左肩硬生生地撞上樹幹。衝撞的力量令他不由自主地翻過身去，月亮在他視野中繞了一圈，下一秒，自後背傳來一陣堅硬的衝擊。伴隨著一聲短促的哀嚎，肺部的空氣從慎一的嘴裡衝出來。他本想立刻起身，但瞬間又趴伏在地，一聲呻吟自他的齒縫間擠出來。在他的背部右側，在肩胛骨的下方一帶，傳來一陣宛如刀傷的劇痛。可能是他後仰倒地的時候，背部被尖銳的石頭給刺傷了。慎一咬緊牙關，用額頭抵住地面，靜靜地等待第一波的劇痛過去。然後，他發出一聲比剛才的呻吟要宏亮的吶喊，雙手抵在地上，撐起上身。來不及了！現在幾點了？我離家以後時間又過去了多久？我的願望會成真的。再這樣下去，寄居神會實現我的願望的。他頭頂上方的樹枝，看上去就像夜空表面的無數裂痕。

慎一像四足獸般一股作氣地跳起身來，之後再也不用手去撐地面，他抬起下巴，將渾身的力量集中在背後，奮力衝下山去。他盡可能不去感覺背上那陣像是緊追自己而來的疼痛，一路摸黑避開了樹幹和巨大的岩塊跑下山去。月亮再次隱身在雲層後頭，眼前的廣闊海洋就像個巨大的黑洞。風彷彿是一堵堵牆，斷斷續續地迎頭阻擋慎一。風聲近似淒厲的尖叫聲，狂風在枝葉間肆虐，整個山林的樹葉如怪物怒吼般一齊鼓噪。慎一就連自己的呼吸聲和腳步聲都聽不見，他甚至無法睜開眼睛。慎一好幾次腳下踩空，在坡道上跌跌撞撞，膝蓋、手掌、肩膀都碰傷了，但每一次他都奮力爬起來，一路以山下為目標狂奔。不久，林木間隱約出現沿海公路上的路燈光亮，他總算回到角角的後門空地。

慎一沒有停下腳步，一路鑽過店旁，穿過停車場。他扶起腳踏車，直接翻身上車，猛踩踏板。他覺得呼吸困難，肺部彷彿失去了知覺，肚子裡像是塞滿了冰塊，冰冷的感覺流竄全身，他的手腳漸漸麻木。腳踏車數度被海上颳來的狂風給吹歪，但慎一仍舊繼續猛踩左右踏板。寄居神。拖著灰色的腹部，一直埋伏不動的寄居神。祂右側的蟹螯反射出冷冷的月光，兩隻凸出的圓眼睛看著不同的方向，正開心地動個不停。那張周圍長滿觸手的嘴巴在蠕動著，祂是在對人在遠方的慎一說話。我會實現你的心願。我馬上就替你實現心願。

前方駛來一台車，與慎一擦身而過。

因為慎一正好來到兩盞路燈的中間路段，在車子駛近之前，他只看得見兩個車燈，無法認出車種。然而，慎一的雙手反射性地做出動作，握住了左右煞車。輪胎發出哀嚎，腳踏車側向一旁停了下來。慎一回過頭去。在剛才駛過的車子穿過街燈底下的那瞬間，他看見了車頂上的貨架。但，真是那輛車嗎？很可能只是外型很像，但並不是同一輛車。不，是那輛車的可能性比較大。

沒有猶豫的時間了。慎一立刻調過車頭，去追那輛車頂裝有貨架的車子。但只見車子的紅色尾燈離慎一愈來愈遠，怎麼想都不可能追得上。慎一既懊惱，又恐懼，他叫嚷著猛踩踏板，但是車子尾燈漸漸與他拉開了距離，最後消失在前方的黑暗中。儘管如此，慎一依然繼續踩動腳踏車，風打在他的全身，他竭盡全力地緊握車頭把手，踩動踏板的雙腿已經失去了知覺。慎一再次來到角角前面。他沒看見那輛車。那輛車轉彎了嗎？那會不會只是與自己無關的車？再往前走，就會來到通往慎一家的小巷子。要在那裡轉彎嗎？或是直接略過，一路騎向前？還是索性去之前鳴海父親停車的那個海邊？去再遠一點的那棟有拱門的建築物？慎一感到不知所措，就在他抬頭瞪視前方之際，腳下的踏板突然失去阻力，雙腿就像在踩在空氣上，齒輪在空轉。

是腳踏車鍊條鬆掉了。

慎一啪答啪答地以雙腿踩住地面，滾下車般跳下腳踏車。他在踏板旁蹲下，手伸向鬆脫的鍊條……這時，他在這條路的前方看見了什麼。

慎一立刻轉身向前。

是車子的尾燈。在這條路的盡頭，亮著紅色的車尾燈。車燈並沒有動。那輛車停下來了。慎一立刻丟下腳踏車，拔腿就跑。

尾燈的紅光愈來愈鮮明，慎一繼續往前，看出是一輛車正靠左側暫停。一旁的路燈把那輛車和周圍的景物給照得發亮。車頂裝了貨架。整輛車的形狀也和鳴海父親的客貨車很像。慎一喘得上氣不接下氣，以全速衝向那輛車。在車子的左側，站著一個纖瘦的人影。

是純江。

純江似乎是剛下車，又被車上的人給叫住，只見她一隻手壓著被風吹亂的頭髮，把臉湊近車窗，和對方說了什麼。

趕上了。

慎一奮力邁動著彷彿隨時都會倒下的身軀，繼續朝那輛車跑去。純江後退一步，離開車子。車頭向右移動，像是要打橫地停在巷子裡，但下一秒車頭緩緩轉向慎一，車子往後退。慎一已經可以清楚看見圓錐形的頭燈。光束轉向慎一，一瞬間直直地打在他的臉上。掉過車頭的客貨車正往慎一的方向開來。

此時，車上只剩下鳴海的父親。不，行李廂裡還有一個人。是右側蟹螯閃著銀光的寄居神。

快停車！──慎一忘我地大喊出聲，但風的咆哮蓋過了他的聲音。車子漸漸加速，朝慎一駛來。快停車！──慎一又喊了一次，但結果還是一樣。媽媽！慎一的膝蓋在打顫，雙手緊緊握成拳頭，慎一不斷地扯開喉嚨大喊。媽媽！

「……春也！」

車燈漸漸接近慎一，就要從他的身旁駛過，消失在身後的暗夜中。

只能趁現在了。

慎一知道要是讓那對車燈通過自己身旁，一切就太遲了。

只能趁現在。

慎一閉上眼睛，放聲大喊地衝到逐漸逼近的車燈前方。宛如悲鳴的煞車聲劃破了空氣，眼皮另一側是一片白茫的世界。慎一全身受到一陣從未經歷過的，也無從想像過的巨大衝擊，雙腿騰空飛離了地面。慎一不知道當時自己是否睜開了眼睛，但他看見了幾個光點在眼中打轉，幾抹暗影在旋轉。接著，慎一全身上下再次受到一陣強烈衝擊。

慎一隱約聽見有人在說話。

是個男人的聲音。對方死命地在喊什麼。接著，他聽見另一個聲音。

「……阿慎！」

是媽媽。

「……阿慎！」

大概是媽媽吧。

淡淡的光線再次出現在慎一的視野之中，但他的視線依然不是很清晰，彷彿只要一不留神，所有的一切又會再次消失。他全身上下沒有任何感覺。自己明明剛被車子直接撞上，全身上下卻什麼都感覺不到。慎一聽見浪濤聲。眼前一片白茫，籠罩在一道炫目的白光之下。那是車燈的光線嗎？在與白光相距甚遠的上方，慎一看見了淺黃色的弦月。月亮飄浮在陰暗如水底的天空中央。兩人的聲音愈來愈小，像被封住了似的。慎一的視野再次變得朦朧，白光和弦月都在逐漸遠離，不久，他眼底的一切就會完全消逝，但就在事情發生的前一秒——

在跪在自己身旁的那兩人背後，慎一看見了一個影子。

那個影子動作僵硬而笨拙。

那影子正在後退，愈退愈遠。

祂的一隻手上——不，該說是腳吧——有個細長的三角形物體在月光下閃閃發光。

最後，那影子像是對什麼事死心了，背過身去。

以僵硬不自然的動作，朝大海緩步走遠。

這是慎一所記得的最後的光景，接下來他的視野陷入一片黑暗，一切的聲音和聲響都消失了。

(!)

終章

「……要喝麥茶嗎？」

純江從紙袋裡拿出水壺問道，慎一搖了搖頭。

「現在不想喝。」

純江點點頭，又把水壺放回腳邊的紙袋。自那天之後，媽媽的表情和舉止突然多了幾分倦意，令慎一看了很心疼。

明天以後，媽媽會變回原來的樣子嗎？還是她永遠都會是這樣子了？

「出發晚了一點。不知道幾點才能到那裡啊？」

慎一含糊地敷衍一句，望向車窗外的風景。開往車站的公車奔馳在沿海公路上，無垠的大海正在等待著逐漸到來的夕陽。

夏天的高潮一過，雖然天氣依舊炎熱，但是沙灘和岩岸都像已經筋疲力竭，一片寂靜。走道另一頭的車窗外，小鎮看上去也漸漸失去活力。

「四十九日（註）是什麼？」

慎一看著大海問道。他等了一會兒，才聽到純江回答：

「媽媽也不是很清楚。」

「一般人都不知道四十九日的意思嗎？」

「這我也不知道……」

就算不知道四十九日的意思，大家還是能擺出一臉煞有介事的表情嗎？他們只是裝出一副什麼都懂的模樣，假裝知道和尚每個手勢的意義，每句念誦的經文？慎一的腦海中一一浮現在昭三的四十九日法會上見到的親戚的面孔，感覺有個濕濕滑滑、沒有形狀的東西堵在自己的喉頭。

守靈夜和告別式都只有親人參加，席間除了純江，幾乎不見任何人掉淚。只有在昭三瘦削的遺體被送進火化爐時，才聽到幾個人啜泣了幾聲。在家中舉行四十九日的法會時，已經沒有任何人哭泣。親戚們各自聚在一起閒話家常，聊天敘舊，一會兒大笑，一會兒開心拍打著某人的肩膀，只有在身披袈裟的和尚出現時，才突然正襟危坐，換上一本正經的表情。

慎一也一次都沒有哭。

就連昭三在醫院嚥下最後一口氣時，他也沒有掉淚。……那可能是因為慎一早就從純江口中聽說昭三已經不久於世的事，儘管純江並沒有把話說得太白。又或許是在慎一的腦海中，還在迴盪著爺爺臨死前在病床上所說的話。

在漫長的梅雨季結束前夕，昭三在橫濱的醫院嚥下最後一口氣。事後慎一回想，發現那天是梅雨季的最後一天，那天之後一直都是晴天，不久便聽到電視新聞播報梅雨季已經結束。

註：在死者過世後第四十九日舉辦的法事，又稱「七七」。

昭三腦中血塊的膨脹速度超出了醫生的預期，血塊開始壓迫到神經。昭三過世的前幾天，他經常目光渙散，一句話都不說，有時又會突然說些莫名所以的話。不過在昭三意識清楚的時候，一直到最後他都在替身體還未完全康復的慎一擔心。

——不是都教過你了，過馬路前要先看看右邊，看看左邊，最後再確認一次右邊，腳才能跨出去嗎？

他們告訴昭三，慎一在過馬路時被來車撞上。那晚，慎一被救護車送到醫院，雖然他全身都有嚴重的瘀傷，但不幸中的大幸是骨頭都沒斷。為了謹慎起見，醫生為慎一檢查了腦部，同樣沒有發現異常。

——下回一定要小心點啊。

——我知道。

——約定好了啊。

聽到「約定」這個字眼，慎一胸口一陣隱隱作痛。他在思考該怎麼回覆爺爺，但昭三以為是自己口氣太嚴厲，嚇著了慎一，於是他在病床上撐起上身，突然衝著慎一笑了笑。

看著爺爺臉上擠出一堆眼尾皺紋的笑容，慎一想起小學一年級的時候，他和父母一起去昭三家玩，他趴在榻榻米上，在圖畫紙畫下「爺爺的臉」；昭三此刻的笑容和那張圖畫很像。慎一也對昭三笑了笑，但下一秒昭三又失去了意識，雙眼失去了焦點，瞪著什麼都沒有的地方，不再說話。昭三的頸部後面，凸出一塊像是樹節（註）的骨頭。昭三靜默低頭的模樣，就像是打老早以前便長在那裡的一棵樹。

昭三在世的最後一日，慎一聽著窗外的雨聲，坐在病床旁邊。之前一直沉睡的昭三那時突然眼睛微睜，說了一些奇妙的話。

他瞪著病房的天花板，說道：今天月光真明亮。

慎一順著昭三的視線抬頭，但當然沒看見月亮。病床正上方就連日光燈管都沒裝，就只是平坦的白色天花板。

——慎一，今天啊……

昭三的聲音夾帶著痰聲，似乎想要說些什麼，於是慎一站起身，把臉靠近他。但昭三似乎不像是真的意識到慎一人就在旁邊。慎一心想，爺爺可能是在對另一個慎一說話吧。

——今天的螃蟹可不能吃啊。

——螃蟹？

慎一回問一句，但這句話昭三恐怕並沒有聽進耳裡。

——在有月光的夜晚撈到的螃蟹不能吃，吃了也沒啥滋味。

——為什麼？

雖然慎一並不期待能聽到昭三的答案，但就是忍不住發問。就算昭三並沒有看著他，

註：樹木分枝斷落後在樹幹上留下的痕跡。

就算昭三甚至沒有意識到他就在旁邊。

——以前的人都是這麼說啊。

可能是昭三心中的慎一也問了相同的問題，昭三解答了慎一的疑問。

——月光從海上照下來……螃蟹的影子……會映在海底。

自昭三喉嚨深處發出的呼吸聲，像是在拖著什麼濕答答的東西的響聲。他兩排牙齒之間口水牽著線，彷彿做夢似地告訴慎一：

——看到自己的影子那麼醜……螃蟹會嚇得縮起身子……所以啊，在有月光的夜晚撈到的螃蟹……

話說到這裡，昭三再次陷入沉睡。他乾巴巴的嘴唇輕輕闔上，雙唇之間留下了些微的縫隙。嘴巴四周短短的白鬍子顯得格外分明，慎一總覺得爺爺的臉感覺假假的，不大真實。數分鐘後，在門外說話的純江和主治醫師回到病房。幾乎就在同一時間，昭三再次睜開眼睛，他緩緩地抬起雙手。就像要撥開一層從上方落下的薄膜般，左右揮動著高舉臉前的手臂。

就在那一夜，昭三過世了。

不管什麼事都會報應到自己頭上來；鳴海到家裡來吃飯那晚，昭三這麼說過。慎一心想，不知爺爺死去的時候腦中是否曾經閃過這句話。還是他什麼都來不及想便失去了意識？

昭三的遺體火化後，被裝進白色的骨灰盆帶回家裡。幾天後，純江接到來自福島娘家的聯絡，說是要他們母子倆搬過去一起住，還說已經替純江找好了工作。從純江講電話的聲音和表情，就知道打電話來的人已經做好覺悟非讓她點頭不可。

今天是暑假的最後一天，明天開始就是新學期了。

明天是慎一第一天去新學校上課。

昭三的房子還沒有退租，純江似乎打算再租一段時間，她會趁假日回來打掃，和親戚合力整理昭三的遺物。慎一注意到媽媽似乎是打算藉由來回家裡和福島，找時機遠離這個海邊的小鎮。當然，純江並沒有和慎一說得那麼白，但他早就看出這一點，純江似乎也發現慎一已經看出這一點。

那之後，不知鳴海的父親和純江之間是否做了什麼協議？慎一並不知道他們得出了什麼結論，或是究竟有沒有得出結論。但他就算知道了，也不能怎麼辦。

就快抵達車站了。離開這個小鎮的時刻就快來臨了。

遭車子撞傷的傷口和瘀傷已經完全康復，但是在慎一心底深處那個就連X光也照不到的地方，卻一直感覺得到一股無法消除的疼痛。那可能是他硬拔掉那根有倒刺的魚鉤所造成的傷痛吧。因為他一直不想處理那魚鉤，以致魚鉤愈陷愈深，到最後他只能賭命去把它拔出來。那痛或許就是拔掉那根魚鉤時留下來的傷。

鳴海的父親似乎並沒有告訴女兒，慎一是被自己的車給撞上。慎一在學校和鳴海打照面的時候，她很替車禍受傷的慎一擔心，但並沒有提起自己父親的事。

公車放慢速度，在車站前小小的圓環停下。慎一聽見司機模糊不清的廣播，接下來前後車門發出巨大的聲響一同開啟。

「媽媽要先去買車票……」

「我留在這裡看行李。」

純江只帶著手提包，走向車站的售票窗口處。慎一目送著她走遠，突然聽見身後有人在喊自己的名字。

「利根同學。」

鳴海正朝他走過來。慎一只和鳴海提過自己是今天下午出發，她是怎麼知道他們搭的是這班公車？

「我一直在這裡等你。」

鳴海在慎一開口前便先回答了。隔著她的肩頭，慎一看見幾張木頭長椅在一棵高大的銀杏樹周圍排成方形，而鳴海的公路車就停在長椅旁邊。

「你們好慢啊。」

「有很多東西得整理。」

「電車快來了嗎？」

鳴海望向鐵絲網對面的月台。

「不知道，我去問一下。」

「我在對面那家店的後頭等你。如果你有一點時間，就來找我。如果沒時間了，你可以直接上車沒關係。」

鳴海說完，朝車站裡附設的小型餐廳走去。

慎一跑向售票窗口，純江剛好從售票員手上接過車票，慎一問她電車的發車時間。兩人搭的特快車再過十五分鐘就會到站。

「妳可以先去月台等我嗎？」

「是沒關係，可是……」

鳴……慎一差點就說出鳴海的名字，但他立刻把話吞了回去。

「有朋友來送我。」

純江點了點頭，打量慎一的身後。慎一也回過頭去，但從這裡已經看不見鳴海的身影。

「媽妳拿自己的行李就行了，我的行李，待會兒我自己拿過去。」

慎一從純江手上接過車票，回到公車的停靠站牌，他抓起上學用的運動包包，繞到餐廳後面。他的包包裡裝著課本和文具，以及在暑假前的「送別會」上班上同學寫給他的信，內容八成全都是客套話吧。那些信慎一一封都還沒讀。

餐廳後頭，鳴海斜倚在漆成白色的牆上等他。看見慎一，鳴海站直身子，刻意擠出微笑。

「……時間沒問題嗎？」

慎一回說十分鐘沒問題，正面面對鳴海。

「之前利根同學受的傷，」鳴海突然提起這件事，「是被我爸爸的車撞的吧？」

慎一大吃一驚。看樣子鳴海的父親已經告訴她這件事了。

但鳴海究竟知情到什麼程度？

見慎一沒有回答，鳴海又把背靠在牆上，只把臉轉向他說道：

「我是放暑假以後才聽說的。爸爸說是他自己開車發呆，把車給開上了人行道，結果撞到了碰巧經過的利根同學。」

從一旁的植栽傳來蟋蟀的鼓噪。慎一聽著蟋蟀聲，沒有點頭，也沒有搖頭，嘴唇緊抿成一直線。鳴海盯著慎一的臉看，不久開口問道：

「……這是真的嗎？」

慎一別過臉去，回說自己記不得了。慎一知道鳴海還在觀察自己的表情。沒過多久，他聽見鳴海死心地輕嘆一聲，然後改以溫和的口氣笑著說：

「利根同學，你很討厭我爸爸吧。」

慎一不由得把臉轉向鳴海。

「所以你才故意讓他撞上，對吧？」

「妳為什麼會這麼想？」

「因為我爸爸的約會對象正是利根同學的媽媽，不是嗎？」

這是鳴海父親親口告訴她的嗎？他連這種事都說了嗎？

見慎一無法回答，鳴海臉上浮現笑容，又說：

「算了啦。你已經沒時間了。」

她臉上的笑容彷彿隨時都會垮下。

「我其實早就知道了，我爸爸的約會對象就是利根同學的媽媽。你還記得，我之前問過你星期六的事吧。我問你，你家星期六在幹嘛。雖然那時你跟我說，你媽媽也在家，但我知道你是在說謊。這光看你的表情就知道了。只不過，我假裝沒發現你的謊言。因為，我決定要這麼做。」

為什麼？慎一很想這麼問，但各種心思一時全堵在喉嚨，使他發不出聲音。不過鳴海主動解答了他的疑惑。

「因為我覺得這才是成熟的做法。」

說完，笑容自鳴海臉上消失了。

「我本來也打算一直裝作不知道爸爸和利根同學的媽媽在交往的事。雖然爸爸喜歡上了別的女人，但這不算是壞事，對吧？畢竟我媽媽都已經過世十年以上了。所以，我打算裝作不知情，等到有一天爸爸主動告訴我，到時再為他加油。可是，知道利根同學要搬家以後，我才發現，原來自己一點都不成熟。」

「……為什麼？」

慎一總算開了口。

「因為我鬆了一口氣。」

鳴海瞇起眼睛再次笑了，同時眼淚也劃過了她的鼻子兩旁。

「雖然捨不得利根同學你，但是知道你媽媽要離開這裡，我鬆了一口氣。因為這麼一來，我爸爸又會回到我身邊。」

鳴海繼續說道，但她的眼神雖然在笑，眼淚卻掉個不停，滴滴答答地沿著臉頰滑下來，一半自下巴尖端滴落，一半則沿著脖子滲進T恤的布料裡。

「要當個成熟的人，真的好難啊。」

鳴海說到最後，聲音已經變成哭腔。

慎一和鳴海的對話到此為止。兩人從餐廳後頭出來，走向車站，慎一一個人走向驗票口。途中慎一回頭，他看見鳴海嘴角微微上揚，手舉到肩頭一帶向他揮手。慎一也對她揮了揮手。特快車即將進站，車站前的人潮變多了，有幾個大人從兩人之間穿過。不久，慎一再也看不到鳴海的身影。

不知何處的寺院的鐘聲響起。

慎一重新背好包包，跟在四、五個穿西裝的大人後頭走進驗票口。這時特快車恰好滑進月台，站在月台另一頭、手上提著旅行包和紙袋的純江看見慎一，臉上露出鬆一口氣的表情。

車廂裡旅客並不太多，兩人得以找到空的雙人座坐下。慎一坐在窗邊，窗子的另一頭，可以看見夕陽下的大海宛如趴下身去般十分平靜。

車門同時關上，電車駛出車站。大海依然在前方，眼前的街景開始向右流逝，但不久以後，大海也開始緩緩移動，逐漸遠去，漸漸消失在昏黃的夕陽下。

「……是朋友寫給你的？」

看到慎一從包包裡拿出信封，純江問道。

「對。」

慎一簡短回答，拉開信封，避開純江的視線攤開信紙。這是從「送別會」上拿到的信裡的其中兩封，慎一打算在電車上看，事先收在包包的最上層。

鳴海的信內容就像一般人寫給轉學同學的信，並沒特別寫什麼。這在慎一的意料之內，因此他讀了兩遍之後，就把信收回信封。

春也的信則寫得長了一些，他提到兩人去海邊玩，一起用黑洞抓很多小生物的快樂回憶，還提到在慎一家吃晚飯那天很快樂的事。春也認真地以工整的字體寫下這封信，文中五次出現「很快樂」這句話，不過他完全沒提起那座山和寄居蟹的事。最後，他關心慎一的傷勢，以一句「祝你早日康復」作結。只不過這句話似乎更像是為了填補多出來的空白才寫上去的。

事後，慎一曾經多次回想那一夜他倒在路邊時看見的那個奇妙生物。那個逐漸走遠的身影是春也——起初，慎一是這麼認為的。後來不知道為什麼，他心中又浮上一個奇怪的念頭，他覺得那身影不是春也，而是自己。但到了最後，他又認為自己其實什麼都沒看到。他說服自己那只是一時眼花，硬是做了結論。

那天之後，慎一和春也在學校碰到面時雖然會說話，但每次對話都很短。因為慎一不知該和春也說什麼。關於慎一的傷和那晚的事情，兩人都像約好了似地絕口不提。放學後，他們也不再一起去玩了。

但有一天放學，當慎一準備離開學校時，發現春也在校門口等他。兩人像從前那樣並肩走在海邊的那條路上，但是對話始終有一搭沒一搭的。

突然，春也開口說：

——我在石頭後面找到了一把刀。

他的口氣聽起來像在聊一件稀鬆平常的回憶。

——應該就是你遇到車禍的那天吧。我一個人上了山，不知為何，石頭後面居然有一把刀。

慎一沒有回話，默默地走在春也身旁。

——我心想撿到了一個好東西，就把那把刀給帶回去，做了一件我早就想做的事。

——你早就……想做的事？

——我一直很想殺掉我老爸。

慎一不由得停下腳步。春也拉了慎一的襯衫一把，要他跟上自己。

——沒事啦，你不用那副表情。如果我真的把他給殺了，現在就不會在這裡了。

春也像在回想什麼，雙眼瞪著半空中繼續說下去：

——我老爸下班回來後，我握著撿來的刀子衝向他，嚷嚷著說：看我不幹掉你，我受不了了！當時我是真的打算殺死他，不過啊，你猜我老爸怎麼反應？

慎一沒有回話，等著春也說下去。

——他居然在笑。他的臉頰明明在發抖，牙齒咯咯作響，但表情很可怕地在笑。他對我說：怎麼，你當真了嗎？因為我打你，踢你，所以你當真了？那只是爸爸在跟你開玩笑啦。看到我老爸的那窩囊樣，我覺得一切都無所謂了。

春也說他當場把那把刀給折斷，隔天當作不可燃垃圾丟掉了。

——從那天起，我老爸怕我怕個半死，光是對上視線，就衝著我怪笑。看樣子，他再也不敢對我動手動腳了。我想他這輩子都沒那個膽了。

春也抬起下巴眺望天空，誇張地伸了懶腰。

慎一以為他接下來不會再說話，沒想到春也接著說：

——原來大人也很軟弱啊。

他的聲音顯得無比的悲哀。

——我總有一天要當面對我爸說：你也給我振作一點啊！我現在還有一點怕他，不過總有一天我一定會這麼對他說，狠狠吼他一頓。

說話的期間，春也一直抬頭望著天空，一次也沒有轉頭看慎一。

這是慎一最後一次和春也長談。

春也握著在石頭後面找到的水果刀衝向他父親，是在慎一被鳴海父親的車撞上之前？還是之後的事？春也並沒有說出這個關鍵。如果是在之前，那麼那天夜裡慎一看到的那個消失在昏暗小巷的身影，便可能是慎一自己眼花。倘若是在之後，那身影有可能就是春也，他回家以後對父親做了那些事。

然而，現在就算搞清楚這一點也沒有意義了。

車窗外頭愈來愈暗，不久出現在慎一身旁的是被切割成四方形的夜色。他望著自己映在玻璃窗上的臉一會兒，閉上了眼睛。上車前聽到的寺院鐘聲帶著空洞的回音，又在他的耳朵深處迴響。那鐘聲原本不過是尋常寺院的鐘聲，並沒有什麼特別之處。然而，現在在慎一耳中迴盪的那個聲音，聽來卻像是有人拖長了聲調在哭泣。

眼皮另一側，淚水沒來由地湧出來。

等到回過神來，慎一發現自己壓低了音量在哭泣。

純江輕輕抱住慎一的背，把他拉近自己，將自己的頭貼著慎一的頭，用小孩子的語氣不斷地向慎一道歉。慎一想說些什麼，但話不成聲，他只能不斷地搖著頭。

解說／心戒

成長如蛻的青春獻祭

（本文涉及本作、《向日葵不開的夏天》和《龍神之雨》的謎底，請注意。）

儘管高度不高，愼一親眼目睹寄居蟹竟飛了起來，在熊熊燃燒的火焰中，全身痙攣著。愼一瞪大雙眼地望著火堆裡的寄居蟹，雙手不知不覺在胸前合掌。趁牠的屍體被燒成黑炭消失之前，愼一許下了心願。他將合起的雙掌抵在發燙的額頭上，一心向寄居神祈求著。

我想待在「這裡」，永遠都待在「這裡」。

你小時候養過寄居蟹嗎？

由於成長階段對於更換蟹殼的高度需求，以及對環境濕度與鹽分的要求，經常得以在海灘上見著陸棲寄居蟹。海生陸居的陸棲寄居蟹，屬於夜行性動物，為了避免體內水分過度蒸發而導致死亡，白天經常躲在石縫下等陰暗潮濕處，到了夜晚，便會趁著月光，從藏身處跑出來活動覓食。值得注意的是，當陸棲寄居蟹遭遇天敵捕捉或遭受高壓、高溫等環境刺激時，會產生自割胸足和螯腳以求自保脫險的行為。若環境的溫度與壓力變化過份劇烈的情況亦發嚴重，更會導致陸棲寄居蟹以裸體的姿態在殼外癱躺，再怎麼樣也不願回到蟹殼內的脫序行為。

一如小說中瀨臨疆界的慎一和春也。

《月亮與螃蟹》原發表於《別冊文藝春秋》，於二〇〇九年十一月連載至二〇一〇年七月。集結出版後，不僅讓道尾秀介再度入圍直木獎，更憑此讓五度入圍的他和木內昇的《漂砂のうたう》（漂砂之歌，暫譯）一同摘下第一百四十四屆的獎座，一洗年初與富士電視台合作之《月の恋人～Moon Lovers～》（月之戀人）評價不佳的怨氣。然而，《月亮與螃蟹》的獲獎，卻讓早期從推理小說認識道尾秀介的讀者，對於道尾小說中日漸稀薄的本格推理元素，發自內心地疑惑著：「真這麼想要直木獎嗎？」

從本格推理的角度審視道尾秀介近幾年來的創作風格，很容易注意到，他早已不再單純憑藉著出道之初擅長的認知心理科學，交梭穿錯著混淆讀者視聽，讓讀者對角色的說法和心理狀態產生懷疑；而後在存疑的狀態下，迎接他在故事終了前上演的精彩翻轉，為讀者重新耙梳整理內心糾纏難解的疑惑，還原並連結出故事的真貌。自首次入圍直木獎的《烏鴉的拇指》後，道尾秀介試圖擺脫他純粹以寫作手法欺騙讀者好造成閱讀樂趣的既定形象，敘述性詭計已不再是他主要的創作賣點。他更加在意的，是謎團氣氛的營造，以及人們在事件發生前後的心境變化。而推理手法則成了作品中用以埋藏伏筆以揭露心性轉折的關鍵所在。

唯一不變的，是作品中細膩的筆觸，和俯拾可見的「家庭」與「兒時創傷」兩大重要元素。

《龍神之雨》兩對無血緣關係的家庭裡，猜忌與誤解的創傷，餵養著四名孩子的內心，最後反而製造出毀天滅地的惡龍反噬了所有人；《向日葵不開的夏天》裡，在生活中受挫並產生困惑，進而怨懟所有大人的小四生，在眼裡重新構築了整個家庭甚至整個世界；而在《月亮與螃蟹》裡，道尾同樣讓兩名主角——慎一與春也——以自己可以接受的現實，透過帶有魔幻性質的「寄居神」方式，著手對付自身面臨的疑惑和恐懼，並將之具現化為「理由」。對利根慎一而言，已經失去父親的他，該怎麼做才能夠將母親挽留在身邊？刻意說謊的母親這麼做不算是背叛已死的父親和自己嗎？而不斷遭受父親暴力相向的富永春也，該怎麼辦才能逃離不斷重複的煉獄？對家庭存在的價值，以及自己被需要的價值皆感到疑惑的兩人，經歷鶴岡八幡宮與建長寺之旅後，找到了讓恐懼憑依的媒介。即便兩人都知曉那測試用的金錢祈禱不過是對方基於體貼所安排的，這樣的結果反而更像是秘密結社內心照不宣的共鳴，加深了「寄居神」儀式存在的意義；凸顯它做為媒介以傳達願望並找到人實現（解決其恐懼）的可能性，而後披上「這一切都是天意」的形象外衣，幻化成理由好說服自己。

擅長形象轉移與譬喻的道尾秀介，更在小說中以兩種「蟹」的圖象，具現了角色們心中的疑惑與渴望。做為惡性腫瘤的俗稱，癌症（cancer）不僅和螃蟹一樣，有著堅硬的硬核，其聯繫著腫塊蔓延而出的腫瘤組織，宛若蟹腳一般攀附在人體內，成了慎一心中啃蝕殺害父親政直的真兇。即便斷了一隻腳也能繼續行走的螃蟹，更映射出昭三因補魚意外失去左腿的缺憾。但道尾花費更多心思之處，則是他將青少年面對人生困境時逃避退縮的過程，以及背負家庭重擔的苦悶，喻依於寄居蟹的形象之中。

身為轉學生的慎一與春也，被迫遠離原本的家庭所在，在鎌倉市的海邊小鎮，背起了新的蟹殼。和新環境磨合的過程中，不僅得適應新的人際關係，更得以懵懂之姿面對成人世界所帶來的改變與困境。被小團體屏除在外的苦悶，無法理解母親為何說謊欺瞞的困惑，擔憂著自己不被需要的恐懼，喜歡的女孩對著好友微笑的惱恨；無解於為何父親不再是兒時那副親切抱著自己高飛的模樣，卻宛若修羅般地不斷以暴力將怒氣發洩在自己身上的煩懣，不僅讓兩人越往殼內退縮，孤獨地蹲在海灘上，把頭埋往雙膝內以逃避這令人沉鬱的現實，未能順心的人生挫折，更讓兩人逐漸發展出殘忍的獻祭儀式，冀求以生命的消滅與死亡，將苦痛昇華轉化。甚至在最後脫了韁，讓慎一和春也趁著夜色，離開家庭蜷曲埋伏在大人自以為私密安全的魆黑車殼一隅，伺機反撲。

要是害怕，自己的願望就無法實現了啊！

然而道尾秀介終究相信家庭的力量，一如他總是堅信地帶領讀者朝著雨停後的世界、向著光的方向前進。即便有些破壞的遺憾已然無法彌補，但以各種面貌考驗著每個人的生活磨難，無論它帶來了什麼，抑或是帶走了什麼，留下來的，才是讓我們得以成長得更加堅強，並有勇氣再次回復生活軌道的關鍵。也因此，鳴海理解到自己終究不像外表所表現得那般坦然，正視了自己依然眷戀著目前與父親兩人共同組成的家庭，更懷著對昭三一家的恨，對可能取代母親的純江離去鬆了一口氣；一心想如「ね」字般殺害父親的春也，則認知到大人也是有軟弱撐不起家庭這個重擔的時刻，而這時候正是自己該接手承擔的開始；至於就著月光瞧見自身醜陋暗影的慎一，終究了悟到自己終須脫離游泳的狀態，離水背起蟹殼。而自己希望的，還是母親能夠幸福，即便這成長的代價伴隨著痛徹骨髓的疼。但一如同蛻皮過程中經常被誤判為死亡的寄居蟹，總是得走上這麼一遭，才得以茁壯，而後再次出發，尋找更大的、更加寬敞的、新的居所。

作者簡介／心戒

ＭＬＲ推理文學研究會成員，為自己也能蛻變得更加成熟，找到心的居所而努力著。

國家圖書館出版品預行編目資料

月亮與螃蟹／道尾秀介著／張富玲譯； --.初版.- 臺北市；
獨步文化：家庭傳媒城邦分公司發行, 2012〔民101.12〕
面 ； 公分. --（道尾秀介作品集：09）
譯自：月と蟹
ISBN 978-986-6043-39-0（平裝）

861.57 101022480

道尾秀介作品集09
月亮與螃蟹

原著書名／月と蟹
原出版社／文藝春秋
作　　者／道尾秀介
譯　　者／張富玲
編輯總監／劉麗真
責任編輯／張麗嫺

總 經 理／陳逸瑛
榮譽社長／詹宏志
發 行 人／涂玉雲
出　　版／獨步文化
城邦文化事業股份有限公司
100台北市中山區民生東路二段141號5樓
電話：(02) 2500-7696　傳真：(02)2500-1967
發　　行／英屬蓋曼群島商家庭傳媒股份有限公司城邦分公司
104台北市中山區民生東路二段 141 號 11 樓
讀者服務專線：(02) 25007718；25007719
24 小時傳真服務：(02) 25001990；25001991
服務時間：週一至週五　上午09:30～12:00　下午13:30～17:00
讀者服務信箱E-mail：service@readingclub.com.tw
劃撥帳號：19863813　戶名：書虫股份有限公司
香港發行所／城邦（香港）出版集團有限公司
香港灣仔駱克道 193 號東超商業中心 1 樓
電話：(852) 25086231　傳真：(852) 25789337
E-mail：hkcite@biznetvigator.com
馬新發行所／城邦（馬新）出版集團
41, JalanRadinAnum, Bandar Baru Sri Petaling,
57000 Kuala Lumpur, Malaysia
電話：(603) 90578822　傳真：(603) 90576622
email:cite@cite.com.my

封面設計／心戒
排　　版／浩瀚電腦排版股份有限公司
印　　刷／前進彩藝有限公司
■ 2012年（民 101）12 月初版
定價／360 元

城邦讀書花園
www.cite.com.tw
Printed in Taiwan

　ISBN 978-986-6043-39-0

廣　告　回　函
北區郵政管理登記證
台北廣字第000791號
郵資已付，免貼郵票

104台北市民生東路二段 141 號 2 樓

英屬蓋曼群島商家庭傳媒股份有限公司

城邦分公司

請沿虛線對摺，謝謝！

書號：1UJ009　　**書名**：月亮與螃蟹　　**編碼**：

請於此處用膠水黏貼

讀者回函卡

謝謝您購買我們出版的書籍！

請費心填寫此回函卡，我們將不定期寄上城邦集團最新的出版訊息。

姓名：________________　　性別：□男　□女

生日：西元________年________月________日

地址：________________________________

聯絡電話：________________　傳真：________________

E-mail：________________________________

學歷：□1.小學 □2.國中 □3.高中 □4.大專 □5.研究所以上

職業：□1.學生 □2.軍公教 □3.服務 □4.金融 □5.製造 □6.資訊

□7.傳播 □8.自由業 □9.農漁牧 □10.家管 □11.退休

□12.其他________________

您從何種方式得知本書消息？

□1.書店 □2.網路 □3.報紙 □4.雜誌 □5.廣播 □6.電視

□7.親友推薦 □8.其他________________

您通常以何種方式購書？

□1.書店 □2.網路 □3.傳真訂購 □4.郵局劃撥 □5.其他

您喜歡閱讀哪些類別的書籍？

□1.財經商業 □2.自然科學 □3.歷史 □4.法律 □5.文學

□6.休閒旅遊 □7.小說 □8.人物傳記 □9.生活、勵志 □10.其他

對我們的建議：________________________________

____

____

為提供訂購、行銷、客戶管理或其他合於營業登記項目或章程所定業務需要之目的，家庭傳媒集團（即英屬蓋曼群島商家庭傳媒股份有限公司城邦分公司、城邦文化事業股份有限公司、書虫股份有限公司、墨刻出版股份有限公司、城邦原創股份有限公司），於本集團之營運期間及地區內，將以mail、傳真、電話、簡訊、郵寄或其他公告方式利用您提供之資料（資料類別：C001、C002、C003、C011等）。利用對象除本集團外，亦可能包括相關服務的協力機構。如您有依個資法第三條或其他需服務之處，得洽詢本公司服務信箱cite_apexpress@cite.com.tw請求協助。相關資料不提供亦不影響您的權益。

□我已詳讀權利義務之相關條款，並同意遵守。

請於此處用膠水黏貼